# रामबहादुर राय

## चिंतन के आयाम

# रामबहादुर राय

## चिंतन के आयाम

कृपाशंकर चौबे

प्रलेक प्रकाशन

**प्रलेक प्रकाशन**

**PRALEK PRAKASHAN**

**मुख्य कार्यालय :** 702, जे-50, ग्लोबल सिटी, विरार (वेस्ट), मुम्बई, महाराष्ट्र-401303

**दिल्ली एनसीआर ऑफिस पता :** 03/सी, ज्ञान खण्ड-4 इंदिरापुरम, गाजियाबाद, उ.प्र.-201014

E-mail : pralek.prakashan@gmail.com

Website: www.pralekprakashan.com

**दूरभाष :** +91 7021263557

**रामबहादुर राय : चिंतन के आयाम**

**- कृपाशंकर चौबे**

Ram Bahadur Rai : Chintan Ke Aayam

by Kripashankar Chaubey

ISBN : 978-93-5869-8602

**प्रथम संस्करण :** 2025

**मूल्य :** 250/-



**मुद्रक :** रेप्रो इंडिया लिमिटेड

**आवरण चित्र :** सौरभ जैन

**आवरण एवं पुस्तक सज्जा :** प्रलेक स्टूडियो

(प्रलेक प्रकाशन का लोगो मिक्की पटेल की तूलिका से।)

पत्रकारिता की प्रभाष परंपरा को

# प्रारंभ से पहले

आज, आदरणीय रामबहादुर राय व्यक्ति नहीं, संस्था हैं। वे दृष्टिवान संपादक, राजनीतिक चिंतक, समाज-विचार, संस्कृति और संविधान के गंभीर अध्येता हैं। रामबहादुर जी छात्र आंदोलनों व बिहार आंदोलन की अग्रिम पंक्ति के अगुआ रहे। लोकनायक जयप्रकाश नारायण से आत्मीयता रही। बहुआयामी व्यक्तित्व के धनी रामबहादुर जी का सहज, सरल, सादगी संपन्न व्यक्तित्व बाँधता है। वह बौद्धिक राजनीति के अगुआ हैं। राजनीति और साहित्य के बीच सेतु हैं वह। जे.बी. कृपलानी जैसे विलक्षण नेता की प्रामाणिक जीवनी उन्होंने लिखी है। 'शाश्वत विद्रोही राजनेता आचार्य जे.बी. कृपलानी' जीवनी साहित्य की अनूठी किताब है। रामबहादुर जी ने हिंदी में भारतीय संविधान पर मौलिक किताब लिखी है—'भारतीय संविधानः अनकही कहानी'। देश के दो पूर्व प्रधानमंत्रियों चंद्रशेखर और विश्वनाथ प्रताप सिंह की वैचारिक यात्रा व जीवन पर प्रभावशाली व विचार समृद्ध किताबें उनकी देन हैं।

राजनीति के सबसे ताकतवर गलियारे में निकट के संबंध, कई दलों के बड़े नेताओं से निजी संबंध के बावजूद, खुद रामबहादुर जी कभी राजनीति का हिस्सा नहीं बने। उन्होंने अनवरत जनोन्मुख पत्रकारिता की साधना की।

राय साहब ने बतौर पत्रकार, हिंदी के प्रतिष्ठित दैनिक 'आज' के लिए बांग्लादेश मुक्ति संग्राम की रिपोर्टिंग की। 'जनसत्ता' और 'नवभारत टाइम्स' में रहते हुए देश भर में घूमकर पत्रकारिता की। भारत की पुरानी समाचार एजेंसी 'हिंदुस्थान समाचार' के समूह संपादक के रूप में उसे नया विस्तार दिया। 'प्रथम प्रवक्ता', 'यथावत' और 'युगवार्ता' जैसी पत्रिकाओं के माध्यम से उन्होंने

जनसरोकार, समाज, संस्कृति के विषयों को पत्रकारिता का मूल स्वर बनाया। रामबहादुर राय के चिंतन के सामाजिक, सांस्कृतिक, आर्थिक और राजनीतिक आयामों पर केंद्रित यह पुस्तक युवा पीढ़ी को राह दिखायेगी। कृपाशंकर चौबे की यह पुस्तक बतायेगी कि विविध विषयों पर लेखन, सरोकार और जिम्मेवारी का सात्विक कर्म है। उसमें सफलता से ज्यादा सार्थकता का महत्त्व है। रामबहादुर जी इसके प्रतिमान हैं। सामाजिक सरोकार रखने वाले जिज्ञासु पाठकों के लिए यह बहुमूल्य पुस्तक है।

**- हरिवंश**
उप सभापति, राज्यसभा
नयी दिल्ली

# अपनी बात

रामबहादुर राय के व्यक्तित्व के कई रूप हैं। वे संगठनकर्ता हैं, पत्रकार हैं, संपादक हैं, समूह संपादक हैं, स्तंभकार हैं, निबंधकार हैं, टिप्पणीकार हैं, राजनीतिक विश्लेषक हैं, जीवनीकार हैं, चिंतक हैं, विमर्शकार हैं, संविधान, अर्थशास्त्र, समाजशास्त्र तथा संस्कृति के अध्येता और भाष्यकार हैं। हर भूमिका में उनका संवादी रूप मुखर रहा है। राय साहब संवाद को कला मानते हैं और विज्ञान भी। उनके लिए संवाद इस अर्थ में कला है कि वह मनुष्य के सर्वोत्तम की अभिव्यक्ति है। विज्ञान इस रूप में है कि उसका अपना एक शास्त्र है।

रामबहादुर राय मुक्त मन से संवाद करते हैं। किसी भी तरह की रचनात्मकता के लिए, विकास के लिए, यहाँ तक कि किसी समुदाय को आगे ले जाने के लिए संवाद जरूरी है। राय साहब हमेशा उस संवाद के हिमायती रहे हैं जहाँ विचार व तर्क का आधार हो, जो जनहित में हो, समाज और राष्ट्र की परिस्थिति और प्रकृति को परिभाषित करता हो। संवाद करने, जीवनी लिखने, विमर्श, विश्लेषण व सम्यक विवेचन करने तथा तीक्ष्ण और तलस्पर्शी टिप्पणियाँ लिखने में राय साहब का कोई सानी नहीं है। उनकी अध्ययनशीलता और खोजी प्रवृत्ति का भी कोई जोड़ नहीं।

रामबहादुर राय की लिखी और संपादित पुस्तकें राजनीति विज्ञान और समाज विज्ञान के अध्ययन की दृष्टि से बेहद मूल्यवान हैं। उनकी पुस्तकों का विहंगावलोकन अलग-अलग अध्यायों में किया गया है। विभिन्न पुस्तकों के पुरोकथन के रूप में या पत्र-पत्रिकाओं में स्वतंत्र रूप से लिखे गये राय साहब के चुनिंदा निबंधों पर दसवें अध्याय में दृष्टिपात किया गया है। राय साहब का

जीवन सदा-सर्वदा आम जन के लिए समर्पित रहा है। उनके जीवन के कई पड़ाव हैं। 'संघर्ष और सरोकार' शीर्षक अध्याय में उसका परिचय मिलेगा।

राय साहब ने लगभग आधी शताब्दी की अपनी पत्रकारिता में लोक धर्म का सतत निर्वाह किया और लगातार प्रतिमान रचे। मुझे विश्वास है कि उनके चिंतन के विभिन्न आयामों की झलक पाठक इस पुस्तक में पायेंगे। पुस्तक को रुचिपूर्वक प्रकाशित करने के लिए प्रलेक प्रकाशन के स्वत्वाधिकारी श्री जितेंद्र पात्रो विशेष धन्यवाद के पात्र हैं।

**- कृपाशंकर चौबे**

# अनुक्रम

# संघर्ष और सरोकार

## बचपन और स्कूली शिक्षा

रामबहादुर राय का जन्म गाजीपुर के रेवतीपुर में 4 फरवरी 1946 को श्री शिव दत्त राय और श्रीमती फुलवती देवी के पुत्र के रूप में हुआ। रेवतीपुर रामबहादुर राय का ननिहाल है। उनका पैत्रिक गाँव सोनाड़ी है। सोनाड़ी गाँव में सामाजिक लिहाज से सभी जातियों-धर्मों के लोगों के प्रेम से रहने की परंपरा है।[1] छोटी-सी नदी है 'गंगहर', सत्रह-अठारह किलोमीटर लंबी हैं।[2] रामबहादुर राय का बचपन गाजीपुर और मालदा में बीता। उनकी पाँचवीं तक पढ़ाई घर पर हुई। वे बचपन में बीमार पड़ गये तो उनके पिता उन्हें मालदा ले गये। उनके पिताजी मालदा में रहते थे। उनके परिवार की जमीन दो जगहों पर है। एक गाजीपुर के सोनाड़ी में और दूसरी पश्चिम बंगाल के मालदा जिले में। मालदा में रामबहादुर राय का इलाज चलता रहा। पिता घर पर उन्हें पढ़ाते भी थे। तब कक्षा एक, दो, तीन और चार का इम्तिहान स्कूल में होता था। पाँचवीं का बोर्ड का इम्तिहान जिले में होता था। उस इम्तिहान को देने के लिए रामबहादुर राय गाजीपुर गये। जंगीपुर में सेंटर पड़ा था और वहीं उन्होंने इम्तिहान दिया था। पाँचवीं पास करने के बाद रामबहादुर राय ने छठवीं, सातवीं और आठवीं की पढ़ाई अपने गाँव के पास के अवथहीं मीडिल स्कूल में की। उनके गाँव से चार किलोमीटर दूर एस. एम. इंटर कॉलेज, मछटी है। वहाँ से नौवीं की पढ़ाई उन्होंने पूर्ण की। उन्हें अचानक लगा कि गाजीपुर शहर जाना चाहिए। रामबहादुर राय ने गाजीपुर शहर स्थित सिटी स्कूल में 10वीं में दाखिला लिया और वहीं से उन्होंने हाईस्कूल की परीक्षा उत्तीर्ण की।

छठवीं-सातवीं में पढ़ते समय ही रामबहादुर राय को नेताओं के भाषण सुनने में रुचि हो गयी थी। आसपास के दस-बारह किलोमीटर में जहाँ भी सभा होती थी तो वे सुनने चले जाते थे। उनका 10-12 छात्रों का एक समूह था। उन्हीं दिनों (1957) रामबहादुर राय ने डॉ. राम मनोहर लोहिया और जे.पी. की सभा देखी और उनके भाषण सुने थे। लेकिन वे सबसे ज्यादा आकर्षित सरजू पांडेय से थे। वे एक अच्छे वक्ता थे। उनकी एक क्रांतिकारी की छवि थी। उनके तमाम क्रांतिकारी कामों की जिले में चर्चा होती थी। उनके चुनाव प्रचार में रामबहादुर राय ने भी भाग लिया था। सरजू पांडेय को रामबहादुर राय 1962-63 तक मानते रहे। सरजू पांडेय 1957 में विधानसभा और लोकसभा दोनों का चुनाव लड़े। दोनों जीत गये। उन्होंने विधानसभा की सीट छोड़ी और लोकसभा में गये। 1957 से 1971 तक वे लगातार गाजीपुर से जन प्रतिनिधि रहे।

**कॉलेज जीवन**

गाजीपुर से हाईस्कूल करने के बाद रामबहादुर राय इंटर करने बनारस गये। वहाँ जिस इंटर कॉलेज में वे दाखिला चाहते थे, उसके प्रिंसिपल उनके पिताजी के मित्र थे। इसलिए प्रिंसिपल के कक्ष में सीधे चले गये और उनके सामने जो कुर्सी पड़ी हुई थी, उस पर बैठ गये। रामबहादुर राय ने अपनी मार्कशीट उन्हें दिखाते हुए कहा कि देखिये मेरा नंबर भी अच्छा है। मैं यहाँ एडमिशन लेना चाहता हूँ। प्रिंसिपल ने कहा - देखो, तुम हमारे बेटे जैसे हो। लेकिन तुमको हम यहाँ एडमिशन नहीं देंगे। दूसरी जगह जहाँ कहो, हम तुम्हारा एडमिशन करा देंगे। इस पर रामबहादुर राय ने उनसे कहा कि अगर आप अपने यहाँ एडमिशन नहीं लेंगे तो यह मैं तय करूँगा कि दूसरी जगह मैं कहाँ एडमिशन लूँगा। आपके फेवर की हमें कोई जरूरत नहीं। बाद में रामबहादुर राय ने उनसे पूछा था कि आपने हमारा एडमिशन क्यों नहीं लिया तो उन्होंने कहा, "तुम जिस तरह से बगैर मुझसे पूछे कुर्सी खींच कर बैठ गये तो उससे मुझे लगा कि तुम यहाँ हमारी भी परवाह नहीं करोगे और यहाँ की डिसिप्लिन की भी परवाह नहीं करोगे। इससे कॉलेज की छवि खराब हो जायेगी। अनुशासनहीनता बढ़ेगी।"

रामबहादुर राय ने हरिश्चंद्र कॉलेज, वाराणसी में ग्यारहवीं में दाखिला लिया। उन दिनों हर जगह हाई स्कूल के बाद एनसीसी अनिवार्य थी। रामबहादुर राय को परेड ज्यादा समझ में नहीं आती थी। वे चले गये प्रिंसिपल के पास।

प्रिंसिपल का रुतबा बहुत था। उन्हें यह देखकर आश्चर्य हुआ कि ग्यारहवीं का छात्र उनके पास सीधे चला आ रहा है। उन्हें थोड़ी उत्सुकता भी थी। उन्होंने पूछा कि क्या बात है? रामबहादुर राय ने प्रिंसिपल से कहा कि उन्होंने बायोलाजी ग्रुप में प्रवेश लिया है और उन्हें एनसीसी परेड नहीं करनी है। उन्होंने प्रिंसिपल से आग्रह किया कि वे एनसीसी के टीचर को बुलाकर कह दें कि उन्हें एनसीसी से अलग कर दें। इतना आग्रह करने के बाद रामबहादुर राय वहाँ इंतजार में बैठे रहे। थोड़ी देर बाद प्रिंसिपल ने उनसे कहा कि तुम जाओ। एनसीसी टीचर से कह दिया है।

**विद्यार्थी परिषद से सम्बद्धता और संघर्ष का सिलसिला**

रामबहादुर राय मई के महीने में गर्मी की छुट्टियों में अपने गाँव सोनाड़ी गये। राय साहब के घर से पोस्ट ऑफिस तीन किलोमीटर दूर है। अभी भी गाँव में पोस्ट ऑफिस की वही स्थिति है। यह 1963 की बात है। गर्मियों की छुट्टियों में रामबहादुर राय गाँव में दो अखबार मंगवाते थे। 'आज' और 'लीडर'। रोज साइकिल से जाकर पोस्ट ऑफिस से अखबार ले आते थे। उसे पढ़ते थे। एक दिन उन्होंने देखा कि एक छोटी सी खबर अखबार में छपी थी जिसमें अखिल भारतीय विद्यार्थी परिषद के किसी कार्यक्रम की बात लिखी थी। तब उन्हें थोड़ा अफसोस हुआ कि वे साल भर से बनारस में हैं और यह विद्यार्थियों का कोई संगठन है और वे उससे परिचित नहीं। फिर जब जुलाई में क्लास शुरू हुआ तब वे बनारस आये। क्लास में उनके बगल में एक लड़का बैठता था। उसका नाम देवनाथ यादव था। वह रामबहादुर राय का दोस्त भी था। उससे रामबहादुर राय ने पूछा कि ये अखिल भारतीय विद्यार्थी परिषद क्या है? उसने बताया कि वह इसके जिले का सचिव है और प्रिंसिपल साहब जिले के अध्यक्ष हैं। रामबहादुर राय ने कहा कि विद्यार्थी परिषद में मेरी भी सदस्यता करा दो। तो वहाँ से रामबहादुर राय विद्यार्थी परिषद से जुड़े। संयोग से लाल बहादुर शास्त्री प्रधानमंत्री हो गये थे। उसी हरिश्चंद्र इंटर कॉलेज से वे भी पढ़े थे। कॉलेज को इस बात का बड़ा गर्व था। त्रिभुवन नारायण सिंह भी उसी इंटर कॉलेज से पढ़े थे। शास्त्री जी के सहपाठी थे। वे पश्चिम बंगाल के राज्यपाल रहे।

रामबहादुर राय जहाँ रहते थे, उसके पास ही सर्व सेवा संघ का ऑफिस था। रामबहादुर राय कॉलेज से आने के बाद शाम को कभी सर्व सेवा संघ के

कैंपस चले जाते थे तो कभी वसंत कॉलेज। वसंत कॉलेज में जे. कृष्णमूर्ति और अच्युत पटवर्धन आकर ठहरते थे। उन दोनों से रामबहादुर राय की बात-मुलाकात होती थी। सादगी एक मूल्य है, इसे रामबहादुर राय ने वहीं अर्जित किया। सर्व सेवा संघ में रामबहादुर राय को एक दिन मालूम हुआ कि विनोबा पदयात्रा करते हुए अब बिहार की तरफ जा रहे हैं। बनारस में सभा होगी जिसे जे.पी. भी संबोधित करेंगे। सभा में रामबहादुर राय भी चले गये। उन्होंने जे.पी. को नजदीक से देखा। उसके पहले 1957 में गाजीपुर में जे.पी. को दूर से देखा था लेकिन यह पहला मौका था जब उन्होंने जे.पी. को इतने करीब से देखा। उसके बाद 1965 से लेकर 1968 तक जे.पी. जब भी बनारस आते तो उनकी सभाओं में रामबहादुर राय अवश्य जाते। रुचिवश उनको सुनने जाया करते थे कि वे क्या कह रहे हैं? उनकी सभाओं में बहुत थोड़े लोग आते थे। उनकी बड़ी से बड़ी सभाओं में सौ से डेढ़ सौ लोग आते थे। उनकी एक सभा रामबहादुर राय ने हरिश्चंद्र इंटर कॉलेज के कैंपस में भी करवायी तो उसमें भी थोड़े ही लोग आये।

शास्त्री जी के प्रधानमंत्री काल में 1965 में लोकसभा में एक बिल आया कि काशी हिंदू विश्वविद्यालय से हिंदू शब्द हटा दिया जाये। वह बिल जैसे ही लोकसभा में पेश हुआ एक तूफान खड़ा हो गया और बहुत बड़ा आंदोलन हुआ। हिंदू शब्द हटाने के प्रस्ताव के विरोध में 1965 में पूरा बनारस एक आदमी की तरह खड़ा हो गया। हिंदू-मुसलमान का कोई भेद नहीं था। पार्टी विचारधाराओं का भेद मिट गया था। तब कोई ऐसा वर्ग, तबका या घर ऐसा नहीं था जो उस आंदोलन का हिस्सा न बना हो। लाखों लोग सड़क पर आ गये। उस आंदोलन में रामबहादुर राय ने बढ़-चढ़ कर हिस्सा लिया। वे विद्यार्थी परिषद का कार्यकर्त्ता हो ही चुके थे। रामबहादुर राय उसी आंदोलन की उपज हैं। उस समय 'आज' सबसे बड़ा अखबार हुआ करता था। अखबार ने उस वक्त रिसर्च करके यह खबर छापी कि क्यों पंडित मदन मोहन मालवीय ने काशी हिंदू विश्वविद्यालय नाम रखा था। उसी काशी हिंदू विश्वविद्यालय से 1969 में रामबहादुर राय ने अर्थशास्त्र में एम.ए. किया। राय साहब ने हरिश्चंद्र इंटर कॉलेज से इंटर करने के बाद काशी हिंदू विश्वविद्यालय से ही संबद्ध डी.ए.वी. कॉलेज से 1967 में बी. ए. किया था।

उस समय एनी बेसेंट के दो केंद्र थे। एक चेन्नई में थियोसोफिकल

सोसाइटी था और दूसरा बनारस में था। बनारस की जो सबसे खूबसूरत जगह है वह राजघाट है, गंगा और वरुणा दोनों हैं, जहाँ एक तरफ से गंगा बहती है दूसरी तरफ से वरुणा बहती है और बीच में टापू में एक ऊँचाई पर पहाड़ी है, आज उसको वसंत थियोसोफिकल सोसाइटी का कैंपस कहा जाता है। वहाँ एनी बेसेंट रहा करती थीं। शहर में एक स्कूल हुआ करता था जहाँ रोज वे जाया करती थीं। स्कूल में वे रोज हिंदुत्व और अन्य विषयों पर प्रवचन दिया करती थीं। उन्होंने बनारस हिंदू विश्वविद्यालय की परिकल्पना और तैयारी में मालवीय जी को पूरा सहयोग दिया।

अंततः 1914-15 में सेंट्रल असेंबली में बिल पास हुआ और 4 फरवरी, 1916 को काशी हिंदू विश्वविद्यालय की स्थापना हुई। विश्वविद्यालय की स्थापना के समय जो भी भारत में उस समय के बड़े नाम थे, सभी वहाँ उपस्थित थे। उनमें वायसराय और अधिक से अधिक राजा-महाराजा उपस्थित थे। वही स्थान है जहाँ महात्मा गांधी ने दक्षिण अफ्रीका से लौटने के बाद पहला भाषण 4 फरवरी, 1916 को दिया। वह भाषण अधूरा रहा। इसकी एक कहानी है। वह वसंत पंचमी का दिन था। महात्मा गांधी के भाषण से राजे-महराजे मंच से उतर कर जाने लगे। एनी बेसेंट को भी आपत्ति हुई क्योंकि उन्होंने कहा कि मैं जब स्टेशन से यहाँ आ रहा था तब इतनी सुरक्षा थी कि मैं सोचता हूँ कि वायसराय इतनी सुरक्षा लेकर क्या करेंगे? उस समय से ही हिंदू विश्वविद्यालय से बनारस के लोगों की भावनाएँ गहराई से जुड़ी रही हैं। इसीलिए आंदोलन का असर हुआ और हिंदू शब्द रह गया।

**जे.पी. का सान्निध्य**

रामबहादुर राय ने 1971 के फरवरी में एक दिन अखबार में एक खबर पढ़ी कि आज जे.पी. की सभा है। रामबहादुर राय तब बीएचयू के अय्यर हॉस्टल में रहते थे। टाउन हॉल के सभागृह में सभा हुई थी। जे.पी. की वह पहली सभा थी जिससे वे प्रेरित हो गये और जे.पी. के प्रति उनके मन में आदर भाव बढ़ा। सभा में जे.पी. ने बताया कि पूर्वी पाकिस्तान में नरसंहार हो रहा है और सैंकड़ों हिंदू और मुसलमानों के नेतृत्व में मुक्तिवाहिनी संघर्ष कर रही है और उसमें हमें सहभागी होना चाहिए। एक साधारण सी चौकी थी जिस पर बैठकर जे.पी. ने सभा में भाषण किया। जे.पी. आमतौर पर लंबा भाषण करते थे। चाहे दस

लोगों की सभा हो चाहे दस लाख लोगों की सभा हो। जे.पी. दो-दो घंटे भाषण किया करते थे। कई बार ढाई घंटे पर वे अपना भाषण खत्म किया करते थे। उस दिन की सभा में भी ऐसा ही हुआ। जे.पी. ढाई घंटे तक बोलते ही चले गये। जब सभा समाप्त हो गयी और दो चार लोग ही रह गये तो रामबहादुर राय सीधे जे.पी. के पास गये और कहा, "मैं आपको 1965 से देख-सुन रहा हूँ। यह आपका पहला भाषण है जिसने मुझे अंदर से हिला दिया है। मैं आपसे मिलकर यह समझना चाहता हूँ कि जो आप कह रहे हैं, उसमें हम कैसे सहभागी हो सकते हैं?" तब जे.पी. ने प्रभावती जी की ओर देखा। प्रभावती जी जे.पी. के लिए अनुशासन थीं। वे जे.पी. के साथ छाया की तरह रहती थीं। जे.पी. उनका अनुशासन मानते थे। प्रभावती जी ब्रह्मचारिणी थीं। उन्होंने गांधी के आश्रम में ब्रह्मचर्य का व्रत लिया था। जे.पी. ने भी ब्रह्मचर्य का व्रत लिया था। उन दिनों जे.पी. बीमार भी रहते थे इसलिए उनकी दवा और टाइम टेबल का ख्याल प्रभावती जी ही रखती थीं और हर कुछ वही तय किया करती थीं। प्रभावती जी ने जे.पी. से बातचीत के लिए रामबहादुर राय को अगले दिन सुबह साढ़े आठ बजे आने को कहा।

रामबहादुर राय अगले दिन सुबह आठ बजे जे.पी. के यहाँ पहुँच गये और जे.पी. से बहुत बात हुई। रामबहादुर राय ने उनसे पूछा कि मुक्ति संग्राम में हमारे जैसे लोग क्या कर सकते हैं? तब उन्होंने कहा कि अगर आप कुछ करना चाहते हैं तो पटना आइये। आपके साथी भी आना चाहें तो उनको भी ले आइये। पूर्वी पाकिस्तान जाइये। चूँकि मालदा में रामबहादुर राय का घर है। इसलिए रामबहादुर राय ने कहा कि हम तो मालदा से जायेंगे। मालदा के उस पार राजशाही है। रामबहादुर राय के साथ एक फोटोग्राफर भी थे। जे.पी. से पटना में मिलने के बाद रामबहादुर राय मालदा गये और वहाँ से लौटकर उन्होंने 'आज' अखबार में मुक्ति संग्राम का आँखों देखा हाल लिखा।

रामबहादुर राय विद्यार्थी परिषद के संगठन में कार्य करने लगे थे। बनारस में प्रधानमंत्री इंदिरा गांधी की सभा रखी गयी तो छात्र संघों पर रोक के खिलाफ विद्यार्थी परिषद ने उन्हें काला झंडा दिखाने का फैसला किया। इंदिरा जी की सभा में मुख्यमंत्री चौधरी चरण सिंह भी आये थे। रामबहादुर राय ने काला झंडा दिखाया। वे गिरफ्तार किये गये। 1971 में बीएचयू के कुलपति

कालूलाल श्रीमाली के खिलाफ आंदोलन छेड़ने पर 46 छात्र नेता निष्कासित कर दिये गये। निष्कासन वापसी की शर्त माफी माँगनी रखी गयी। 44 नेताओं ने माफी माँग ली किंतु दो ने नहीं माँगी। उनमें एक रामबहादुर राय थे, दूसरे मार्कंडेय सिंह। राय साहब वर्धा जाकर विनोबा से मिले किंतु कोई लाभ न हुआ।

**सरोकार : बिहार आंदोलन में हिस्सेदारी, मीसा व इमरजेंसी में गिरफ्तारी**

फिर एक दिन विद्यार्थी परिषद की तरफ से रामबहादुर राय से कहा गया कि उन्हें पटना जाना है। पटना में ही रहना है। इस तरह से 1972 के जनवरी-फरवरी में रामबहादुर राय का केंद्र पटना हो गया। वे पटना में रहकर विद्यार्थी परिषद के कामकाज का विस्तार करने में जुट गये। पटना में रहने के कारण जे.पी. से उनका ज्यादा मिलना-जुलना होने लगा। 1973 के सितंबर महीने से जे.पी. से करीब-करीब हर चौथे-पाँचवें दिन रामबहादुर राय मिलते थे।

रामबहादुर राय तब विद्यार्थी परिषद के राष्ट्रीय सचिव के साथ बिहार में संगठन मंत्री बनाये गये थे। संगठन को मजबूत बनाने का दायित्व राय साहब पर था। उन्होंने पूरे बिहार में घूम-घूम कर विद्यार्थी परिषद का संगठन खड़ा किया। एक वर्ष की कड़ी मेहनत रंग लायी। पटना विश्वविद्यालय छात्र संघ का चुनाव हुआ। लालू प्रसाद अध्यक्ष, सुशील मोदी महासचिव और रविशंकर प्रसाद सचिव चुने गये। 1974 में छात्र संघर्ष समिति बनी। विधानसभा घेराव का कार्यक्रम बना। रामबहादुर राय गिरफ्तार किये गये। मीसा में वह पहली गिरफ्तारी थी। दस महीने जेल में रहे। इमरजेंसी में भी राय साहब गिरफ्तार कर लिये गये और 16 महीने जेल में रहे। नागरिक स्वाधीनता संबंधी मुकदमे में उनका बार-बार जिक्र अपनी दलील में वकील लोग करते हैं।[3] उस फैसले के फलस्वरूप राय साहब इमरजेंसी से थोड़े दिनों पहले जेल से बाहर आ गये थे।

**लोक जागरण के लिए पत्रकारिता को वृत्ति बनाया**

रामबहादुर राय जेल से छूटे तो सक्रिय राजनीति में नहीं लौटे। उनके पास एकाधिक बार सांसद बनने का प्रस्ताव आया। निम्न सदन और उच्च सदन दोनों के लिए। लेकिन उन्होंने उसे स्वीकार नहीं किया। औपनिवेशिक राज्य व्यवस्था में परिवर्तन लाने के उद्देश्य से उन्होंने पत्रकारिता को वृत्ति के रूप में चुना। उन्होंने 1979 में हिंदुस्थान समाचार एजेंसी से विधिवत पत्रकारिता प्रारंभ की। रामबहादुर राय ने हिंदुस्थान समाचार में कई महत्त्वपूर्ण खबरें ब्रेक कीं। राय

साहब ने लंबी खोजबीन कर विनोबा भावे द्वारा तत्कालीन केंद्रीय गृह मंत्री को लिखे गये पत्र पर आधारित खबर ब्रेक की। पत्र में विनोबा ने आरोप लगाया था कि समर्पण करनेवाले डाकुओं के पुनर्वास के लिए हुए समझौते को मध्य प्रदेश सरकार तोड़ रही है। उस खबर में रामबहादुर राय ने मध्यप्रदेश के तत्कालीन मुख्यमंत्री और विपक्ष के नेता की प्रतिक्रिया भी शामिल की थी। ध्यान देनेयोग्य है कि रामबहादुर राय ने अपनी पत्रकारिता के आरंभिक दौर में डाकुओं के पुनर्वास की चिंता के बारे में विनोबा के पत्र को आधार बनाकर सभी पक्षों के अभिमत को शामिल करते हुए एक्सक्लूसिव रिपोर्ट लिखी। कह सकते हैं कि राय साहब की पत्रकारिता की बुनियाद विनोबा प्रसंग ने रखी। दिलचस्प है कि प्रभाष जोशी की पत्रकारिता की बुनियाद भी विनोबा प्रसंग ने रखी थी। 1960 में जब विनोबा की पदयात्रा इंदौर पहुँचनेवाली थी तो 'नई दुनिया' में उसकी रिपोर्टिंग प्रभाष जोशी ने की थी। वह रिपोर्टिंग पुस्तक रूप में रामबहादुर राय की पहल पर ही उपलब्ध हुई है। राजकमल से प्रकाशित पुस्तक का शीर्षक है 'विनोबा के साथ उनतालीस दिन'। प्रभाष जोशी की इस किताब का संपादन मनोज कुमार मिश्र ने और संकलन कमलेश सेन ने किया है। पुस्तक के पुरोकथन में रामबहादुर राय ने लिखा है, "यह किताब पत्रकारिता की पाठशाला की अनिवार्य पाठ सामग्री है। यह प्रभाष जी के निर्माण-काल की बानगी है। इसमें एक बनते हुए पत्रकार को देखा जा सकता है। उसके परिश्रम और समर्पण को समझा जा सकता है। जिन लोगों ने कागद कारे की बुलंदी को पढ़ा है उन्हें यह बुनियाद भी पढ़नी चाहिए। 'जनसत्ता' प्रभाष जी के पत्रकारिता जीवन की बुलंदी है तो 'विनोबा के साथ उनतालीस दिन' उनकी बुनियाद।"[4]

इसी पुरोकथन में राय साहब अच्छी रिपोर्टिंग के गुण बताते हैं। वे लिखते हैं, "यह पुस्तक बताती है कि रिपोर्टिंग कैसे करनी चाहिए। रिपोर्ट में किन बातों को दर्ज करना आवश्यक होता है। किसी पत्रकार के लेखन में कौन से तत्त्व हैं जो उसकी रिपोर्टिंग को दीर्घजीवी बनाने में सक्षम हैं। प्रभाष जी की विनोबा-यात्रा की रिपोर्टिंग बताती है कि वे गांधी-विनोबा में रचे-बसे थे। इसलिए इन रिपोर्टों से यात्रा से संबंधित सूचनाओं के साथ इसकी वैचारिकता का पता चलता है। यात्रा के मर्म का भी। विनोबा के भाषणों में अहिंसा संस्कृति की स्थापना के सूत्र हैं। अपने समकाल की सभ्यता-समीक्षा भी। विचार के स्तर

पर समर्थ पत्रकार ही इसे अपने लेखन में दर्ज कर सकता है। प्रभाष जी ने किया है। विनोबा जब भाषण करते हैं मानो अपने श्रोताओं का बौद्धिक प्रशिक्षण कर रहे हैं। उनके भाषण में भारतीय ज्ञान परंपरा की अनुगूँज सुनायी पड़ती है। कोई भी सतर्क पाठक इसे महसूस कर सकता है। ये भाषण अपनी परंपरा का विस्तार करते हैं। उसका परिष्कार करते हैं। उसका विकास भी करते हैं। यह पत्रकारिता का धर्म है कि अपने समय की घटनाओं तक सीमित न रहे। प्रभाष जी ने इसे निभाया है। वे विनोबा के मन-मिजाज में गहरे उतरे हैं। उनकी वाणी को अपने लेखन में दर्ज किया है। विनोबा के मन में भारत-निर्माण का जो खाका था, उसे बताते-समझाते थे। लोगों को तैयार करते थे। ऐसा लगता है कि विनोबा यहाँ 'व्यास' की भूमिका में है। प्रभाष जी उनके 'गणेश' की भूमिका में हैं। 'व्यास' की बातें लोगों तक नहीं पहुँचतीं, अगर 'गणेश' नहीं होते। प्रभाष जी ने विनोबा के भाषणों में अभिव्यक्त सूत्रों और संकेतों को बहुत सुंदर अक्षरों में उतारा है। विनोबा समाज-रचना की अपनी परिकल्पना बताते हैं। वे प्रेमयोग का मंत्र प्रस्तावित करते हैं। इसकी सैद्धांतिकी समझाते हुए वे मातृ-शक्ति की श्रेष्ठता प्रतिपादित करते हैं।"[5]

पुरोकथन के आखिर में रामबहादुर राय पत्रकारिता की प्रभाष शैली पर सम्यक प्रकाश डालते हैं। वे लिखते हैं, "विनोबा के व्यक्तित्व का रूपाकार चित्रण करने के लिए प्रभाष जी ने गांधी और विनोबा के पत्रों को उद्धृत किया है। गांधीजी विनोबा को लिखते हैं - तुम्हारे लिए कौन-सा विशेषण काम में लाऊँ, यह मुझे नहीं सूझता। तुम्हारा प्रेम और तुम्हारा चरित्र मुझे मोह में डुबा देता है। तुम्हारी परीक्षा करने में मैं असमर्थ हूँ। तुमने जो अपनी परीक्षा की है, उसे मैं स्वीकार करता हूँ और तुम्हारे लिए पिता का पद ग्रहण करता हूँ। मेरे लोभ को तो तुमने लगभग पूरा ही किया है। मेरी मान्यता है कि सच्चा पुत्र वह है जो पिता ने जो कुछ किया हो उसमें वृद्धि करे। पिता सत्यवादी, दृढ़, दयावान हो तो स्वयं अपने में ये गुण विशेषता से धारण करे। यह तुमने किया है, ऐसा दिखता है। तुमने यह मेरे प्रयत्नों से किया है, ऐसा मुझे नहीं मालूम होता। इस कारण तुमने मुझे जो पिता का पद दिया है उसे मैं तुम्हारे प्रेम को भेंट के रूप में स्वीकार करता हूँ। उस पद के योग्य बनने का प्रयत्न करूँगा और जब मैं हिरण्यकश्यप साबित होऊँ तो प्रह्लाद भक्त के समान मेरा सादर-निरादार

करना।'' गांधीजी के लिखे इस पत्र के शब्द-शब्द विनोबा की असाधारणता का अनुभव कराते हैं। यह दर्शन प्रभाष जी ने कराया है। यह प्रभाष शैली है। पत्रकारिता की प्रभाष शैली! प्रभाष जी की साहित्य में गहरी रुचि थी। उनके निर्माण में साहित्यिक कृतियों और सर्वोदय-दर्शन की सबसे महत्त्वपूर्ण भूमिका है। 'विनोबा के साथ उनतालीस दिन' में इन दोनों को सहज ही देखा जा सकता है। इस पुस्तक में शामिल रिपोर्टिंग में कई जगह ऐसा वर्णन है, मानो साहित्यिक रचना हो। पाठक साहित्यिक कृति का आस्वाद महसूस कर सकते हैं। इनमें वे तत्त्व भी शामिल हैं जो किसी लेखन को पत्रकारिता के स्थान पर साहित्यिक रचना का दर्जा देने को प्रेरित करें। शीर्षक से लेकर अंदर की लेखन शैली इसका प्रमाण है।"[6]

इस पुरोकथन में रामबहादुर राय ने प्रभाष जोशी की पत्रकारिता की जिन विशेषताओं का उल्लेख किया है, वे विशेषताएँ स्वयं रामबहादुर राय की पत्रकारिता में विद्यमान हैं।

बहरहाल, हिंदुस्थान समाचार में राय साहब के अच्छे कार्य को देखते हुए उन्हें दिल्ली बुलाया गया और वहाँ से ईटानगर भेजा गया।

दिल्ली से 1983 में जब 'जनसत्ता' शुरू हुआ तो उसके संवाददाताओं में एक रामबहादुर राय भी थे। 'जनसत्ता' दिल्ली से 17 नवंबर, 1983 को निकला। प्रवेशांक में प्रभाष जोशी ने विशेष संपादकीय लिखी-'पत्र पाठकों के नाम।' वह चौपाल स्तंभ में छपा जो पाठकों की जगह है। प्रभाष जी ने लिखा था, "बोलचाल की ऐसी भाषा जो नव-साक्षर या कम पढ़े-लिखे आदमी से लेकर प्रखर विद्वान तक के उपयोग और अनुभव से अमीर हो, बनते-बनते बनती है और वही लाखों-करोड़ों लोगों को जोड़ती है। ऐसी हिंदी पनप भी रही है। जरूरत है उसे बोलने से लिखने और छपने तक लाने की। 'जनसत्ता' ऐसी हिंदी को पनपाने और प्रतिष्ठित करने के लिए निकल रहा है। लेकिन कोई भी अखबार सिर्फ भाषा की सेवा के लिए नहीं निकलता। वह दरअसल अपने पाठकों और दुनिया के बीच एक पुल होता है, संवाद का जरिया होता है, मंच होता है। वह पाठक की निजी आस्थाओं और उसकी सार्वजनिक निष्ठाओं को साधता है। वह अपने पाठकों की आशा-आकांक्षाओं और जीवन मूल्यों का आईना होता है। वह पाठकों से बनता है और पाठकों को बनाता है। लेकिन

यह अर्थवान प्रक्रिया बिना विश्वसनीयता के नहीं चल सकती। 'जनसत्ता' यह विश्वसनीयता कमाने के लिए निकल रहा है।'' यह कहने की जरूरत नहीं कि 'जनसत्ता' ने वह विश्वसनीयता बनायी। उस विश्वसनीयता को बनाने में 'जनसत्ता' की पूरी टीम का योगदान था। कोई अखबार केवल संपादक का नहीं होता। अखबार को टीम निकालती है। प्रभाष जी ने अपनी संपादकीय टीम अपनी तरह से चुनी। उस टीम में बनवारी, गोपाल मिश्र, सतीश झा और हरिशंकर व्यास थे। ओमप्रकाश सिंह, चमनलाल, हरिश्चंद्र शुक्ल काक, सत्यप्रकाश त्रिपाठी, प्रताप सिंह, सतीश पेडनेकर, श्याम सुंदर आचार्य और राजेंद्र धोड़पकर भी थे। दिल्ली में पाँच संवाददाताओं की टीम थी जिसमें रामबहादुर राय, आलोक तोमर, महादेव चौहान, दयाशंकर जोशी, राकेश कोहरवाल थे। रविवारी 'जनसत्ता' के प्रभारी मंगलेश डबराल थे, उनके साथ पारुल शर्मा थीं। जनरल डेस्क पर देवप्रिय अवस्थी, परमानंद पांडेय, अशोक कुमार, अमितप्रकाश सिंह, जगदीश उपासने, कुमार आनंद, सुरेश शर्मा थे। डेस्क पर ही अरविंद मोहन, श्रीश्चंद्र मिश्र, शंभुनाथ शुक्ल, सुशील कुमार सिंह, राजेश नायक, सुधांशु भूषण मिश्र, राजीव शुक्ल थे। कामर्स डेस्क पर उमेश जोशी और श्रीभगवान सुजानपुरिया थे। खेल डेस्क पर बृजेंद्र पांडेय, सुरेश कौशिक और मनोज चतुर्वेदी थे। लखनऊ में जयप्रकाश शाही और फिर हेमंत शर्मा, पटना में सुरेंद्र किशोर, जयपुर में पहले रियाजुद्दीन शेख और फिर आत्मदीप और भोपाल में महेश पांडेय संवाददाता थे। इन सबने 'जनसत्ता' को 'जनसत्ता' बनाने में योगदान किया। 'जनसत्ता' की अनेक मेधाओं ने मिलकर अखबार की वर्तनी बनायी। कुमार आनंद ने अखबार का ध्येय वाक्य बनायाः सबकी खबर ले सबको खबर दे। बाद में 'जनसत्ता' मुंबई, चंडीगढ़ और कोलकाता से भी निकला। प्रभाष जी के नेतृत्व में 'जनसत्ता' सबकी खबर लेता रहा और सबको खबर देता रहा और कारगर ढंग से जनता के सुख-दुःख को सही अर्थों में प्रतिबिंबित करता रहा। इसी कारण उसकी विश्वसनीयता और गंभीरता लंबे समय तक कायम रही।

आरंभिक वर्षों में 'जनसत्ता' की विश्वसनीयता कायम कराने में रामबहादुर राय, आलोक तोमर, महादेव चौहान, दयाशंकर जोशी और राकेश कोहरवाल की रिपोर्टिंग का बड़ा योगदान था। 'जनसत्ता' में हर विचारधारा को जगह मिलती थी। इसीलिए 'जनसत्ता' हर विचारधारावाले व्यक्ति को अपना

अखबार लगता था। 'जनसत्ता' में प्रभाष जी के सहयोगियों में समाजवादी, गांधीवादी, सर्वोदयी, वामपंथी, उग्र वामपंथी, कांग्रेसी और जनसंघी हर विचारधारा के लोग थे। विद्यार्थी परिषद से कभी जुड़े रहे रामबहादुर राय और संघ की विचारधारा से निकले जगदीश उपासने थे तो समाजवादी विचारधारा से निकले बनवारी और अरविंद मोहन और वामपंथी विचारधारा से निकले मंगलेश डबराल थे। सबको अपनी बात कहने की पूरी आजादी थी। उस टीम में आंदोलनों और विभिन्न विचारधाराओं से निकले लोग थे। इसीलिए 'जनसत्ता' का चरित्र समावेशी था। उसके भीतर भी लोकतंत्र था।

रामबहादुर राय की रिपोर्टिंग से प्रसन्न होकर उन्हें छह माह में ही प्रभाष जी ने मुख्य संवाददाता बना दिया। प्रभाष जी मानते थे कि संपादक की आजादी उसके सहयोगियों की आजादी है। प्रभाष जी ने रामबहादुर राय से कभी नहीं पूछा कि वे कौन-सी खास खबर लिख रहे हैं? एक तरफ सहयोगियों को आजादी मिली हुई थी तो दूसरी तरफ संपादकीय सहयोगियों की गलती को प्रभाष जी अपनी गलती मान लेते थे। एक बार उनके सहयोगी बनवारी ने सती प्रथा के पक्ष में संपादकीय लिख दी तो देश में बवाल मच गया। तब प्रभाष जी ने बनवारी का बचाव किया। संपादक के रूप में और पत्रकारिता के पेशे का यह भी एक विरल दृष्टांत है। उस घटना के बाद भी बनवारी अखबार में बने रहे थे।

जब राजेंद्र माथुर 'नवभारत टाइम्स' के संपादक बनकर दिल्ली आ गये तो उन्होंने रामबहादुर राय को अपने यहाँ आमंत्रित किया। एक बार नहीं, कई बार। बीसवीं सदी के अस्सी के दशक में हिंदी के दो सबसे बड़े संपादक थे राजेंद्र माथुर और प्रभाष जोशी। माथुर और जोशी दोनों 'नई दुनिया' के प्रधान संपादक राहुल बारपुते उर्फ बाबा की देन थे। 'नई दुनिया' से राजेंद्र माथुर यानी रज्जू बाबू 27 वर्षों तक जुड़े रहे। क्षेत्रीय पत्रकारिता के शीर्ष पर पहुँचने के बाद वे 1982 में 'नवभारत टाइम्स' के प्रधान संपादक बने और 1991 में मृत्यु पर्यंत वे हिंदी की राष्ट्रीय पत्रकारिता के शीर्ष पर ही रहे। उनके बार-बार के आग्रह को ठुकराना राय साहब के लिए संभव नहीं था। 1986 में राय साहब 'नवभारत टाइम्स' में विशेष संवाददाता बनकर चले गये। राय साहब को प्रभाष जोशी बहुत मानते थे। इसलिए उनसे कहते रहते- 'जनसत्ता' में लौट आइये। आपका अखबार 'जनसत्ता' है। 1991 में राय साहब 'जनसत्ता' में लौट आये। 1994 तक

'जनसत्ता' के ब्यूरो चीफ रहे। 1995 से 2004 तक वे 'जनसत्ता' के संपादक (समाचार सेवा) रहे। हवाला कांड को राय साहब ने 'जनसत्ता' के 24 अगस्त, 1993 के अंक में उजागर किया। डीडीए द्वारा बिना नींव के बनाये गये 193 मकान की खबर भी उन्होंने ही ब्रेक की थी। दिल्ली सिख गुरुद्वारा प्रबंधक कमेटी के चेयरमैन के मारे जाने की खबर राय साहब ने ही सबसे पहले 'जनसत्ता' में दी थी।

'जनसत्ता' की तरह ही 'नवभारत टाइम्स' में भी रामबहादुर राय की पत्रकारिता प्रतिमान रचनेवाली रही। सहारनपुर दंगे पर 'नवभारत टाइम्स' में राय साहब की बाटम स्टोरी छपी थी जिसमें बताया गया था कि हिंदुओं और मुसलमानों ने मिलकर कैसे गाँव में दंगा रोका। 'नवभारत टाइम्स' में विश्वनाथ प्रताप सिंह के अभियान पर कई खबरें राय साहब ने ही ब्रेक कीं। राय साहब ने अपनी समूची पत्रकारिता एक फकीर की तरह की। 'जनसत्ता' में संपादक समाचार सेवा रहते हुए राय साहब अपने पीए मनोहर लाल को अपनी कुर्सी पर बैठा देते और खुद उसकी कुर्सी पर बैठकर उसे अपना समाचार या विश्लेषण टाइप करने के लिए डिक्टेशन देते। राय साहब की सरलता का यह एक दृष्टांत है। रहन-सहन और खान-पान में राय साहब जितने सादे हैं, विचार में उतने ही गहरे। सादगी, संयम और संवेदना का संगम उनके व्यक्तित्व में है। उनका स्वभाव निर्मल और स्नेहशील है किंतु अपने बारे में कुछ कहने में संकोची हैं। ठेठ गंवई संवेदना के धनी राय साहब दिल्ली महानगर में भूजा-लाई-चना मजे से खाते हैं।

रामबहादुर राय ने मुद्रित माध्यम की हर तरह की पत्रकारिता की। दैनिक जनसत्ता, दैनिक नवभारत टाइम्स, पाक्षिक प्रथम प्रवक्ता, यथावत, युगवार्ता से जुड़े रहे राय साहब राजस्थान पत्रिका, प्रभात खबर और राष्ट्रीय सहारा के हस्तक्षेप में भी लिखते रहे हैं। उनका संपादकीय संस्पर्श इन दिनों देश की एक मात्र बहुभाषी समाचार एजेंसी 'हिंदुस्थान समाचार' के प्रकाशनों को मिल रहा है।

रामबहादुर राय 'जनसत्ता' में 1997 से 2004 तक 'पड़ताल' स्तंभ लिखते रहे। तत्कालीन राजनीतिक, आर्थिक, सामाजिक और अंतरराष्ट्रीय परिवेश को जानने के लिए उस स्तंभ में प्रकाशित लेखों को पढ़ना अनिवार्य है।

2006 से 2012 तक वे 'प्रथम प्रवक्ता' में स्तंभ लिखते रहे। 2013 से 2020 तक 'यथावत' में स्तंभ लिखते रहे। 'युगवार्ता' में भी वे लोकायत नाम से स्तंभ लिखते हैं। प्रसंगवश, 'युगवार्ता' के 16-30 जून 2024 के अंक में श्री राय के स्तंभ लोकायत में छपे लेख का शीर्षक है 'निरंतरता में मोदी युग'। रामबहादुर राय का यह लेख कई आशंकाओं का निवारण करता है। श्री राय लिखते हैं, "जहाँ तक इस आशंका का सवाल है कि क्या नरेंद्र मोदी के नेतृत्व में राजग गठबंधन की सरकार अपना कार्यकाल पूरा करेगी, तो इसका समाधान सरल है। ऐसी आशंका निराधार है। अतीत इसका साक्षी है। गुजरात में जब नरेंद्र मोदी ने मुख्यमंत्री पद संभाला था, तब भाजपा कई सालों से अस्थिर सरकार के झंझावातों में फँसी हुई थी। उन्होंने एक स्थिर सरकार की जो नींव डाली और जिस पर स्थिर सरकार की इमारत बनी, वह आज भी अपनी बुलंदी पर है। इसी तरह लोग नरेंद्र मोदी को अब पंडित जवाहरलाल नेहरू के समकक्ष बताने लगे हैं। यह तुलना अनुचित है। पंडित नेहरू का समय अलग था। परिस्थितियाँ भिन्न थीं। उन्हें एक पार्टी की सरकार चलाने की सुविधा इतिहास ने दी थी। उसे भी वे उस तरह नहीं चला पाये, जैसा लोग चाहते थे। नरेंद्र मोदी के प्रति भारत में एक आकांक्षा पैदा हुई। वह भरोसे में बदली। उसका विस्तार हुआ है। वही निरंतरता नये मंत्रिमंडल में दिख रही है। जिसमें भारत की विविधता है, परंतु वह राजनीतिक रूप से एकता के धागे में बँधी हुई है। इस निरंतरता में भारतीयता है और वही मोदी युग का पुनः प्रयाण है।"[7]

जिस मोदी ने अपने प्रधानमंत्री काल में 2015 से हर साल 26 नवंबर को देश में संविधान दिवस मनाना शुरू किया, उन्हीं के बारे में कांग्रेस नेता राहुल गांधी ने चुनाव अभियान में आरोप लगाया कि अगर नरेंद्र मोदी के नेतृत्व में राजग जीत गया, तो संविधान नहीं बचेगा और इस तरह लोकतंत्र भी नहीं बचेगा। राहुल गांधी के आरोप पर रामबहादुर राय इस प्रकार टिप्पणी करते हैं– "चुनाव परिणाम ने राहुल गांधी की उस कुटिल चाल को विफल कर दिया है। प्रधानमंत्री नरेंद्र मोदी को निरंतरता में तीसरी बार मतदाताओं ने चुना है। यह उस दुष्प्रचार के बावजूद हुआ है। इसका एक अर्थ तो बहुत साफ है कि जनता नरेंद्र मोदी के कहे पर भरोसा करती है। इसलिए करती है क्योंकि वे जो कहते हैं, वही करते हैं। श्री राय लिखते हैं कि भारत की दो संपदाओं पर दुनिया को

ईर्ष्या है, भारत का संविधान और उससे उत्पन्न वह लोकतंत्र, जो दुनिया के लोकतंत्र की गंगोत्री है। राहुल गांधी भारत की इस मूल पूँजी को चुनाव में किसे बंधक पर रखने की जुगत में थे?"[8]

ध्यान देनेयोग्य है कि रामबहादुर राय अपने स्तंभों के शीर्षक रखते हैं- पड़ताल, अनायास, लोकायत, यथावत, यथाकाल, मतांतर, अभिप्राय और कहत कबीर। इन शीर्षकों को उन्होंने चरितार्थ किया। आँखिन देखी बात कबीर कहते हैं और रामबहादुर राय भी आँखिन देखी ही कहते हैं। रामबहादुर राय कबीर शैली के लेखक इसलिए हैं क्योंकि उन्होंने पढ़कर जितना सीखा, संघर्ष, गंभीर अध्ययन और अनुभव से उससे अधिक सीखा। कदाचित इसीलिए उनका लिखा पढ़नेवाले को सुनायी पड़ता है।

'यथावत' में उनका कालम 'कहत कबीर' छपता रहा। उसमें वे कभी नये रिवाज बनाते वेंकैया नायडू पर तो कभी राहुल गांधी की दोमुंही राजनीति पर तो कभी अन्ना हजारे के भ्रम पर तो कभी संविधान के साथ धोखाधड़ी पर तो कभी नदी बचाने की पहल पर तो कभी गांधी के 150वें वर्ष को बड़ा अवसर बनाने की संभावना पर लेख लिखते रहे। रामबहादुर राय के यहाँ विषयों का बंधन नहीं है। जब वे 'प्रथम प्रवक्ता' में सलाहकार संपादक थे तो वहाँ उनके स्तंभ का नाम यथावत था। 'प्रथम प्रवक्ता' में उन्होंने विजय दत्त श्रीधर की किताब भारतीय पत्रकारिता कोश के दोनों खंडों पर दो अंकों में तीक्ष्ण समीक्षात्मक आलेख लिखे। उसमें उन्होंने लिखा था, "हिंदी में भारतीय पत्रकारिता का यह पहला संदर्भ ग्रंथ है। इसे पत्रकारिता का पुराण भी माना जा सकता है।"[9] राय साहब की समूची पत्रकारिता जनोन्मुख रही है। जनोन्मुख पत्रकारिता को वही गढ़ सकता है जो इस पेशे में कोई विकार न आने दे। पत्रकारिता में जब पेड न्यूज जैसा विकार आया तो रामबहादुर राय ने 'काली खबरों की कहानी' नामक पुस्तक निकाली। भारतीय प्रेस परिषद ने पेड न्यूज पर जो समिति बनायी थी, परांजय गुहाठाकुरता उसके सदस्य थे। उसके अध्यक्ष एन. एन. रे थे। प्रेस परिषद की जिस जाँच रिपोर्ट को स्वयं प्रेस परिषद ने ही दबा दिया, वह 'काली खबरों की कहानी' पुस्तक में हिंदी में पढ़ी जा सकती है। अंग्रेजी में वह जाँच रिपोर्ट प्रभाष जोशी के नाम से चल रही वेबसाइट (www.prabhashjoshi.in) पर उपलब्ध है। 'काली खबरों की कहानी' पुस्तक

के पुरोकथन में रामबहादुर राय लिखते हैं, “यह खबरों की खरीद-बिक्री के काले धंधे के बारे में है। यह किस्सा नया नहीं है। कुछ लोगों को अवश्य यह चौंकाता है क्योंकि वे समझते हैं कि पहली बार ऐसी कोई गलत बात चुनाव में हुई है। इसे कई अवसरों पर मैंने दोहराया है और कहा है कि यह धंधा कम से कम दो दशक पुराना है। उसका चलन गुजरात और महाराष्ट्र में था। वहाँ चुनाव की रिपोर्टिंग में जो-जो गये, वे देख-समझ कर आये हैं। जो रोग पहले इक्के-दुक्के राज्यों में दबे-छुपे चल रहा था, वह महामारी बनकर हिंदी पट्टी में पिछले लोकसभा चुनाव (2009) में फैल गया। नया यही है। पर इतना ही नहीं है। इसकी जड़ें पाताल तक पहुँच गयी हैं। जो हम देख पाते हैं, वह बहुत छोटा हिस्सा है। इससे कोई बचा नहीं है चाहे वह उम्मीदवार हो, चाहे कोई दल हो, चाहे मीडिया का कोई भी रूप हो और उसके मुखिया हों। अपवाद बहुत थोड़े हैं। मीडिया में जो नियम होना चाहिए, वह अब अपवाद में बदल गया है। इस पर अफसोस जतायें या संतोष करें कि कुछ अपवाद तो बचे हैं।”[10]

रामबहादुर राय खबरों के इस धंधे को लोकतंत्र के लिए खतरा मानते हैं। वे लिखते हैं, “पत्रकारिता लोकतंत्र की कोख से निकली है। यह भी कह सकते हैं कि भारत में पत्रकारिता ने लोकतंत्र को सँवारा और सार्थक किया। जिस पत्रकारिता ने लोकतंत्र को उसके पैरों पर खड़ा किया, चलना सिखाया और आम आदमी को उसकी गरिमा दिलायी, वह इस धंधे में पड़कर बीमार हो गयी है। इस तरह बीमारी दोनों को लग गयी है—लोकतंत्र और पत्रकारिता को। जाँच रिपोर्ट से उस रोग का कुछ हिस्सा समझ में आता है। जिन लोगों ने इस बीमारी को सबसे पहले पहचाना और देश भर को बताया कि सजग हो जाओ नहीं तो खतरा आग की तरह सबको लील जायेगा, उनमें प्रभाष जोशी का नाम सबसे पहले आता है। उनकी ही पहल से प्रेस परिषद ने जाँच करवायी। उसके बाद यह मुद्दा विभिन्न रूपों में हमारे सार्वजनिक जीवन की तमाम बहसों में आया। संसद में जब सवाल उठा तो सरकार की ओर से सूचना एवं प्रसारण मंत्री अंबिका सोनी के जवाब में एक ही टेक होती थी कि रिपोर्ट का इंतजार है। जैसे यह लग रहा था कि सरकार उस पर बहुत कठोर कार्रवाई करेगी। रिपोर्ट जब दबा दी गयी तो सरकार के रवैये से ऐसा लगता है कि उसने राहत की साँस ली। यह दोहरा चरित्र उस बीमारी को नया रोग देता है।”[11]

इस मसले पर राजनीतिक दलों के रवैये पर आश्चर्य प्रकट करते हुए रामबहादुर राय ने लिखा है, "संसद की बहस में राजनीतिक दलों के जो बयान आये, उससे एक भ्रम का निर्माण हुआ। इस मसले पर जो लोग चिंतित थे वे समझने लगे कि खबरों के धंधे से राजनीतिक दल भी उतने ही परेशान हैं जितने कि दूसरे। यह भ्रम उस दिन चूर-चूर हो गया जब चुनाव आयोग की सर्वदलीय बैठक में दलों के प्रतिनिधियों ने कहा कि चुनाव खर्च की सीमा जो तय कर दी गयी है और प्रचार पर पाबंदी लगायी गयी है उसे ढीला करना चाहिए। इससे यह साफ हो जाता है कि राजनीतिक दल खबरों के धंधे को चुनाव आयोग के नियमों से जोड़ रहे हैं। चुनाव आयोग के प्रतिनिधि दोहराते रहे हैं कि कानून में आयोग को कार्रवाई करने का कोई अधिकार नहीं है। साफ है कि खबरों के धंधे में संसद, सरकार, चुनाव आयोग और न्यायपालिका लाचार दिखती है। फिर इसका इलाज कैसे हो? लोगों को इस बारे में बताकर और जनमत जगाकर इसका इलाज संभव है।"[12]

राय साहब ने दबा दी गयी रिपोर्ट का जो भाष्य किया, वह इसलिए महत्त्वपूर्ण है क्योंकि उनके भाष्य में अकाट्य तर्क और विचार होते हैं। कदाचित इसीलिए वे पत्रकारिता के प्रतिमान बन सके। रामबहादुर राय के व्यक्तित्व के बारे में दैनिक भास्कर के समूह संपादक प्रकाश दुबे ने ठीक लिखा है, "राय साहब के व्यक्तित्व को उदाहरण से समझना हो तो खेत में चलिये। किसान खेत में बोहनी करता दिनभर खटता है। सूर्य ढलने के बाद जाते समय चारा या लकड़ियाँ बटोर कर ले जाना नहीं भूलता। फसल का मौसम है, तब सब्जी भाजी-फल लेकर गाँव की सीमा में प्रवेश करता है। मुझे हमेशा ऐसा ही लगा कि सामाजिक बदलाव की बोहनी करने जुटे राय साहब पत्रकारिता को उतना ही महत्त्व देते हैं, जितना किसान वापसी में साथ ले जाने वाले चारे और फल को। खाली हाथ घर में कदम रखना उनकी फितरत नहीं रही।"[13]

श्री दुबे के ही शब्दों में, "पत्रकारिता में उनका यह निखरा और निष्कलंक चेहरा देखकर हर व्यक्ति उनके प्रति सम्मान से झुकता है। विचार, दल, क्षेत्र और भाषा की सीमाएँ मिट जाती हैं। राय साहब भ्रष्टाचार के विरुद्ध लड़ाई के रास्ते में किंतु-परंतु राह बदलने के लिए प्रेरित नहीं करते। जयप्रकाश नारायण के आंदोलन में वे कार्यकर्ता की तरह सक्रिय रहे। जैन हवाला जैसे

अनेक मामलों को दबने से बचाया। असम से चुनाव लड़ने वाले विदेशी नागरिक का भांडा फोड़ना हो या उत्तर प्रदेश के अपराधकर्मियों की नकाब नोंचनी हो, रामबहादुर राय के मन में अपने-पराये का भेद नहीं है।"[14]

लोकजागरण के लिए रामबहादुर राय ने पत्रकारिता का चयन किया। वही उनका राष्ट्रीय सरोकार है। राय साहब का यह सरोकार ही था कि उदारीकरण के विरोध में चले देशव्यापी अभियान में उन्होंने नेतृत्वकारी भूमिका निभायी।

**सृजन**

रामबहादुर राय की मौलिक कृतियाँ उनकी अध्ययनशीलता और खोजी प्रवृत्ति का साक्ष्य प्रस्तुत करती हैं। इन कृतियों से पता चलता है कि राय साहब के चिंतन का फलक कितना व्यापक है। उनकी मौलिक कृतियाँ हैं– 'रहबरी के सवाल', 'मंजिल से ज्यादा सफर' (दोनों राजकमल प्रकाशन), 'शाश्वत विद्रोही राजनेता आचार्य जे.बी. कृपलानी' (नेशनल बुक ट्रस्ट), 'नीति और राजनीति', 'अर्थ-अनर्थ', 'संस्कृति-अपसंस्कृति' और 'पक्ष-प्रतिपक्ष'(चारों सं. अरुण भारद्वाज, खामा पब्लिकेशंस), 'भारतीय संविधानः अनकही कहानी' (प्रभात प्रकाशन)। राय साहब की संपादित पुस्तकें हैं–'काली खबरों की कहानी' (रिपोर्ट जो दबा दी गयी) (रेमाधव पब्लिकेशंस), 'हमारे बाला साहब देवरस' (राजीव गुप्ता के साथ), 'राजनीति की लोक संस्कृति निमित्त गोविंदाचार्य', 'हमारा संविधानः एक पुनरावलोकन' (महेशचंद्र शर्मा के साथ) (अंतिम तीनों प्रभात प्रकाशन से)।

**इंदिरा गांधी राष्ट्रीय कला केंद्र में**

रामबहादुर राय 2016 में इंदिरा गांधी राष्ट्रीय कला केंद्र के अध्यक्ष बनाये गये। सच्चिदानंद जोशी सदस्य सचिव बने। दोनों महानुभावों के नेतृत्व में इंदिरा गांधी राष्ट्रीय कला केंद्र का लोकव्यापीकरण हुआ। इंदिरा गांधी राष्ट्रीय कला केंद्र को लोकजीवन और जनजातीय जीवन से जोड़ने के अलावा रामबहादुर राय के अध्यक्ष काल और सच्चिदानंद जोशी के सदस्य सचिव काल की एक बड़ी उपलब्धि है वैदिक विरासत पोर्टल। इंदिरा गांधी राष्ट्रीय कला केंद्र ने वेदों में निहित संदेश को आमजन तक पहुँचाने के उद्देश्य से 2023 में यह पोर्टल शुरू किया। इस पोर्टल पर 18000 से अधिक वैदिक मंत्रों तथा 550 घंटे से अधिक की दृश्य-श्रव्य सामग्री इंदिरा गांधी कला केंद्र ने उपलब्ध करा दी है।

यह सामग्री वेदों को जानने वाले विशेषज्ञों, वैदिक अनुसंधान संस्थानों, वेदपाठी परिवारों के साथ मिलकर तैयार की गयी है।

कला केंद्र की दूसरी बड़ी उपलब्धि है राष्ट्रीय पांडुलिपि मिशन के तहत कार्य। इस मिशन की स्थापना 2003 में भारत सरकार के संस्कृति मंत्रालय ने की थी। राष्ट्रीय पांडुलिपि मिशन को अप्रैल 2021 से इंदिरा गांधी राष्ट्रीय कला केंद्र की स्थायी इकाई बना दिया गया है। मिशन का उद्देश्य भारत की विशाल पांडुलिपि संपदा का पता लगाना, पांडुलिपियों की विरासत को संरक्षित करना तथा आमजन के लिए सुलभ बनाना है। भारत में अनुमानतः 10 मिलियन पांडुलिपियाँ हैं जो शायद दुनिया का सबसे बड़ा संग्रह है। इसमें भिन्न-भिन्न विषय, लिपियाँ, भाषाएँ, सुलेख और चित्र शामिल हैं। मिशन ने मानुष ग्रंथावली नामक एक नया साफ्टवेयर विकसित किया है। अब तक मिशन ने 45 लाख से अधिक पांडुलिपियों का दस्तावेजीकरण किया है। 8.5 करोड़ पृष्ठों को संरक्षित किया गया है। 3.2 लाख पांडुलिपियों (लगभग 3.3 करोड़ पृष्ठ) का डिजिटलीकरण हुआ है। 110 से अधिक पुस्तकें प्रकाशित की गयी हैं। 100 से अधिक पांडुलिपियाँ तथा 250 से अधिक कार्यशालाएँ आयोजित की गयी हैं। यह मिशन अपने आदर्श वाक्य 'भविष्य के लिए अतीत का संरक्षण' को पूरा करने के लिए प्रतिबद्ध है। राष्ट्रीय पांडुलिपि मिशन के तहत 'मंगोलियाई कंजूर' के 108 खंडों के पुनर्मुद्रण की परियोजना शुरू की गयी है। 'मंगोलियाई कंजूर' बौद्ध विहित पाठ है। इसे मंगोलिया में सबसे महत्त्वपूर्ण धार्मिक पाठ माना जाता है। इसमें स्वयं बुद्ध द्वारा बताये गये पवित्र उपदेश शामिल हैं। राष्ट्रीय पांडुलिपि मिशन के तहत प्रकाशित 'मंगोलियाई कंजूर' के पाँच खंडों का पहला सेट 4 जुलाई 2020 को गुरु पूर्णिमा के अवसर पर (जिसे धर्मचक्र दिवस के रूप में भी जाना जाता है) भारत के तत्कालीन राष्ट्रपति रामनाथ कोविंद को भेंट किया गया। भारत सरकार द्वारा भारत में मंगोलिया के राजदूत गोंचिंग गनबोल्ड को भी 'मंगोलियाई कंजूर' की पाँच खंडों में प्रकाशित प्रतियाँ भेंट की गयीं। मंगोलियाई भाषा में 'कंजूर' का अर्थ संक्षिप्त आदेश है। मंगोलिया के लोग पवित्र अनुष्ठान के रूप में दैनिक जीवन में 'कंजूर' की पंक्तियों का पाठ करते हैं। 'कंजूर' मंगोलिया के हर मठ में रखा जाता है। वस्तुतः 'मंगोलियाई कंजूर' मंगोलिया को सांस्कृतिक पहचान प्रदान करने का महत्त्वपूर्ण स्रोत है। यह अब 2025 से कला

केंद्र का अंग नहीं है।

रामबहादुर राय ने व्यक्तिगत रुचि लेकर इंदिरा गांधी राष्ट्रीय कला केंद्र में संस्कृति संवाद शृंखला शुरू करायी। संस्कृति संवाद शृंखला मुख्यतः कृती व्यक्तियों के रचनात्मक अवदान पर केंद्रित रही है। इस संवाद शृंखला को शुरू करने के पीछे राय साहब की अवधारणा यह थी कि इंदिरा गांधी राष्ट्रीय कला केंद्र सिर्फ कलाओं या अकादमिक गतिविधियों तक सीमित न रहे, बौद्धिक विमर्श का भी केंद्र बने। सांस्कृतिक नवोत्थान की दिशा में काम करे। उसके लिए संवाद जरूरी है। इसलिए संस्कृति संवाद शृंखला के माध्यम से संवाद प्रारंभ किया गया। शृंखला का पहला आयोजन 28 जुलाई, 2016 को विख्यात साहित्य समालोचक नामवर सिंह पर केंद्रित था। नामवर सिंह की दूसरी परंपरा के अंतर्गत नामवर जी की सार्थकता और साहित्य के राष्ट्रीय संदर्भ पर चर्चा हुई और 'नामवर सिंह-सफर 90 साल का' पुस्तक का लोकार्पण हुआ। सुरेश शर्मा द्वारा संपादित इस पुस्तक के 'प्रारंभ से पहले' में रामबहादुर राय ने लिखा, "प्रोफेसर, साहित्यकार और समालोचक अनेक हुए हैं। भविष्य में भी होते रहेंगे। लेकिन, डॉ. नामवर सिंह अनूठे हैं। ऐसा महिमापूर्ण नाम खोजने पर भी अपने आस-पास कई दशक में नहीं मिलता। वे एक के नहीं हैं, सबके हैं। यह सच है कि उन्होंने जे.एन.यू. में पढ़ाया है। यह भी सच है कि उनके पढ़ाये और न पढ़ाये जे.एन.यू. वालों ने उन पर संस्मरणात्मक पुस्तक निकाली। जो नामवर सिंह को जानते हैं, वे यह भी जानते हैं कि देश का कोई विश्वविद्यालय नहीं है जहाँ उनकी शिष्य परंपरा का प्रवाह न बहता हो। इस अर्थ में वे एक राष्ट्रीय पुरुष हैं। लेकिन विश्वविद्यालय की चार दीवारी ऐसी ऊँचाई को प्राप्त नहीं है कि उन्हें अपने भीतर समा सके। वे उससे परे हैं। राजनीति का कोई भी रंग ऐसा नहीं है जहाँ नामवर सिंह की सुगंध महसूस न की जा सके। इसे खास तौर पर पिछले दो-तीन दशक से कोई भी जिज्ञासु देख सकेगा।"[15]

राय साहब याद करते हैं, "भारतीय राजनीति में वह बड़ी विपदा का समय था। उसे देश-दुनिया आपातकाल कहती है। वह था भी। 1975 से 1977 तक का वह समय हर नागरिक की रीढ़ को जाँचने-परखने की कसौटी था। विचार बलवान हो तो रीढ़ उससे ऊर्जा पाकर बलवती हो जाती है। एक प्रसंग से इसे डॉ. नामवर सिंह के संदर्भ में समझें। वे 1974 में जे.एन.यू. आये थे।

थोड़े दिनों बाद इमरजेंसी लगा दी गयी। एक आयोजन में इंदिरा गांधी मुख्य अतिथि थीं और डॉ. नामवर सिंह मुख्य वक्ता। सोचिये, जब बड़े-बड़े लोग सत्ता के सामने भूपात कर जाते थे तब उस आयोजन में डॉ. नामवर सिंह ने क्या किया होगा? उन्होंने इस प्रकार अपना संबोधन शुरू किया- 'आदरणीय बच्चन जी और मित्रो।' वे हरिवंश राय बच्चन थे, अमिताभ नहीं। डॉ. नामवर सिंह ने इंदिरा गांधी का नाम नहीं लिया। इस तरह उन्होंने प्रधानमंत्री की तानाशाही का विरोध किया। सारे कुपरिणाम से लापरवाह होकर। ऐसे अनेक उदाहरण हैं, जिनसे नामवर जी प्रबुद्ध पुरुष के रूप में उभरते हैं। वे इसी रूप में अपनी उपस्थिति का अनुभव करा रहे हैं।"[16]

संस्कृति संवाद श्रृंखला के अंतर्गत रामानुजाचार्य, एम. एस. सुब्बुलक्ष्मी, देवेंद्र स्वरूप, डॉ. बी.बी. लाल, जयप्रकाश नारायण, कृष्णबिहारी मिश्र, बाबा योगेंद्र, श्रीरंजन सूरिदेव, गोविंदाचार्य, टी बालासरस्वती, यादवराव देशमुख पर कार्यक्रम हुए और तत्संबंधी पुस्तकें भी प्रकाशित की गयीं। उन पुस्तकों के पुरोकथन के रूप में राय साहब ने जो आलोचनात्मक निबंध लिखे हैं, उससे पता चलता है कि वे साहित्य, कला, संस्कृति, समाज विज्ञान के कितने गंभीर अध्येता हैं।

इंदिरा गांधी राष्ट्रीय कला केंद्र के डीन (प्रशासन) तथा कला निधि के निदेशक प्रो. (डॉ.) रमेश चंद्र गौड़ बताते हैं कि राय साहब के प्रयासों से ही नामवर सिंह जी से लेकर देवेंद्र स्वरूप जी के व्यक्तिगत संग्रह इंदिरा गांधी राष्ट्रीय कला केंद्र को मिले। राय साहब के प्रोत्साहन से ही कला निधि लगातार पुस्तकों पर परिचर्चा आयोजित करता है।

इंदिरा गांधी राष्ट्रीय कला केंद्र की एक अन्य उपलब्धि है राष्ट्रीय सांस्कृतिक मानचित्रण मिशन। उसका उद्देश्य है- कला रूपों के संरक्षण में लगे कलाकारों और शिल्पकारों के साथ-साथ, कला परंपराओं और सांस्कृतिक प्रथाओं का मानचित्रण करना। देशभर में कलारूपों, कलाकारों और अन्य संसाधनों का व्यापक डेटाबेस तैयार करना। भारत के विविध समुदायों की सांस्कृतिक विरासत की समृद्धि के विषय में लोगों में जागरूकता पैदा करना। भारतीय कला और संस्कृति की साझी विरासत को एक सूत्र में संरक्षित करना। 'मेरा गाँव मेरी धरोहर' राष्ट्रीय सांस्कृतिक मानचित्रण मिशन का एक घटक है। यह 'आजादी का अमृत महोत्सव' के एक भाग के रूप में शुरू किया गया।

इसके तहत 6.5 लाख गाँवों का सांस्कृतिक मानचित्रण किया जा रहा है। 2.14 लाख से अधिक गाँवों का मानचित्रण पहले ही हो चुका है। यह मिशन के पोर्टल पर उपलब्ध है। सांस्कृतिक मानचित्रण मिशन के अंतर्गत भौगोलिक, विकासात्मक और सांस्कृतिक रूपरेखा के कई क्षेत्र शामिल हैं, जैसे—गाँव की कहानियाँ, पारंपरिक ज्ञान परंपराएँ, रीति-रिवाज, वेश-भूषा, खान-पान, मेला-त्यौहार, अनुष्ठान, ग्रामीण देवी-देवता, भौतिक और ऐतिहासिक स्थल, वास्तुकला, पूजा-स्थल तथा कला के मौखिक, दृश्य और प्रदर्शित रूप, लोकगीत, लोकनृत्य, लोक-कथाएँ, किंवदंतियाँ, महाकाव्य, लोक-रंगमंच, हथकरघा, हस्तशिल्प आदि। इस परियोजना के तहत पोर्टल पर 750 गाँवों का वीडियो उपलब्ध हो गया है। अब तक 2,15,948 ग्रामीण दस्तावेजों पर कार्य किये जा चुके हैं। 2,01,080 ग्रामीण दस्तावेज पोर्टल पर उपलब्ध हैं।

मौसम परियोजना के तहत हिंद महासागरीय क्षेत्र के चालीस देशों को सूचीबद्ध किया गया है। यूनेस्को विश्व धरोहर स्थलों के लिए भारत में कुल 105 तटीय स्थलों की पहचान की गयी है, उनका दस्तावेजीकरण किया गया है। टेराकोटा मुहरें, टेराकोटा मूर्तियाँ, टेराकोटा कथा पट्टिकाएँ, टेराकोटा कूबड़ वाली बैल की मूर्ति, ढले तांबे के सिक्के, पंच-चिह्नित सिक्के, लोहे की वस्तुएँ, शंख की वस्तुएँ, हाथीदाँत के अतिरिक्त कई अन्य पुरावशेष जो इन तटीय स्थलों में पाये गये हैं, उन्हें भी जमा किया गया है।

संस्कृति मंत्रालय ने इंदिरा गांधी राष्ट्रीय कला केंद्र को नये संसद भवन में स्थापित की जाने वाली कलाकृतियों के लिए नामित किया तो कला केंद्र ने संसद भवन की साज-सज्जा के लिए भारत की सांस्कृतिक विरासत, भारतीय वास्तुकला की उत्कृष्ट कलाकृतियों का उपयोग किया जो हमारी सांस्कृतिक विरासत को एकसूत्र में पिरोने तथा भारतीय संविधान की मूल भावना का प्रतिनिधित्व करती हैं। देश के सभी राज्यों और केंद्र शासित प्रदेशों की कला, संस्कृति और वास्तुकला को संसद भवन में इस तरह प्रदर्शित किया गया है जो भारतीय संस्कृति की समृद्ध विरासत, लोगों की आकांक्षाओं, देश के लोकाचार और भारतीय संविधान की मूल भावना के अनुरूप है।

इंदिरा गांधी राष्ट्रीय कला केंद्र में नयी अकादमिक गतिविधियाँ प्रारंभ हुईं। पाठ्यक्रमों के निर्माण के साथ नियमित पाठ्यक्रम शुरू हुए। भारत विद्या

परियोजना के तहत कई गतिविधियाँ हुईं। आजादी का अमृत महोत्सव के पाँच विषयों—स्वतंत्रता संघर्ष, विचार, संकल्प, कार्य, उपलब्धियाँ के तहत इंदिरा गांधी राष्ट्रीय कला केंद्र में विभिन्न कार्यक्रम और संगोष्ठियाँ आयोजित की गयीं।

कहने का आशय यह है कि रामबहादुर राय के नेतृत्व में कला केंद्र को अपने उद्देश्यों की प्राप्ति में काफी हद तक सफलता मिली है। कला केंद्र का घोषित उद्देश्य है—कला, विशेष रूप से लिखित, मौखिक और दृश्यात्मक स्रोत सामग्रियों के लिए प्रमुख संसाधन केंद्र के रूप में सेवा करना। कला तथा मानविकी से संबंधित संदर्भ कार्य, शब्दावलियाँ, शब्दकोश और विश्वकोशों के लिए अनुसंधान तथा प्रकाशन कार्यक्रम संचालित करना। व्यवस्थित वैज्ञानिक अध्ययनों और जीवंत प्रस्तुतियों के लिए महत्त्वपूर्ण संग्रह के साथ आदिवासी और लोक कला प्रभाग की स्थापना करना। प्रदर्शन, प्रदर्शनियों, मल्टी-मीडिया प्रोजेक्शन, सम्मेलन, संगोष्ठियों और कार्यशालाओं के माध्यम से पारंपरिक और समकालीन, विविध कलाओं के बीच रचनात्मक और विवेचनात्मक संवाद के लिए मंच प्रदान करना। आधुनिक विज्ञान, कला तथा संस्कृति के बीच बौद्धिक समझ के अंतराल को पाटने की दृष्टि से दर्शन, विज्ञान और प्रौद्योगिकी में कला तथा वर्तमान विचारों के बीच संवाद को बढ़ावा देना। भारतीय लोकाचार के लिए अधिक प्रासंगिक अनुसंधान कार्यक्रम और कला प्रशासन के नमूने तैयार करना। विविध सामाजिक स्तरों, समुदायों और क्षेत्रों के बीच पारस्परिक संवाद के जटिल जाल में रचनात्मक और गतिशील कारकों पर प्रकाश डालना। राष्ट्रीय और अंतरराष्ट्रीय संस्थाओं के साथ नेटवर्क को बढ़ावा देना और कला, मानविकी तथा संस्कृति से संबंधित अनुसंधान करना।

**अन्य संस्थाओं से सम्बद्धता**

रामबहादुर राय भारत की पुरानी और एक मात्र बहुभाषी समाचार एजेंसी हिंदुस्थान समाचार के समूह संपादक हैं। वे एकीकृत प्रतिभा विकास मिशन (आईटीडीएम) के संरक्षक हैं। राय साहब एस.जी.टी. यूनिवर्सिटी के कुलाधिपति हैं। वे राजघाट गांधी-समाधि समिति और नेहरू मेमोरियल म्यूजियम एंड लाइब्रेरी सोसायटी के सदस्य हैं। वे अटल स्मृति न्यास के सचिव हैं। प्रज्ञा संस्थान के ट्रस्टी हैं। वे प्रभाष परंपरा न्यास के प्रबंध न्यासी और सोशल एंड पॉलिटिकल रिसर्च फाउंडेशन (एस.पी.आर.एफ.) के चेयरमैन और ट्रस्टी हैं। वे

कृपलानी मेमोरियल ट्रस्ट के ट्रस्टी हैं। श्री राय अयोध्या पर्व के संरक्षक हैं। इन संस्थाओं से संबद्धता उनके सामाजिक सरोकार को स्वतः प्रकट करती है। लोक जागरण के लिए सतत काम करते जाने के संकल्प से रामबहादुर राय को एक क्षण के लिए भी डिगते हुए नहीं देखा गया। बौद्धिक तथा भावनात्मक, दोनों ही स्तरों पर राय साहब निरंतर सजग रहते हैं।

**सम्मान**

रामबहादुर राय को 2015 में पद्मश्री से विभूषित किया गया। 2025 में उन्हें साहित्य, शिक्षा और पत्रकारिता में उत्कृष्ट योगदान के लिए पद्म भूषण से सम्मानित किया गया। राय साहब इतने संकोची हैं कि ये दोनों सम्मान ग्रहण करने के लिए वे राष्ट्रपति भवन नहीं गये। पत्रकारिता में उल्लेखनीय योगदान के लिए उन्हें माधवराव सप्रे राष्ट्रीय पत्रकारिता पुरस्कार, माणिकचंद्र वाजपेयी राष्ट्रीय पत्रकारिता पुरस्कार, भगवानदास पत्रकारिता पुरस्कार, सत्याग्रही सम्मान और जगद्गुरु रामानंदाचार्य पुरस्कार से सम्मानित किया गया। श्री राय को अवधेश प्रताप सिंह विश्वविद्यालय, रीवा, मध्यप्रदेश ने अपने कला संकाय के अंतर्गत डी.लिट. की मानद उपाधि दी।

**संप्रति**

रामबहादुर राय संप्रति पत्नी श्रीमती विद्यावती राय और पुत्रों—श्री देवेंद्र नाथ राय और श्री अमोध देव राय (मानस) के साथ गाजियाबाद में रहते हुए अध्ययन, चिंतन और सृजन की अखंड साधना कर रहे हैं। रामबहादुर राय का जीवन सद्-असद्, न्याय-अन्याय का विवेक देता है, हमें नैतिक होना सिखाता है। रामबहादुर राय यह भी सिखाते हैं कि सादगी एक मूल्य है।

**संदर्भ :**

1. राय, विवेकी. (2015). रामबहादुर रायः एक क्रांतिधर्मी पत्रकार संत. चेतना. पृष्ठ - 1
2. वही
3. वही, पृष्ठ - 6
4. मिश्र, मनोज कुमार. (सं.). (2023). विनोबा दर्शन : विनोबा के साथ उनतालीस दिन-प्रभाष जोशी, में रामबहादुर राय का 'पुरोकथन', नयी दिल्ली : राजकमल प्रकाशन. पृष्ठ - 9

5. मिश्र, मनोज कुमार. (सं.). (2023). विनोबा दर्शन : विनोबा के साथ उनतालीस दिन-प्रभाष जोशी, में रामबहादुर राय का 'पुरोकथन', नयी दिल्ली : राजकमल प्रकाशन. पृष्ठ - 10
6. वही, पृष्ठ - 19
7. युगवार्ता, 16-30 जून, 2024
8. वही
9. प्रथम प्रवक्ता, 1 सितंबर 2008
10. राय, रामबहादुर (सं.). (2010). काली खबरों की कहानी (रिपोर्ट जो दबा दी गयी). गाजियाबाद : रेमाधव पब्लिकेशंस प्रा. लि., पृष्ठ - 12
11. वही
12. वही, पृष्ठ - 13
13. दुबे, प्रकाश. (2012). रहबर में सादगी राहगीर सी ('मीडिया विमर्श' के जनवरी-मार्च 2012 के पत्रकार रामबहादुर राय पर एकाग्र 'बहादुर कलम' विशेषांक में एक आलेख). भोपाल. पृष्ठ - 65
14. वही, पृष्ठ - 66
15. शर्मा, सुरेश. (सं). (2016). नामवर सिंह : सफर नब्बे साल का, में रामबहादुर राय का 'प्रारंभ से पहले'. नयी दिल्ली : इंदिरा गांधी राष्ट्रीय कला केंद्र. पृष्ठ - 5
16. वही, पृष्ठ - 5-6

# प्रश्नोत्तर शैली में चंद्रशेखर की जीवनी

रामबहादुर राय ने जीवनी विधा के बने-बनाये खाँचे व ढाँचे का अतिक्रमण कर उसे एक नया मुहावरा दिया। उन्होंने संवाद कर जीवनी लिखी। दूसरे शब्दों में संवाद के जरिये जीवनी लिखने की विधा के प्रवर्तक होने का श्रेय रामबहादुर राय को जाता है। रामबहादुर राय की किताब 'रहबरी के सवाल' (राजनीति के पैंतीस वर्षों की पड़ताल - चंद्रशेखर) इंटरव्यू शैली में है। रामबहादुर राय इंटरव्यू को भारत में संवाद का सनातन माध्यम मानते हैं। उन्होंने लिखा है कि पश्चिम में पत्रकारिता की यह ऐसी देन है जिसे शुरुआत के दौर में हेय दृष्टि से देखा जाता था। उसकी यह उम्र मात्र 140 साल पुरानी है। याद दिला दें कि रुडयार्ड किपलिंग ने एक पत्रकार को इंटरव्यू देने से मना कर दिया था। उनकी पत्नी ने बाद में यह दर्ज किया कि वे इसे अनैतिक कार्य मानते हैं। पश्चिम में इंटरव्यू को कड़े संघर्ष के बाद मान्यता मिली। जिस इंटरव्यू को अब मान्यता प्राप्त है वह मीडिया में अक्सर दिखता है। जिससे लोग चिढ़ रहे हैं और भयभीत भी हैं वह इंटरव्यू का नया राक्षसी रूप है—स्टिंग ऑपरेशन। इसके विपरीत भारतीय परंपरा में संवाद की यह सुगम, सुबोध और शिक्षण शैली है जिसे ऊँचा मंच प्राप्त है। इसे सनसनीखेज बनाने के लिए कहीं का ईंट और कहीं का रोड़ा जोड़ना पड़ता है। जिस तरह राजनीतिक पुनर्व्यवस्था की जरूरत इन दिनों गहरे महसूस हो रही है उसके लिए विमर्श का हमें अपना कारगर ढंग ही पुनः अपनाना होगा। महात्मा गांधी ने 'हिन्द स्वराज' में यही रास्ता दिखाया है। ऐसे अनेक उदाहरण हैं। उदयन वाजपेयी ने धर्मपाल से बातचीत प्रश्नोत्तर शैली में ही की है।[1]

रामबहादुर राय लिखते हैं कि जब-जब चंद्रशेखर जी से बात हुई उन्होंने

प्रश्नों की सूची नहीं माँगी। हमने अपनी जरूरत के लिए प्रश्न बनाये। बातचीत से पहले उसकी एक प्रति उन्हें दिखा देते थे। प्रश्नों को पढ़ने के बाद वे सवालों के लिए तैयार हो जाते। उन्हें पहले से तैयारी करने की कोई जरूरत नहीं होती। सवाल जो भी हों। वे चंद्रशेखर जी की जाँच और परख की आँच से पिघलते जाते हैं। चंद्रशेखर जी इसकी कतई परवाह नहीं करते कि सवाल कौन पूछ रहा है। उनमें एक स्थायी भाव है कि जवाब तो मुझे ही देना है। अनुभव कहता है कि ज्यादातर नेताओं के पास ऐसे कारणों का भंडार होता है जिसमें से कोई भी कारण चुनकर वे इंटरव्यू को या तो स्थगित कर देते हैं या मना कर देते हैं। इसके विपरीत चंद्रशेखर जी के पास एक शस्त्रागार है जिसमें से जवाब निकलते हैं। हाँ, वे ही तय करते हैं कि किसका कब इस्तेमाल करना है। बातचीत के क्रम में यह बार-बार महसूस होता रहा कि सवाल-जवाब के दौरान चंद्रशेखर जी की बौद्धिक क्षमता उछाल लेती है। वे सवाल की दिशा भी भाँप लेते हैं और उसे अपने जवाब में समेटने का इस तरह प्रयास करते हैं कि प्रश्नकर्ता को वह दोहराना न पड़े।[2]

'रहबरी के सवाल' (राजनीति के पैंतीस वर्षों की पड़ताल - चंद्रशेखर) पुस्तक 35 वर्षों के कालखंड की चंद्रशेखर जी की जीवनी है। किताब के पहले अध्याय का शीर्षक है : राजनीति के सोपान जिसमें समाजवादी समाज का सपना, कांग्रेस में, संपूर्ण क्रांति, जनता पार्टी, भारत यात्रा, जनता दल, प्रधानमंत्री काल और उत्तरार्द्ध : सजपा किसी के पीछे चलने को तैयार उपशीर्षकों के तहत चंद्रशेखर जी से रामबहादुर राय ने बातचीत की है। 'राजनीति के सोपान' शीर्षक अध्याय में चंद्रशेखर जी के अब तक के जीवन का संक्षिप्त खाका प्रस्तुत किया गया है। बलिया जिले के इब्राहिम पट्टी गाँव में पिता सदानंद सिंह के घर पैदा हुए चंद्रशेखर जी ने किस तरह से बचपन में सामाजिक असमानताओं को महसूस किया और बाद में उसे मिटाने के लिए छात्र जीवन में ही समाजवादी राजनीति में कैसे सक्रिय हो गये, इसका वृत्तांत 'समाजवादी समाज का सपना' शीर्षक बातचीत में है। समाजवादी राजनीति में उन्होंने क्या भूमिका निभायी तथा बाद में क्यों कांग्रेस में शामिल हुए, इसका ब्यौरा भी इस अध्याय में है। कांग्रेस में रहते हुए चंद्रशेखर जी ने उसके कार्यक्रमों को जनोन्मुख बनाने का प्रयास किया। वे बेशक कांग्रेस में थे लेकिन आम लोगों से सीधे जुड़ाव के कारण

जे.पी. के आंदोलन से उनकी सहानुभूति थी। इसीलिए जब श्रीमती गांधी ने आपातकाल लगाया तो चंद्रशेखर जी भी जेल में डाल दिये गये। आपातकाल जब खत्म हुआ तो जनता पार्टी बनी। 'रहबरी के सवाल' (राजनीति के पैंतीस वर्षों की पड़ताल - चंद्रशेखर) पुस्तक में नये दल के गठन के बारे में अनेक नये तथ्य सामने आये हैं। जनता पार्टी की सरकार बनने और उसके बिखर जाने की पूरी गाथा सामने आयी है। भारत यात्रा का समग्र वृत्तांत प्रस्तुत किया गया है। जनता दल के निर्माण की परिस्थितियाँ बतायी गयी हैं। प्रधानमंत्री बनने और पद छोड़ने के ऐतिहासिक कारणों का खुलासा किया गया है। चंद्रशेखर जी कहते हैं, "मेरी सरकार को गिराने के लिए एक बहाना बनाया गया था। खुफिया पुलिस का बहाना था। वह अकेला कारण नहीं है। आखिरी और निर्णायक कारण कई हो सकते हैं। ब्रिटेन के एक अखबार ने लिखा कि यह जो सरकार है, उसके बारे में शुरू में धारणा थी कि यह कांग्रेस की बैसाखी पर है इसलिए लगता था कि कुछ फैसले नहीं लेगी लेकिन सरकार जिस तरह से फैसले ले रही है, ऐसा लगता है कि जवाहरलाल नेहरू के बाद यह सबसे प्रभावी सरकार है।[3] चंद्रशेखर जी की सरकार के बारे में ऐसी उच्च धारणा निश्चय ही कांग्रेस के लिए खतरे की घंटी थी, इसलिए कांग्रेस का उससे किनारा करना कोई आश्चर्यजनक नहीं था। 'सजपा किसी के भी पीछे चलने को तैयार है' शीर्षक बातचीत में प्रधानमंत्री पद से हटने के बाद की उनकी सामाजिक सक्रियता और सोच सामने आयी।

दूसरे अध्याय में चौदहवीं लोकसभा और संसदीय प्रणाली पर बातचीत दर्ज है जिसमें चंद्रशेखर जी ने भारतीय संसद की लोकतांत्रिक परंपरा में पैदा हो रहे गतिरोध तथा संयुक्त प्रगतिशील गठबंधन सरकार की सीमाओं की ओर संकेत किया है। रामबहादुर राय कहते हैं कि भारतीय संसद की गरिमा कायम रखने के लिए जरूरी है कि इस प्रसंग में चंद्रशेखर जी की चिंताओं और सुझावों पर विचार किया जाये। चंद्रशेखर जी के अनुसार देश में जिस तरह की परिस्थिति बन गयी है, उससे लग रहा है कि आगामी दिनों में देश के सामने और भी बड़ी चुनौतियाँ खड़ी हो सकती हैं। कांग्रेस के नेतृत्व वाली सरकार बदले की कार्रवाइयों पर उतर आयी है। इन दिनों ऐसी घटनाएँ हो रही हैं जिनसे शंका होती है कि केंद्र में कोई सरकार काम भी कर रही है या नहीं? शंकराचार्य जयेंद्र सरस्वती के साथ जो व्यवहार हो रहा है, वह किसी भी सभ्य समाज के लिए

कलंक का विषय है। राज्य सरकार अगर बदले की भावना से कार्रवाई कर रही है तो केंद्र अपनी जिम्मेदारी से मुक्त नहीं हो सकता।[4]

सोनिया गांधी द्वारा कथित रूप से प्रधानमंत्री पद ठुकराये जाने को चंद्रशेखर जी त्याग नहीं मानते। उनका कहना था कि 13 अप्रैल को जब 14वीं लोकसभा का परिणाम आया तब सोनिया गांधी प्रधानमंत्री बनने को तैयार थीं। जब कांग्रेस की नेता चुनी गयीं तब तो बेटा-बेटी भी समर्थन कर रहे थे। 17 तारीख को जब यूपीए की लीडर चुनी गयीं तब भी प्रधानमंत्री बनने को तैयार थीं। 18 तारीख को राष्ट्रपति महोदय से मिलने के बाद क्या हो गया? मैं तो इसे करिश्मा ही समझता हूँ कि कलाम साहब (राष्ट्रपति ए.पी.जे. अब्दुल कलाम) के दर्शन मात्र से कोई व्यक्ति त्यागी हो जाता है![5]

'संसदीय प्रणाली' शीर्षक बातचीत में चंद्रशेखर जी वर्तमान संसदीय प्रगति में सुधार की सलाह देते हैं। वे कहते हैं, "एक बार वोट देकर कोई पाँच वर्षों के लिए छूट मिल जाये, इसका लोकशाही में कोई मतलब नहीं है और न ही यह मतलब कभी हो सकता है। मैं मानता हूँ कि किसी समय अगर जनाक्रोश मुखर हो कि प्रतिनिधि उनकी इच्छाओं के अनुसार काम नहीं कर रहे हैं तो जनप्रतिनिधियों का कोई अधिकार नहीं कि अपने को पद पर बनाये रखें और जनता चाहे, न चाहे राज चलाते रहें।"[6] इस वक्तव्य से स्पष्ट है कि चंद्रशेखर जी जनता को और अधिक अधिकार दिये जाने के पक्ष में थे।

एक बार चंद्रशेखर जी ने बहुतों को चौंकाया था यह कहकर कि देश पर जब भी कोई विपदा आयेगी तो उनकी नजर में बचानेवालों में राष्ट्रीय स्वयंसेवक संघ भी होगा। उसे भरोसे से देखा जाना चाहिए। यह उन्होंने तब कहा था। अब वे बता रहे हैं कि राजग की सरकार ने संघ का वह बल कैसे चूस लिया है? इसके कुछ सूत्र उनके जवाब में हैं। तीसरे अध्याय में यक्ष प्रश्नों पर चंद्रशेखर जी के जवाब हैं। इस खंड में उन्होंने स्वदेशी स्वराज, गठबंधन की राजनीति, आपातकाल का अंतिम रहस्य, आंतरिक सुरक्षा, कश्मीर तथा नेपाल आदि के प्रसंग में सवालों का उत्तर दिया है। 'स्वदेशी स्वराज' के अंतर्गत चंद्रशेखर जी ने विनिवेश के बारे में कहा है, "सरकार सार्वजनिक उपक्रमों के विनिवेश को आक्रामक ढंग से चला रही है। विनिवेश के गंभीर नीतिगत निहितार्थ हैं। इसका अर्थ केवल एक या दूसरे उपक्रम को बंद करना नहीं है।

विनिवेश की इस नीति को अगर जारी रखा गया तो भारत में राज्य की भूमिका ही बदल जायेगी और सरकार देश की जनता के प्रति अपने दायित्व से अलग हो जायेगी। भारत जैसे बड़े देश में अगर सार्वजनिक हित तथा गरीब जनता की चिंता की जगह बाजारोन्मुखी अर्थव्यवस्था को जारी रखा गया तो इससे कई तरह की विसंगतियाँ पैदा होंगी।''[7] 'गठबंधन की राजनीति' के अंतर्गत चंद्रशेखर जी उसे मजबूत लोकतंत्र के लिए एक सार्थक स्थिति नहीं मानते। उसे एक काम चलाऊ व्यवस्था भर मानते हैं। गठबंधन एक व्यवस्था मात्र है। यह लोकतांत्रिक स्थिति के अनुकूल नहीं है। गठबंधन की सार्थकता तभी है जब शामिल पार्टियाँ देश की समस्याओं पर एकमत हों और उसके समाधान के लिए संयुक्त कार्यक्रम अपनायें। अगर यह नहीं तो इसे प्रजातांत्रिक गठबंधन कहेंगे। इसको केवल सत्ता में भागीदारी कहा जायेगा। 'कश्मीर' शीर्षक बातचीत में चंद्रशेखर जी को पूरा भरोसा है कि कश्मीर समस्या का समाधान हो सकता है और भारत-पाकिस्तान की दुश्मनी खत्म हो सकती है। प्रधानमंत्री रहते हुए इस सिलसिले में उन्होंने नवाज शरीफ से बात भी की थी और उन्हें अपने तर्कों से सहमत किया था। चंद्रशेखर जी का कहना है कि कश्मीर समस्या इसलिए नहीं सुलझ रही क्योंकि इसमें राष्ट्रीय और अंतरराष्ट्रीय स्तर पर लोगों के निजी हित जुड़े हुए हैं। वे कहते हैं, "इस देश की एक बड़ी समस्या है कश्मीर। अमेरिका क्यों चाहेगा कि भारत से पाकिस्तान के संबंध अच्छे हों? ठीक उसी तरह जैसे हिंदुत्व चलानेवालों के लिए कश्मीर समस्या न सुलझे तो बेहतर। जो धर्मनिरपेक्ष होने का दावा करते हैं, वे भी दिखावे के लिए कश्मीर समस्या का हल खोजते रहते हैं। दोनों अलग-अलग दिखते हैं लेकिन लक्ष्य एक ही है। अगर हिंदुस्तान-पाकिस्तान का झगड़ा न रहे तो आधे राजनीतिज्ञों का काम ही खत्म हो जायेगा।''[8] नेपाल में नरेश ने जिस तरह सारी सत्ता अपने हाथ में ले ली है, उससे चंद्रशेखर जी निराश नहीं। वे कहते हैं, ''नेपाल में जनतांत्रिक शक्तियों की जीत निश्चित है। प्रजातंत्र में विश्वास करनेवाले सभी दलों में पूर्ण सामंजस्य ऐतिहासिक आवश्यकता है। नेपाल के प्रजातंत्र में भारत की दिलचस्पी बराबर बनी रहेगी और नेपाल के राजनीतिक दलों को यह सत्य हृदयंगम करना होगा कि प्रजातंत्र अंततोगत्वा देशी मिट्टी और पानी से ही ऊर्जा प्राप्त करके पनपता है।''[9]

चौथे अध्याय में 'नजरिया' के अंतर्गत चंद्रशेखर जी ने गांधी, नेहरू,

जयप्रकाश नारायण और इंदिरा गांधी जैसे व्यक्तित्वों और संघ-भाजपा जैसे संगठनों पर टिप्पणियाँ की हैं। जिन व्यक्तित्वों के बारे में उन्होंने अपने विचार दिये हैं, अपने समय को उन व्यक्तित्वों ने निर्णायक ढंग से प्रभावित किया है। गांधी के बारे में वे कहते हैं, "भारत समेत सभी विकासशील देश इस समय नव साम्राज्यवाद का दंश झेल रहे हैं। अबाध उपभोक्तावाद, भोगवाद, गलाकाट प्रतियोगिता और शोषित-पीड़ित वर्ग के प्रति घोर संवेदनहीनता नवसाम्राज्यवाद के चिह्न हैं। दुर्भाग्यवश अन्य देशों की तरह भारत का सत्ताधारी वर्ग भी इसी अंधी दौड़ में शामिल हो गया है। ऐसी स्थिति में गांधी का स्मरण वैयक्तिक और सामूहिक दोनों स्तरों पर किंकर्तव्यविमूढ़ समाज को निश्चय ही एक ऐसे मार्ग की ओर प्रेरित कर सकता है जो मानवीय गरिमा सुरक्षित रखते हुए प्रगति की ओर ले जा सकता है।"[10] नेहरू के बारे में उनका कहना है, "पंडित जवाहरलाल नेहरू ने प्रधानमंत्री की हैसियत से संसदीय संस्थाओं को एक मर्यादा दी, उसकी परिधि के अंदर समस्याओं पर बहस करने की छूट दी। उनको बढ़ावा दिया और आज भी इस बात की बड़ी प्रासंगिकता है।"[11] जयप्रकाश नारायण के बारे में चंद्रशेखर जी कहते हैं, "बहुत लोगों को ऐसा भी लगा कि जे.पी. समाजवाद के रास्ते से भटक गये। परंतु उन्होंने समाजवाद और क्रांति दोनों ही के बारे में तलस्पर्शी चिंतन किया और उस चिंतन से उन्होंने भारतीय संस्कृति की समन्वयमूलक उदात्त धारणाओं को समाहित करते हुए एक ऐसे भारत की तस्वीर पेश करने की कोशिश की जिसमें प्रत्येक मनुष्य अपने निहित सर्वोत्तम गुणों को मूर्त रूप दे सके। उनका यह चिंतन न केवल भारत बल्कि पूरी दुनिया के लिए एक नयी समाज-रचना की प्रेरणा देनेवाला था।"[12] इंदिरा गांधी से असहमतियों के बावजूद चंद्रशेखर जी उनके गुणों का उल्लेख करने से भी नहीं चूकते। वे कहते हैं, "इंदिरा गांधी का मन और दिल पूरी तरह गरीबों के साथ था। लेकिन इंदिरा गांधी में वह क्षमता नहीं थी कि गरीबी हटाने के क्रम में जो प्रतिरोध उठता, उसका वे मुकाबला कर पातीं।"[13] इस खंड के आखिर में संघ और भाजपा पर अपनी राय व्यक्त करते हुए वे कहते हैं, "भाजपा तथा संघ परिवार का लक्ष्य वातावरण को सांप्रदायिक रंग देना और धर्म निरपेक्ष समाज के ताने-बाने, जिसकी व्यवस्था संविधान में की गयी है, को तोड़ना है।"[14] अटलजी चंद्रशेखर जी के अच्छे मित्रों में हैं लेकिन प्रधानमंत्री के रूप में अटलजी

ने उन्हें बहुत निराश किया, इसे भी कहने से वे नहीं चूकते।

पाँचवाँ अध्याय अंतरंग बतकही है। 'अंतरंग' में चंद्रशेखर जी की एकदम आज की जिंदगी तथा उनके एकांत मन में झाँकने की कोशिश की गयी है। बाइपास सर्जरी के बाद उनकी जीवनचर्या में किस तरह के बदलाव आये हैं, उनके व्यक्तित्व को प्रभावित करनेवाली निर्णायक घटनाएँ कौन-सी हैं तथा आधुनिक समाज और राजनीति में किस तरह के परिवर्तन आ रहे हैं, इन सवालों पर उन्होंने अपने विचार रखे हैं। आधुनिक भारतीय समाज जिस दिशा में जा रहा है, उसको लेकर वे बेहद चिंतित हैं। वे कहते हैं, ''आज राजनीति में जिस तरह के बदलाव हो रहे हैं, वे देश के लिए शुभ संकेत नहीं हैं। यह बदलाव स्वप्रेरित बदलाव नहीं है। पहली बार हिंदुस्तान की राजनीति में विदेशी हस्तक्षेप दिखायी दे रहा है। नवउपनिवेशवादी आर्थिक साम्राज्य का विस्तार हो रहा है, वह घातक है। इसके लिए किसी एक पक्ष को दोष देना उचित नहीं है। समाजवादी, गांधीवादी, साम्यवादी और राष्ट्रवादी लगभग सभी तरह की विचारधारा वाले लोग इस वैश्वीकरण की लहर से प्रभावित हैं।''[15] चंद्रशेखर जी इस दौर में राजनीति को नया रूप देना चाहते हैं। वे मूल्यों पर आधारित राजनीति का विस्तार समस्याओं पर आधारित राजनीति में करना चाहते हैं।

'रहबरी के सवाल' (राजनीति के पैंतीस वर्षों की पड़ताल - चंद्रशेखर) की भूमिका में प्रभाष जोशी ने जो टिप्पणी की है, वह ध्यान देनेयोग्य है। प्रभाष जी ने लिखा है कि जब चंद्रशेखर जी प्रधानमंत्री बने तो देश आरक्षण के विरोध में जल रहा था। चंद्रशेखर जी का संक्षिप्त कार्यकाल आग बुझाते ही खत्म हो गया। इस भूमिका में प्रभाष जोशी ने यह भी लिखा है, "उन पर लिखी गयी और 35 साल के कालखंड के आकलन पर बनायी गयी किसी भी किताब में चंद्रशेखर जी वैसे निकलकर नहीं आये हैं जैसे इन सवालों के जरिये। राजनीति के गंभीर अध्येताओं के लिए पिछले 35 वर्षों को समझने और समझाने के लिए इसमें न सिर्फ प्रामाणिक जानकारी है, एक विश्वसनीय दृष्टिकोण भी है। विश्वसनीयता और प्रामाणिकता रामबहादुर राय की पत्रकारिता की जान है।''[16] प्रभाष जोशी के ही शब्दों में यह किताब न सिर्फ बिहार आंदोलन और इमरजेंसी के बाद के राजनैतिक इतिहास को एक अलग नजरिये से देखती है, चंद्रशेखर जी के जीवन और राष्ट्रीय राजनीति में उनकी भूमिका को भी बहुत स्पष्टता से उभारती है।[17]

रामबहादुर राय ने चंद्रशेखर जी से पूछा कि क्या आप मानते हैं कि अटल बिहारी वाजपेयी और सोनिया गांधी में आपसी राजनीतिक समझदारी थी? इसके जवाब में उन्होंने कहा, "जब तक अटल बिहारी वाजपेयी प्रधानमंत्री थे, हमसे छुपाकर कुछ भी करें, अटल बिहारी और सोनिया गांधी एक थे और आज भी सोनिया गांधी और अटल बिहारी एक हैं। सोनिया गांधी कभी इस हैसियत में तो नहीं रहीं कि अटल बिहारी वाजपेयी को डरा सकें, मगर जब सोनिया गांधी ने अटल बिहारी वाजपेयी से कुछ कहा, उन्होंने उपकृत करने की पूरी कोशिश की और आज अटल बिहारी वाजपेयी की मर्जी के खिलाफ सोनिया गांधी नहीं जा सकतीं। पॉलिसी के स्तर पर तो दोनों एक ही हैं। कभी कोई अंतर नहीं रहा। पॉलिसी के लिहाज से दोनों अमेरिका के साथ हैं। देश में कोई ऐसी घटना नहीं जिसकी खबर हमें न हो। अगर कोई बात या गतिविधि होती है तो उसी सरकार का कोई आदमी हमें बता देता है। एक घटना सुनाता हूँ। एक बार सीताराम केसरी मेरे पास पहुँचे। कहने लगे, लोग आपकी बहुत शिकायत करते हैं। हमने पूछा कि कौन लोग कह रहे थे? उन्होंने नाम बताने से इनकार कर दिया। फिर मैंने कहा कि तुम नहीं बताओगे तो मैं ही बता देता हूँ। मैंने केसरी से कहा कि परसों तुम और तुम्हारे साथ दो आदमी बैठे थे। दो मिनट तो वह चुप बैठा रहा, फिर उठकर चला गया। दो दिन के बाद आया और पूछने लगा, आपसे किसने कहा? हमने केसरी से कहा कि जाकर इंदिरा गांधी से कह दो कि अगर अकेले में बात करती हैं तो समझ में आती है। लेकिन दो आदमी हैं तो उसमें एक आदमी हमारा है। वस्तुतः यह देश निष्कपट लोगों का देश है।"[18]

चंद्रशेखर जी के जीवन का एक चौथाई हिस्सा ही राजनीति थी। राष्ट्रीय राजनीति में सक्रिय रहते हुए भी उनका तीन-चौथाई जीवन व्यक्तिगत संबंधों के निर्वाह में बीता। संबंधों के निर्वाह के मामले में उनका कोई जवाब न था। संबंधों को महत्त्व देने के गुण के कारण चंद्रशेखर जी भारतीय राजनीति का अधिक मानवीयकरण कर सके। वे विरोधी विचारधारा वाले राजनेताओं के प्रति भी सद्भाव रखते थे। इसीलिए दूसरे दलों के लोगों के साथ भी उनके व्यक्तिगत संबंध सुमधुर थे। चंद्रशेखर जी कारुणिक मन वाले गंवई, खुद्दार राजनेता थे। राजनीति में इस संस्कृति के पैरोकार गांधी, लोकनायक से लेकर नरेंद्र देव तक थे। आधुनिक राजनीति में चंद्रशेखर जी अंतिम मानवीय किंतु दृष्टिवान

व्यक्ति थे जो राष्ट्रीय हित में संकटों के समाधान का समावेशी समाधान प्रस्तुत करते थे। विभिन्न राष्ट्रीय मुद्दों पर वे बेबाकी से निर्द्वंद्व भाषा में अपनी राय रखते थे। चंद्रशेखर जी ऐसे जननायक थे जिनके संसद में बोलने के लिए खड़े होने पर लोकसभा में सन्नाटा छा जाता था। हर पक्ष उन्हें ध्यान से सुनने के लिए उत्सुक रहता था। देश उत्सुकता से उन्हें सुनने को आकुल हो जाता था। चंद्रशेखर जी खरी-खरी बोलने के अलावा बेबाक होकर लिखते भी थे। आपातकाल में जब उन्हें जेल में डाल दिया गया तो उन्होंने जेल डायरी लिखी। चंद्रशेखर जी का एक बड़ा अवदान यह भी है कि उन्होंने राजनीति को साहित्य-कला-संस्कृति से जोड़े रखा। 'यंग इंडियन' का संपादन उसका छोटा सा सबूत है। चंद्रशेखर जी ने 1970 में अंग्रेजी साप्ताहिक 'यंग इंडियन' निकाला। 'यंग इंडियन' मार्च 2002 तक चला।

'रहबरी के सवाल' (राजनीति के पैंतीस वर्षों की पड़ताल - चंद्रशेखर) पुस्तक बताती है कि चंद्रशेखर जी की शाश्वत विद्रोही की छवि कभी धूमिल नहीं हुई। पंजाब पर साफगोई से राय व्यक्त करने के कारण बलिया में उन्हें भिंडरावाला कहा गया। तब वे जानते थे कि अपनी इन मान्यताओं के कारण चुनाव हारेंगे, फिर भी पंजाब के सिखों के संदर्भ में उन्होंने अपनी बातें बेबाकी से कहीं। 1985 में चुनाव हारने के बाद कई प्रस्तावों के बावजूद चंद्रशेखर जी पिछले दरवाजे से संसद में नहीं पहुँचे। 1985 से 1990 के बीच सक्रिय राजनीति के अलावा चंद्रशेखर जी ने कई सृजनात्मक कार्य किये। सिताबदियारा में जे. पी. स्मारक, करौंधी में राममनोहर लोहिया स्मारक, चंपारण भीतहरवा में गांधी आश्रम का जीर्णोद्धार, आचार्य नरेंद्रदेव के नाम पर स्मृति समारोह, लोगों से एक -एक रुपए लेकर, कमर भर पानी-कीचड़ पार करते हुए, खुद ही ईंट उठाते हुए, सफाई करते हुए, आधी रात तक काम करते हुए, उन पावन स्मृतियों के प्रति सामाजिक उत्तरदायित्व का उन्होंने पालन किया। इस तरह का दृष्टांत भारतीय राजनीति में विरल है। इस देश की समस्याओं की जो समझ उनकी थी, वह किसी अन्य राजनेता में नहीं थी। चंद्रशेखर जी ने पदयात्रा कर देश की समस्याओं को निकट से देखा था। राष्ट्रीय और अंतरराष्ट्रीय मुद्दों समेत अपने समय के सभी महत्त्वपूर्ण मुद्दों पर संसद में अपने वक्तव्यों तथा 'यंग इंडियन' के संपादकीय के माध्यम से चंद्रशेखर जी ने पारदर्शी ढंग से विचार किया। वे बराबर बोल और

लिखकर स्मरण कराते रहे कि हम कैसे मौलिक और बुनियादी सवालों से भटक रहे हैं? राजनीति में यह प्रयास असाधारण था। चंद्रशेखर जी की बेबाकी का अंदाजा राममनोहर लोहिया संबंधी उनके संस्मरण से लगाया जा सकता है। रामबहादुर राय ने चंद्रशेखर जी से लोहिया के साथ उनके खट्टे-मीठे अनुभव के बारे में पूछा तो चंद्रशेखर जी ने एक संस्मरण सुनाया जो इस प्रकार है–

मैंने बलिया में एक सम्मेलन किया था ददरी के मेले के मौके पर। आचार्य नरेंद्रदेव को उसमें जाना था। आचार्य पत्रकार पी.डी. टंडन के यहाँ इलाहाबाद में पीड़ित थे। सुबह उनसे मिलने पहुँचा। आचार्य दमा के रोग से बीमार थे। रात में उन्हें दमे का दौरा पड़ा था। उन्हीं के पास डॉ. लोहिया बैठे थे। आचार्य ने मुझसे कहा कि मेरी तबीयत ठीक नहीं है, अब मैं बलिया नहीं जा सकूँगा। डॉ. लोहिया बैठे हैं, इन्हें लेकर बलिया जाइये। लोहिया ने मुझसे कहा कि मुझे तो कलकत्ता जाना है। मैं बलिया कैसे जा सकता हूँ? मैंने लोहिया जी से कहा कि बलिया का कार्यक्रम करके अगले दिन कलकत्ता पहुँच जायेंगे। उन्होंने कहा कि इतनी जल्दी कैसे पहुँचूंगा?

लोहिया को यात्रा की बहुत जानकारी रहती थी। मैंने कहा : पंजाब मेल आपको बक्सर में मिल जायेगी। वह गाड़ी वहाँ से छह-सात बजे चलती है, जो आपको सुबह आठ-नौ बजे कलकत्ता पहुँचा देगी। उन्होंने कहा, लेकिन बलिया से बक्सर मैं कैसे जाऊँगा, सड़क बहुत खराब है! मैंने उनसे कहा कि आपके लिए जीप की व्यवस्था हो जायेगी। उस समय जीप मिलना बहुत मुश्किल होता था। तय करने के बाद मैं बलिया लौट आया। निश्चित तारीख को मैं लोहिया जी को लेने के लिए बलिया स्टेशन पहुँचा। इलाहाबाद से छोटी लाइन की एक गाड़ी आती थी। उसी से वे आये। गाड़ी विलंब से बलिया पहुँची। सात बजे सवेरे आती थी, नौ बजे पहुँची। स्टेशन पर उतरे तो उनके चेहरे पर तनाव था। पता नहीं उन्हें किसने क्या खबर दे दी थी। उन्होंने उतरते ही पूछा कि क्या मेरे लिए जीप का इंतजाम किया है? मैंने 'हाँ' कहा। स्टेशन पर उनके सम्मान में कार का प्रबंध था। हम स्टेशन से बाहर निकले। जब कार में बैठने लगे तो उन्होंने मुझसे पूछा कि चंद्रशेखर, मेरा अभी कोई प्रोग्राम तो नहीं है? मैंने कहा कि अभी तो नहीं है, ग्यारह बजे है। लोहिया जी का तेवर बदल गया। कहने लगे, इतने कम समय में मैं तैयार कैसे हो पाऊँगा? मैंने कहा कि अभी तो दो

घंटे हैं। तैयार होने में इससे ज्यादा समय क्या लगेगा! मैंने स्वाभाविक ढंग से यह बात कही। उस समय तक मैं यह अनुमान भी नहीं कर सकता था कि तैयार होने के लिए दो घंटे से अधिक समय क्यों चाहिए? हमने उनके ठहरने का इंतजाम एक बड़े शरीफ आदमी राय बहादुर सुदर्शन सिंह जी के यहाँ किया था। हम राय बहादुर के दरवाजे पर पहुँचे। वे बड़े जमींदार थे। उनके घर के सामने बरामदा था। हम बरामदे में गये। घर में घुसने से पहले लोहिया ने अचानक पूछा जीप कहाँ है जिससे मैं बक्सर जाऊँगा? मैंने उनसे कहा कि डॉ. साहब, जीप तो आपको शाम को चाहिए। वे मेरी बात लगभग अनसुनी करते हुए बोले—झूठ बोलते हो, किसी जीप का इंतजाम नहीं है। झूठ बोलकर लोग कार्यक्रम बनवा लेते हैं। मैं चुप रहा। फिर उन्होंने जब यह बात दो-तीन बार दोहरायी तो मेरे लिए चुप रहना असंभव हो गया। मैंने उनसे कहा, डॉ. राममनोहर लोहिया, केवल आप ही ईमानदारी के पुतले नहीं हैं, मैंने आपको बुलाया नहीं था, मैंने आचार्य को बुलाया था। उनके कहने पर आप आये हैं। आप मेहरबानी करके तशरीफ ले जाइये। वे शायद समझ गये कि मैं झूठ नहीं बोल रहा था। आगे मैंने कहा—आप आ गये, इसके लिए धन्यवाद। लेकिन अब कृपा करके जाइये और जरा औरों की भी इज्जत रखिये।

आज खुद मुझे अपने उस कथन पर आश्चर्य होता है कि कैसे अपने अत्यंत युवा दिनों में मैंने एक वरिष्ठ व्यक्ति को साफ और दो टूक बात कह दी। मैं समझौतापरस्त नहीं हूँ, मैं खुद को झूठा कहा जाना बर्दाश्त नहीं कर सका। लोहिया से गर्म बातचीत के बाद मैं बरामदे से नीचे उतर आया। वहाँ एक लड़का खड़ा था। मैंने उससे कहा कि देखो, वहाँ जीप खड़ी है। उसमें लोहिया जी को बिठाओ और उन्हें बक्सर पहुँचा दो। लोहिया जी मुझे एकटक देखते रहे। गये नहीं। थोड़ी देर बाद तैयार होकर ग्यारह बजे मीटिंग में पहुँचे। तीन-चार सभाएँ थीं, वे सब में गये। मैं उन सभाओं में नहीं जा पाया क्योंकि मुझे लोगों के ठहरने-खाने का इंतजाम करना था। बाद में मुझे पता चला कि लोहिया ने काफी अच्छे भाषण दिये।[19]

छठे अध्याय में चंद्रशेखर जी के चुनिंदा भाषण, लेख और पूर्व प्रधानमंत्रियों के बयान व तत्संबंधी टिप्पणियाँ संकलित हैं। अनुलग्नक के अंतर्गत कुछ ऐतिहासिक दस्तावेज संकलित हैं। इन दस्तावेजों में समकालीन

परिदृश्य और कुछ चर्चित प्रसंगों पर बेबाक टिप्पणियाँ की गयी हैं। इसमें 16 नवंबर 1990 को जनता दल (स) की सरकार के विश्वास प्रस्ताव पर चंद्रशेखर जी का लोकसभा में दिया गया भाषण भी संकलित है। यह चंद्रशेखर जी को एक राजनेता के रूप में समझने हेतु एक महत्त्वपूर्ण दस्तावेज है। 'भारत की सामर्थ्य' डॉ. राजेंद्र प्रसाद व्याख्यान माला में दिया गया भाषण है। इस भाषण में वे भारत को परिभाषित करते हुए कहते हैं, "भारत सिर्फ मिट्टी का नाम नहीं है। कुछ नदियों और पहाड़ों का समुच्चय नहीं है। भारत सत्य, एक सतत, शाश्वत गवेषणा का नाम है। सत्य की इस धारा से दुनिया बार-बार आलोकित होती रही है।"[20] लोकतांत्रिक मूल्यों का क्षरण हमेशा से चंद्रशेखर जी की चिंता का विषय रहा है। जब-जब लोकतांत्रिक मूल्यों को कमजोर करने की कोशिश हुई है और संवैधानिक गरिमा को ठेस पहुँचायी गयी है, वे सक्रिय हुए हैं। झारखंड के राज्यपाल सैयद सिब्ते रजी ने जिस तरह संवैधानिक नियमों और सरकारिया आयोग की सिफारिशों को अनदेखा करते हुए शिबू सोरेन के अल्पमत में होते हुए भी उन्हें सरकार बनाने के लिए आमंत्रित किया, उसे चंद्रशेखर ने गंभीरता से लिया। उन्होंने दो अन्य पूर्व प्रधानमंत्रियों इंद्र कुमार गुजराल और एच.डी. देवगौड़ा के साथ एक बयान दिया, "कुछ राज्यपालों के भेदभावपूर्ण व्यवहार और भूमिका से खतरा बढ़ गया है। यह खतरा देश के लोकतंत्र और भावी स्वतंत्रता पर है। राज्यपाल का यह व्यवहार निजी हो या बाहरी दलीय दबाव से तय हुआ हो, दोनों ही हालत में खतरे की घंटी है।"[21]

संदर्भ :

1. राय, रामबहादुर. (प्रथम पेपरबैक संस्करण 2018). रहबरी के सवाल (राजनीति के पैंतीस वर्षों की पड़ताल - चंद्रशेखर). नयी दिल्ली : राजकमल प्रकाशन. पृष्ठ - xvi
2. वही
3. वही, पृष्ठ - 103-104
4. वही, पृष्ठ - 113
5. वही, पृष्ठ - 129
6. वही, पृष्ठ - 141
7. वही, पृष्ठ - 163
8. वही, पृष्ठ - 185

9. राय, रामबहादुर. (प्रथम पेपरबैक संस्करण 2018). रहबरी के सवाल (राजनीति के पैंतीस वर्षों की पड़ताल - चंद्रशेखर). नयी दिल्ली : राजकमल प्रकाशन. पृष्ठ - 189
10. वही, पृष्ठ - 194
11. वही, पृष्ठ - 198
12. वही, पृष्ठ - 211
13. वही, पृष्ठ - 218
14. वही, पृष्ठ - 238
15. वही, पृष्ठ - 253
16. वही, पृष्ठ - vii
17. वही
18. वही, पृष्ठ - 130
19. वही, पृष्ठ - 29-30
20. वही, पृष्ठ - 285
21. वही, पृष्ठ - 321

# प्रश्नोत्तर शैली में विश्वनाथ प्रताप सिंह की जीवनी

रामबहादुर राय कृत 'विश्वनाथ प्रताप सिंह - मंजिल से ज्यादा सफर' सवालों के जरिये पुस्तकमाला की दूसरी पुस्तक है। प्रश्नोत्तर शैली में राय साहब की पहली पुस्तक 'रहबरी के सवाल' (राजनीति के पैंतीस वर्षों की पड़ताल - चंद्रशेखर) थी जो 2005 में राजकमल से प्रकाशित हुई। 'विश्वनाथ प्रताप सिंह - मंजिल से ज्यादा सफर' पुस्तक के अध्यायों के शीर्षक हैं—वी.पी. का बनना, उत्तर प्रदेश में कांग्रेसी राजनीति, कदम दिल्ली की ओर, राज्य की कमान, व्यापार की राजनीति, दुष्टदलनी वित्त मंत्री, पहला बवंडर, मोर्चा दर मोर्चा, लुटियन के टीले पर, फिर मैदान में और मुद्दे की बात। रामबहादुर राय ने हर अध्याय का परिचय टीप के रूप में दिया है। 'विश्वनाथ प्रताप सिंह - मंजिल से ज्यादा सफर' की भूमिका में प्रभाष जोशी ने लिखा है, "इस किताब में जो विश्वनाथ प्रताप सिंह निकलकर आते हैं, मैं दावा नहीं कर सकता कि उन्हें जानता था।"[1] प्रभाष जोशी लिखते हैं कि पढ़-पुढ़ा कर मांडा लौटने के बाद बीस बरस की उमर में वे ग्रामसेवा और विज्ञान की पढ़ाई में लगे। जमीन भूदान में दी। गोपाल विद्यालय बनाया। पूना जाकर विज्ञान पढ़ा। चित्रकारी की। लोगों को साथ लेकर उनकी मेहनत से मांडा को जाने वाली सड़क बनायी। लेकिन सरकारी अमला उस पर रोड रोलर चलाने को भी तैयार नहीं हुआ। उस समय लगा कि यहाँ तो नेता लोग फोन कर देते हैं और काम हो जाता है। सड़क बन जाती है घर तक। यहाँ हम लोग इतने खटे, दरवाजे-दरवाजे घूमे और एक सड़क बनाकर नहीं दी। तो

सोचा कि कुछ दखल अब राजनीति में रहनी चाहिए। इस दखल के लिए ही वे राज्यसभा जाना चाहते थे ताकि समाज सेवा और पढ़ना-लिखना भी हो सके। लेकिन दिनेश सिंह ने उन्हें वोट की राजनीति से विधानसभा के रास्ते पर डाल दिया। इस राजनीति में वे आना नहीं चाहते थे क्योंकि यह उनकी सहज प्रवृत्ति के विरुद्ध थी। पर आ गये तो बीस साल बाद प्रधानमंत्री पद पर पहुँचे।[2]

विश्वनाथ प्रताप सिंह एक राजघराने में पैदा हुए और दूसरे की गोद गये। अड़तीस बरस के थे तब उत्तर प्रदेश विधानसभा के विधायक चुने गये। चालीस के हुए तो लोकसभा में आ गये। तीन साल बाद वाणिज्य उपमंत्री फिर राज्यमंत्री, फिर उत्तर प्रदेश के मुख्यमंत्री फिर राज्यसभा में, केंद्र में वाणिज्य मंत्री, वित्त मंत्री, रक्षा मंत्री और आखिर दो दिसंबर, 1989 को देश के प्रधानमंत्री बने। बीस साल में विधायक से प्रधानमंत्री हुए। एक राजपुत्र के लिए सत्ता प्रतिष्ठान में होने का इतना अनुभव काफी होना चाहिए। सारे भूतपूर्व प्रधानमंत्रियों, मुख्यमंत्रियों और केंद्रीय मंत्रियों की ही नहीं राज्यों के भूतपूर्व मंत्रियों, विधायकों और सांसदों की जीवन शैली से एक, तीनमूर्ति मार्ग की कोठी में रहनेवाले विश्वनाथ प्रताप सिंह के रहन-सहन का मिलान कर लीजिये। आपको एकदम लगेगा कि इस व्यक्ति को सत्ता प्रतिष्ठान का कोई हटूटी नहीं है। बल्कि प्रतिष्ठान से ही इतना कम सरोकार लगता है कि जैसे यह आदमी साधारण गृहस्थ भी न हो।[3]

'विश्वनाथ प्रताप सिंह - मंजिल से ज्यादा सफर' पुस्तक में कई रोचक संवाद हैं। उदाहरण के लिए रामबहादुर राय ने वी.पी. सिंह से पूछा कि वे अपनी छवि को लेकर अधिक सचेत रहते हैं तो श्री सिंह का जवाब था, "देखिये छवि की कमजोरी व्यक्ति की अंतिम कमजोरी है। मतलब कि अर्थ की कामना हो न हो, यश की कामना तो व्यक्ति में रहती है। यश की कमजोरी से छुटकारा साधु बनने पर भी संभव नहीं है। मैं साधुपन के उस स्तर पर नहीं पहुँच पाया हूँ। पूर्वजों का यह संदेश है कि बच्चा, तुम दुनिया में नाम करो। वे यह कहाँ कहते हैं कि अपने मुँह पर कालिख पोतकर चलो।"[4] राय साहब ने वीपी सिंह से पूछा, कांग्रेस में क्या जाति आधारित गुटबाजी का चलन था? इसके जवाब में श्री सिंह ने कहा, "पूरी तरह जातिवादी गुट नहीं बने हुए थे। एक हद तक ही उन्हें जातिवादी गुट कहा जा सकता है। कुछ नेता हर जाति में अपना प्रभाव रखते थे। हेमवती नंदन बहुगुणा उन्हीं नेताओं में थे। कमलापति त्रिपाठी के इर्द-गिर्द ब्राह्मण अधिक

होते थे। लेकिन पं. कमलापति त्रिपाठी को जातिवादी नहीं कहा जा सकता। जाति की तरफ उनका झुकाव था लेकिन हेमवती नंदन बहुगुणा में वह भी नहीं था।''[5] राय साहब ने वी.पी. सिंह से पूछा, जाति से परे जाकर देखें तो कांग्रेस में जो टकराव उस समय थे, उनकी जड़ें कहाँ-कहाँ थीं? इसके जवाब में श्री सिंह ने कहा, "एक टकराव आर्थिक माना जा सकता है। उत्तर प्रदेश में आजादी की लड़ाई में ब्राह्मणों ने बढ़ चढ़ कर हिस्सा लिया। उनके पास जमीन- जायदाद कम थी। वह राजपूतों के पास थी। ज्यादातर जमींदार राजपूत थे। रियासतें भी उन्हीं के पास थीं। उत्तर प्रदेश में ब्राह्मण रियासतें सिर्फ दो ही रही हैं। जमींदारों की दिलचस्पी आजादी की लड़ाई में कम थी। उनको अपनी जमींदारी चले जाने का खतरा दिखता था। कांग्रेस में यह तबका बाद में आया। लेकिन साधारण राजपूत तो शुरू से ही कांग्रेस में थे। ऐसे ही आजादी की लड़ाई में दलितों की प्रमुख भूमिका थी। कांग्रेस में जो सामाजिक ध्रुवीकरण बना था उसमें ब्राह्मण और दलित एक साथ थे। दलित और किसान की हिमायत में ब्राह्मण खड़े होते थे। इस कारण कांग्रेस के नेतृत्व समूह में ब्राह्मणों की प्रमुखता थी। उस समय जाति का बोलबाला वैसा नहीं था, वह बाद में आया।''[6] राय साहब ने वी.पी. सिंह से पूछा, ''उत्तर प्रदेश कांग्रेस के जनाधार खिसकने के खास कारण आप क्या देखते हैं?'' इसके जवाब में श्री सिंह ने कहा, "कांग्रेस का स्वाभाविक नेतृत्व ब्राह्मणों के हाथ में था। दूसरे वर्ग दलित और मुस्लिम भी थे। जब स्वाभाविक नेतृत्व स्थापित हो जाता है तो वह चलता रहता है। उनका नये समूहों से कई बार टकराव भी होता है। नेतृत्व यह समझ नहीं पाता कि नये समूहों को किस तरह जगह दें और उनको कैसे शामिल करें। यही कठिनाई कांग्रेस की भी थी। जो जनाधार कांग्रेस का था, उसे वापस लाने में कामयाब नहीं हो सके।''[7]

राय साहब ने वी.पी. सिंह से पूछा, "पहले फेयर फैक्स, फिर पनडुब्बी और उसके बाद बोफोर्स तोप सौदे में दलाली का सवाल उठा। उसकी जाँच की माँग कैसे उठी?'' इसके जवाब में श्री सिंह ने कहा, "अखबारों में दस्तावेज आदि छपने लगे। उस समय जाँच की माँग उठी। उसी समय छपा कि अजिताभ बच्चन का स्विट्जरलैंड में बंगला है। वे एक टूरिस्ट के रूप में वहाँ गये थे। फिर बंगला कैसे खरीद लिया? उस समय फेरा सख्ती से लागू होता था।''[8] राय साहब ने वी.पी. सिंह से पूछा, क्या इसे आपने कहीं उठाया? इसके जवाब में श्री सिंह

ने कहा, ‘‘मैं उस समय कांग्रेस में था। संसदीय पार्टी की बैठकों में जाता था। वहाँ इसे उठाया। मैंने कहा कि प्रधानमंत्री जी आपने कहा है कि सच्चाई सामने लाने के लिए हर संभव प्रयास करेंगे। कृपया इस सच्चाई का पता करिये। इसकी जाँच होनी चाहिए। अगर यह सही नहीं है तो उस अखबार के खिलाफ कार्रवाई होनी चाहिए। उन्होंने कहा कि जाँच करवायेंगे।’’[9] राय साहब ने वीपी सिंह से पूछा, राजीव गांधी से सीधी भेंट उस समय आपकी कहाँ हुई? इसके जवाब में श्री सिंह ने कहा, “उन्होंने दो बार बुलाया। उन्होंने मुझसे पूछा कि यह क्या हो रहा है? उनके सवाल में यह छिपा हुआ था कि मैं विपक्ष से हाथ मिला रहा हूँ। मैंने कहा कि यह बातचीत राजीव गांधी और विश्वनाथ प्रताप में हो रही है। इस भ्रम में मत रहिये कि हमारी बातचीत प्रधानमंत्री और मंत्री के बीच हो रही है। सीधी बात है कि अगर आप यह महसूस करते हैं कि मैं आपके साथ राजनीतिक खेल, खेल रहा हूँ तो इस बातचीत का कोई फायदा नहीं है। ऐसे ही अगर मेरे मन में यह है कि आप मेरे साथ राजनीति कर रहे हैं तो इस बातचीत से हम कहीं नहीं पहुँचेंगे। हममें यह विश्वास और भरोसा होना चाहिए कि राजनीति आड़े नहीं आयेगी। असली बात यह है कि के.के. तिवारी और कल्पनाथ राय मुझे सीआईए एजेंट कहते हैं। मैं जानता हूँ कि ये लोग लाउडस्पीकर हैं। माइक इस कमरे में लगा है जहाँ हम हैं। यहाँ से जो बोला जाता है वही लाउडस्पीकर पर बाहर सुनायी पड़ता है। उनकी हिम्मत कहाँ है कि वे मुझे सीआईए एजेंट कहें।’’[10] राय साहब ने वी.पी. सिंह से पूछा, राजीव गांधी ने क्या सफाई दी? इसके जवाब में श्री सिंह ने कहा, “उन्होंने कहा कि पार्टी आपसे बहुत नाराज है। वे लोग भी नाराज हैं। इसलिए बोल रहे हैं। मैं इनसे कहूँगा कि कम बोलें। मैंने उनसे कहा कि वे दस गाली दे रहे थे, अब दो गाली देंगे। कोई भ्रम न रहे इसलिए साफ-साफ कहा कि जो लोग गाली दे रहे हैं वे मेरी देश भक्ति पर प्रश्न खड़े कर रहे हैं। जब देशप्रेम का सवाल आता है और जब भी आता है तो लोग जान की बाजी लगा देते हैं। अपना सिर कटा देते हैं और मैं भी अपनी देशभक्ति के लिए अंतिम दम तक ऐड़ी जमा कर लड़ूँगा।’’[11] राय साहब ने वी.पी. सिंह से पूछा, इस पर उन्होंने क्या कहा? इसके जवाब में श्री सिंह ने कहा, “राजीव गांधी ने कहा कि मैं इन लोगों को समझाऊँगा। मैंने उनसे कहा कि देखिये आपकी माँ के साथ काम करते हुए

कांग्रेस नामक मशीन को हमने चलाया है। इसका एक-एक, नट-बोल्ट हम जानते हैं। मेरे जैसे सेकेंड रैंकर लोगों ने हेमवती नंदन बहुगुणा को भगा दिया क्योंकि वे यह चाहती थीं। वे नहीं बोलीं। हमलोगों ने ही यह काम किया।"[12]

अपनी बनक बताते हुए विश्वनाथ प्रताप जी इस पुस्तक में कहते हैं, "आदमी सामाजिक स्वीकृति की आकांक्षा रखता है। समाज में कीर्तिमान स्थापित करे इसी भाव से वह काम करता है। समाज का मुँह देखकर जिंदगी जीने लगता है... यहीं पर महत्त्वाकांक्षा का तत्त्व व्यक्तित्व में विकसित होता है। उसमें कुछ हिपोक्रेसी (पाखंड) के तत्त्व भी आ जाते हैं। इसे आप हिपोक्रेसी, आत्मछल या आत्म प्रवंचना कह सकते हैं। मैं चाहता था चित्रकारी करना और विज्ञान के अध्ययन में मेरी गहरी रुचि थी और करने लगा राजनीति। राजनीति में जनसेवा का पक्ष जहाँ तक है वहाँ तक तो ठीक है। किंतु व्यक्तित्व के संपूर्ण तत्त्व का स्वीकार उसमें नहीं होता। आदमी की यह सोच बनने लगती है कि वह सफल कैसे हो। फिर आदतें पड़ने लगती हैं और वही बाह्य जो है और अंदर जो स्वाभाविक रूप से पड़ा है उसकी टकराहट ही द्वंद्व है। मैं प्रारंभ से ही अपनी प्रकृति के मुताबिक आगे नहीं बढ़ा। यह अपने साथ धोखा है।"[13]

रामबहादुर राय ने वी.पी. सिंह से पूछा कि आपने कहा है कि राजनीति में आना आपकी गलती थी। इस प्रश्न के उत्तर में विश्वनाथ प्रताप सिंह कहते हैं, "कल मेरी नतिनी पूछ रही थी कि बाबा क्या आप अपने राजनैतिक जीवन से संतुष्ट हैं? मैंने उससे कहा कि पहले तुमको मैं जीवन के बारे में बताता हूँ। मैं अपने राजनैतिक जीवन से संतुष्ट हूँ लेकिन मैं अपने जीवन से असंतुष्ट हूँ। अगर मैं वैज्ञानिक शोध में जाता और पेंटिंग में लगा रहता तो अपने जीवन से ज्यादा संतुष्ट होता। लेकिन मैं अपने राजनैतिक जीवन से इसलिए संतुष्ट हूँ क्योंकि उससे मैं जो चाहता था वह कर सका।"[14]

विश्वनाथ प्रताप सिंह ने इस पुस्तक के लुटियन के टीले पर अध्याय में बताया है कि न तो उन्होंने मंडल रपट को धूल भरी अलमारी में से निकाल कर अचानक लागू किया न ऐसा करने का उद्देश्य देवीलाल को निःशस्त्र करके अपनी सरकार को बचाना था। दिसंबर 1989 में सरकार बनी और एक जनवरी 1990 को ही मंडल लागू करने की तैयारी की गयी। देवीलाल की अध्यक्षता में मंत्रिमंडलीय समिति गठित हुई जिसे तीन महीने में अमल की कार्य योजना देनी

थी। समिति ने काम समय सीमा में पूरा नहीं किया। देवीलाल ने अध्यक्षता से इस्तीफा दे दिया। इसलिए बजट सत्र में संसद में घोषणा नहीं हो सकी। मंडल सिफारिशों को लागू करने की समिति का काम रामविलास पासवान को सौंपा गया और उन्हें चार महीने दिये गये। वे चार महीने जुलाई में पूरे हुए और अगस्त में संसद में घोषणा की गयी। अगस्त में ही मेहम कांड और चौटाला से लिये गये इस्तीफे के कारण नाराज देवीलाल का गुस्सा फूट कर सामने आया।[15]

विश्वनाथ प्रताप सिंह कहते हैं, ''सुप्रीम कोर्ट में भी इस पर बहस हुई। जाति व्यवस्था के आधार पर हमारे समाज के बहुतायत (बहुसंख्यक) लोगों को वंचित किया गया। सुप्रीम कोर्ट ने जिसमें सवर्ण न्यायाधीश थे, फैसला सुनाया कि अगर सजा जन्म और जाति के आधार पर मिली है तो दवा उसी आधार पर देनी होगी। इस तरह देखें तो मंडल आयोग की सिफारिशों को लागू करना हजारों साल से जो अन्याय हुआ है उसका एक तरह से प्रायश्चित है। अब मंडल के बाद जो राजनैतिक परिवर्तन आया है, उससे पंचायत से संसद तक जो सामाजिक संरचना है, वह बदल गयी है। मंडल की सिफारिशें लागू करने के पीछे राजनीति की चर्चा की जाती है लेकिन ऐसा कुछ नहीं है। आजादी के बाद यह सबसे बड़ी राजनैतिक क्रांति थी। इसका अर्थ होता है कि जहाँ सत्ता है, जिन वर्गों में है उनसे उठकर वहाँ जाये उन वर्गों में जाये जहाँ उनको भागीदारी मिले। मंडल के बाद राजनीति का व्याकरण बदल गया।''[16]

पुस्तक बताती है कि मंडल आयोग की वह रपट यथास्थिति के सत्ता सिंहासन के नीचे रखी डायनामाइट की छड़ी थी। जो भी उसे चिनगारी देता उसका सिंहासन विस्फोट से टुकड़े-टुकड़े हो जाने वाला था। इसीलिए उसे लागू करने की पहल कोई कर नहीं रहा था। लेकिन राजघराने में पैदा हुए और भारत के राजवंश कहे जाने वाले नेहरू-गांधी परिवार की कृपा से राजनीति और सत्ता में आये और इमरजेंसी में भी कांग्रेसी रहे विश्वनाथ प्रताप सिंह ने उसे अगस्त नब्बे में लागू कर दिया। विश्वनाथ प्रताप सिंह का यही एक निर्णय है जिसने गरीबों और पिछड़ों की सत्ता में भागीदारी के दरवाजे खोले।[17] इस तरह हमारे समाज में सदियों से जो सत्ता असंतुलन और विषमता चली आ रही थी, उसे ठीक करने की प्रक्रिया शुरू की। मंडल आयोग की रपट बरसों से धूल खा रही थी और हर राजनैतिक पार्टी और राजनेता उसकी दुहाई देता था लेकिन उसे लागू

करने की हिम्मत कोई करता नहीं था।

लालकृष्ण आडवाणी के रामरथ को पकड़ने के कारण भाजपा ने समर्थन वापस लिया और विश्वनाथ प्रताप सिंह की सरकार गिरी। लेकिन उसके लिए तो वे पहले से तैयार थे। वे कहते हैं, ‘‘मैं जब प्रधानमंत्री पद की शपथ ले रहा था उस समय गुणा-भाग कर हिसाब लगाया कि भाजपा से कितने साल निभेगी। इसी गद्दी पर भाजपा बैठना चाहती है। उसे मेरा विरोध करके ही चुनाव में जाना पड़ेगा, यह तो निश्चित है। यह हो नहीं सकता कि वह पाँच साल मेरा समर्थन करे और उसके बाद नामांकन के समय विरोध करने लगे। उसे आखिरी दो साल में खुले विरोध में जाना पड़ेगा। एक साल विरोध का बहाना ढूँढ़ना पड़ेगा। मेरा अनुमान था कि इस तरह भाजपा राष्ट्रीय मोर्चे की सरकार का दो साल समर्थन करेगी। मंडल आयोग की सिफारिशों को लागू करने के कारण उसने एक साल पहले बटन दबा दिया।’’[18]

रामबहादुर राय ने उनसे जानना चाहा कि भाजपा के समर्थन वापस लेने और लोकसभा में विश्वास मत पाने के बीच उन्हें पंद्रह दिन मिले थे। अपनी सरकार बचाने के लिए उन्होंने क्या किया? विश्वनाथ प्रताप सिंह कहते हैं, ‘‘मैंने कोई प्रयास नहीं किया क्योंकि मुझे मालूम था कि सांसद उधर जा रहे हैं और पैसा लेकर जा रहे हैं। मुझे विनोद पाण्डेय (तत्कालीन कैबिनेट सचिव) ने बताया कि पैसा बँट रहा है और किस होटल से बँट रहा है और कहिये तो वहाँ छापा डलवा दें। मैंने उन्हें मना कर दिया। जो सांसद पैसे पर बिक रहे थे, उन पर अपनी लड़ाई के लिए कैसे भरोसा करता। उनकी जब कीमत लगेगी तो फिर चले जायेंगे। ऐसे लोग जितनी जल्दी चले जायें, वही अच्छा है। मुझे जन समर्थन का पूरा विश्वास था। भाजपा के सामने गिड़गिड़ाने का कोई सवाल नहीं था। ऐसा करके अपनी सरकार बचा भी लेता तो मेरी स्थिति एक कठपुतली सरकार की होती। मैं 99.9 फीसदी प्रधानमंत्री बनने को तैयार नहीं था। भले ही थोड़े दिन के लिए रहूँ लेकिन 100 फीसदी प्रधानमंत्री रहूँगा। दो दिन की सही परंतु शेर की जिंदगी जीयेंगे।’’[19]

राष्ट्रीय मोर्चे की वह सरकार गयी। खुद विश्वनाथ प्रताप सिंह का मानना है कि इससे ज्यादा चलने लायक वह थी नहीं। फिर 1996 में चुनाव के बाद किसी को बहुमत नहीं मिला और राष्ट्रपति से शपथ लिये अटल बिहारी

वाजपेयी की सरकार तेरह दिन चलकर डूब गयी तो राष्ट्रीय मोर्चे के नेताओं ने विश्वनाथ प्रताप सिंह से फिर कहा कि वे प्रधानमंत्री बन जायें। उन्होंने ज्योति बसु का नाम सुझाया। उनके पोलित ब्यूरो ने मना कर दिया। सारे नेता फिर विश्वनाथ जी के पीछे पड़ गये। ज्योति बसु, करुणानिधि, देवगौड़ा, चन्द्रबाबू नायडू, लालू प्रसाद यादव, मुलायम सिंह आदि सभी उनके घर पर धरना देने लगे। तब वे गाड़ी लेकर चंपत हो गये। कहाँ-कहाँ भटके सोहना, हवाई अड्डे आदि और तभी घर लौटे जब सबने मिलकर देवगौड़ा को चुन लिया।

विश्वनाथ प्रताप सिंह कहते हैं कि उन्होंने ऐसा क्यों किया, इसका जवाब देने के लिए वे अपनी इस कविता का हवाला देते हैं। वह कविता है–

मुफलिस से
अब चोर बन रहा हूँ
पर इस भरे बाजार से
चुराऊँ क्या
यहाँ वही चीजें सजी हैं
जिन्हें लुटाकर
मैं मुफलिस हो चुका हूँ।[20]

विश्वनाथ प्रताप सिंह कहते हैं, "जब 1989 में राष्ट्रीय मोर्चा के घटकों के आग्रह पर मैंने प्रधानमंत्री बनना मंजूर कर लिया था, उस समय अखबारों ने मेरा समर्थन किया था। लिखा गया कि विश्वनाथ प्रताप सिंह को ही सत्ता सँभालनी चाहिए क्योंकि जनादेश उनके लिए है। जब मैंने मंडल आयोग की सिफारिशों को लागू किया तो मीडिया का दृष्टिकोण बदल गया। वे लोग कहने लगे कि विश्वनाथ प्रताप सिंह पद-लोलुप हैं। याद दिलाया गया कि मैंने कहा था कि मैं प्रधानमंत्री पद नहीं लूँगा। जो लोग जनादेश की व्याख्या मेरे पक्ष में करते थे वे ही मुझे पद-लोलुप कहने लगे। उन लोगों को यह कहाँ मालूम है कि लालकृष्ण आडवाणी ने तब मेरी पत्नी को कई बार फोन किया था कि मैं जनता दल के नेता पद को स्वीकार कर लूँ। इस बार मैं नहीं चाहता था कि मेरे बाल-बच्चों को सुनना पड़े कि तुम्हारे पिता पद-लोलुप थे। वे यह कह सकें कि मेरे पिता ने प्रधानमंत्री का पद ठुकराया भी।"[21]

प्रधानमंत्री बनकर और फिर उस पद से इंकार करके विश्वनाथ प्रताप

सिंह ने धीरे-धीरे सक्रिय राजनीति यानी वोट की सत्ता राजनीति से संन्यास ले लिया। चित्रकारी पर रामबहादुर राय के सवाल के जवाब में उन्होंने कहा, "राजनीति ने मेरी संवेदनाओं को बहुत नुकसान पहुँचाया। राजनीति का पेशा पाखंड से भरा हुआ है। राजनीति में हमें वह सब अभिव्यक्त करने का अवसर नहीं मिलता जो हम भीतर से महसूस करते हैं। राजनीति में आत्मसंतोष नहीं है इसलिए मैंने तय किया कि मैं उन चीजों पर पकड़ कायम करने की कोशिश करूँगा जिनमें राजनीति में आने से पहले निपुण था। मुझे मालूम था, मैं इसे फिर से पूरी तरह नहीं पा सकता फिर भी मैंने राजनीति से संन्यास ले लिया।"[22]

लेकिन तब तक विश्वनाथ प्रताप सिंह ऐसी व्याधियों से घिर गये थे जिनका इलाज नहीं हो सकता। अयोध्या में बाबरी मस्जिद के ध्वंस के बाद मुम्बई में दंगे-फसाद हो रहे थे। जनता दल के नेताओं और कार्यकर्ताओं के आग्रह पर वे भूख हड़ताल पर बैठ गये। बैठने की जगह के आसपास कोई पेशाबघर तक नहीं था। भूख हड़ताल पर बैठे विश्वनाथ प्रताप सिंह ने पानी पीना कम कर दिया। पहले जाँच करवायी तो किडनी ठीक थी। पर उपवास में बैठने और पानी कम पीने से किडनी खराब होने लगी। मुख्यमंत्री नाईक रात को डाक्टरों को लेकर आये और कहा कि हालत खराब हो सकती है। इन्हें लगा कि सरकार अनशन से उठाना चाहती है। मना कर दिया। दूसरे दिन इन्हीं के डॉक्टरों ने कहा कि किडनी किसी भी क्षण फेल हो सकती है।

स्वास्थ्य के बारे में रामबहादुर राय के पूछने पर उन्होंने जो कुछ कहा था उसका विस्तारपूर्वक वर्णन इस पुस्तक में है। अपोलो अस्पताल के उसी कमरे से वे डायलिसिस के दौरान जनांदोलनों से जुड़े रहते। चाहे मुम्बई या दिल्ली में झुग्गी-झोपड़ी वालों का मसला हो या नर्मदा बाँध की ऊँचाई पर छिड़े संग्राम का प्रकरण हो, विश्वनाथ प्रताप सिंह संपर्क में रहते। इसी दौरान देखा गया कि कैसे दिल्ली पुलिस की घेरेबंदी तोड़कर जहाँ चाहते थे वहाँ पहुँचे, झुग्गीवासियों के लिए, जिससे झुग्गियों को उजड़ने से वे बचा सकें। एक दिन उनके घर को रैपिड एक्शन फोर्स ने एहतियातन घेर रखा था ताकि वे झुग्गी-झोपड़ी के उजाड़ने में रुकावट न डाल सकें। उन्हीं दिनों मेधा पाटकर का उपवास चल रहा था। वे पुलिस वालों को छात्र नेता के अंदाज में चकमा देते हुए जंतर-मंतर पहुँच ही गये।

यह पुस्तक राजनीतिक जीवनी का एक प्रकार है जिसे रामबहादुर राय

ने प्रयोग कहा है। स्वयं राय साहब मानते हैं कि इसकी कुछ सीमाएँ हैं। एक यह कि इसमें मूल्यांकन नहीं है। किंतु लेखक का पूरा प्रयास यह रहा कि तथ्य और जो विश्वनाथ प्रताप सिंह कहना चाहते हैं वह भाव उनके शब्दों में उतर आये। राय साहब ने लिखा है, "पुस्तक के लिए बातचीत में मैंने पाया कि अगर उनमें जटिलता रही हो तो वह कमतर होती चली गयी है। वे सरल और पक्के इंसान के रूप में आज हैं। इसके लिए मुझे कुछ बातें और कहनी हैं, जो मेरे अनुभव हैं। जब वे भ्रष्टाचार के मुद्दे पर लड़ रहे थे, उस समय उनसे सवाल करना जूझने के बराबर होता था। इस समय उनसे सवाल करना आसान है। पहले वे सवालों पर पूछने वाले को तौलते थे और फिर जवाब देते थे। इस पुस्तक के लिए किसी सवाल पर मैंने उनके चेहरे पर चिंता, तनाव या झुंझलाहट का भाव नहीं पाया।"[23]

रामबहादुर राय ने लिखा है कि विश्वनाथ प्रताप सिंह के जवाब नैतिक मापदंड में पगे हुए हैं। उनमें विचारधारा की जमीन है। एक जीवन मूल्य है, जिससे वे संचालित हैं। इस दृष्टिकोण से यह पुस्तक उनके जीवन के पड़ावों को सामने लाने का प्रयास है। इसमें जीवनी लेखकों के लिए तथ्य हैं। इतिहास लेखन के लिए अधिकृत जानकारी मिलती है। घटनाओं पर विश्वनाथ प्रताप सिंह का दृष्टिकोण उपलब्ध है। उनके जीवन की उन घटनाओं पर इसमें रोशनी पड़ती है जो अत्यंत विवादास्पद रही हैं। ऐसी घटनाएँ अनेक हैं जिनके बारे में अपनी-अपनी जानकारी और समझ से लोगों ने धारणाएँ बना ली हैं। उदाहरण के लिए एक घटना का जिक्र किया जा सकता है। विश्वनाथ प्रताप सिंह ने मुख्यमंत्री पद क्यों छोड़ा, इसे उन्होंने इस पुस्तक में विस्तार से बताया है। ऐसी वे तमाम घटनाएँ हैं जो उनके राजनीतिक जीवन में घटीं और उनके बारे में वे इसमें बता रहे हैं।[24]

जिस विश्वनाथ प्रताप सिंह से सवाल पूछकर यह किताब बनी है वे 12 साल से खराब गुर्दे और कैंसर के बावजूद साधारण नागरिक के सवाल उठा रहे थे। ऐसे व्यक्ति से बातचीत की निर्मल प्रक्रिया रामबहादुर राय ने अपनायी है। इसीलिए किताब पर जब विवाद हुआ तो विश्वनाथ प्रताप सिंह ने बयान दिया, "श्री रामबहादुर राय द्वारा लिखी गयी पुस्तक 'मंजिल से ज्यादा सफर' में जो कुछ मैंने कहा है, इतिहास के सामने साक्षी के रूप में कहा है और उसके हर अक्षर की मैं पुष्टि करता हूँ।"[25]

भूमिका में प्रभाष जोशी ने 'विश्वनाथ प्रताप सिंह - मंजिल से ज्यादा

सफर' के लेखक के बारे में एकदम ठीक लिखा है कि रामबहादुर राय अपने देश के एक बहुत विश्वसनीय और प्रामाणिक पत्रकार हैं। यह जल्दी में काता-कूता कपास नहीं है। बड़े जतन से बुनी गयी चादर है।[26]

संदर्भ :

1. राय, रामबहादुर. (2006). विश्वनाथ प्रताप सिंह - मंजिल से ज्यादा सफर. नयी दिल्ली : राजकमल प्रकाशन. पृष्ठ - viii
2. वही, पृष्ठ - xii-xiii
3. वही, पृष्ठ - viii
4. वही, पृष्ठ - 44
5. वही, पृष्ठ - 74
6. वही
7. वही, पृष्ठ - 75
8. वही, पृष्ठ - 230
9. वही
10. वही, पृष्ठ - 232
11. वही
12. वही
13. वही, पृष्ठ - 44
14. वही, पृष्ठ - 406
15. वही, पृष्ठ - xi
16. वही, पृष्ठ - 301-302
17. वही, पृष्ठ - x
18. वही, पृष्ठ - 323
19. वही, पृष्ठ - 331
20. वही, पृष्ठ - 360
21. वही, पृष्ठ - 358
22. वही, पृष्ठ - 363
23. वही, पृष्ठ - xix
24. वही
25. वही, पृष्ठ - vii
26. वही, पृष्ठ - xv

# जे.बी. कृपलानी की जीवनी : एक दृष्टि

रामबहादुर राय की लिखी जीवतराम भगवानदास कृपलानी की जीवनी 'शाश्वत विद्रोही राजनेता आचार्य जे.बी. कृपलानी' कई दृष्टियों से महत्त्वपूर्ण है। कृपलानी जी के जीवन पर प्रकाश डालनेवाले प्रामाणिक तथ्यों और घटनाओं को राय साहब ने उसी क्रम में प्रस्तुत किया है जिस क्रम में वे घटित हुए। जीवनीकार ने अतीत का चित्रण करने के लिए सत्य घटनाओं का क्रमबद्ध विवरण दिया है। इस जीवनी में राय साहब ने कृपलानी जी से जुड़ी घटनाओं का अंकन नहीं, चित्रण किया है। रामबहादुर राय ने कृपलानी जी के आंतरिक स्वभाव का वर्णन करते हुए उनके व्यक्तित्व के रहस्य और विकास को खोलकर पाठकों के सामने रख दिया है। 'शाश्वत विद्रोही राजनेता आचार्य जे. बी. कृपलानी' पुस्तक 36 अध्यायों में बँटी है। नेशनल बुक ट्रस्ट से 2013 में आयी 339 पृष्ठों की इस किताब के पहले अध्याय का शीर्षक है—बचपन। इसमें राय साहब कहते हैं कि भारतीय राष्ट्रीय कांग्रेस बनने के तीन साल बाद उनका जन्म होना कोई संयोग और सुयोग भी हो सकता है, लेकिन उनके जन्म की तारीख के बारे में पक्के तौर पर कुछ भी नहीं कहा जा सकता।[1] उनके पिता भगवान दास कृपलानी थे। लोग उन्हें काका भगवान दास कहकर पुकारते थे। वे सरकारी सेवा में थे। तहसीलदार पद से रिटायर हुए। उन दिनों किसी भारतीय के लिए सरकारी सेवा में यह उच्चतम पद था। उसके बाद के पद अंग्रेजों के लिए सुरक्षित थे। वह जिलाधिकारी होता था, जिसे कलेक्टर कहा जाता था। उसके अधीन तहसीलदार होते थे। तब तहसीलदार का ओहदा उसके अधिकार क्षेत्र के भूगोल से घटता-बढ़ता था। सिंध प्रांत उन दिनों तीन जिलों का प्रांत था।

साफ है कि एक जिला एक प्रांत के बराबर होता था।[2] उसी तरह तहसील इतनी बड़ी होती थी कि उसमें कई जिले समा जायें। इसी पद और एमिल समुदाय के कारण भगवान दास कृपलानी का समाज में बहुत सम्मानजनक स्थान था।[3] जीवत राम अपने माता-पिता की नौ में से छठी संतान थे। सात भाई और दो बहनें।[4] उस परिवार की अनेक विशेषताएँ थीं। हृदय उदार था, लेकिन जबान तीखी होती थी। उनके पिता फारसी के विद्वान थे। उनका सम्मान था, पर थे बहुत क्रोधी स्वभाव के। अनुशासन में कठोर और ईमान के पक्के अफसर थे। चरित्रवान थे। रिटायर होने के बाद उनका धार्मिक और आध्यात्मिक रूपांतरण हो गया था।[5] बालक जीवत राम की मानसिक बनावट में अपने पिता का यह दानशील स्वभाव और संन्यासी भाव बहुत पहले ही आ गया था। वह जीवन भर बना रहा। बचपन में जीवत भड़कैल और हठी थे। यह प्रवृत्ति उनकी अंत-अंत तक बनी रही। जैसे कि वह उनके जीन में थी। वे शुरू से ही दुःसाहसी थे।[6]

दूसरे अध्याय बेमन की पढ़ाई में बताया गया है कि बालक जीवतराम को प्रारंभिक पाठशाला में भेजा गया। स्कूल में भी उनकी रुचि पुस्तकों में कम और प्रकृति में ज्यादा थी। उनका मन पढ़ाई में कम ही लगता था। किसी-न-किसी ऐसे काम में बालक जीवत राम अपने को व्यस्त रखता था, जो अक्सर शरारती बच्चे करते हैं।[7] तीसरे अध्याय का शीर्षक है एक पत्रिका ने जगायी अंतः चेतना। उसमें राय साहब लिखते हैं, बात 1906 की है। जीवत राम अखबार और पत्रिकाएँ कम ही पढ़ते थे। 'टाइम्स ऑफ इंडिया' जरूर यह जानने के लिए देखते थे कि शहर में प्लेग की महामारी कितनी और कहाँ तक फैली है। संभवतः वे यह जानना चाहते थे कि कॉलेज महामारी के चलते कब बंद होगा। अखबार को झटपट पलटकर वे फेंक दिया करते थे। सिंध के शिकारपुर का सोनेपार उनका हॉस्टल के कमरे का साथी था। वह पढ़ाकू था। हुआ यह कि एक दिन उसकी मेज पर 'टाइम्स ऑफ इंडिया' अखबार के बजाय एक पत्रिका रखी थी, जिसे जीवत राम ने अखबार समझकर उठाया था। उस पत्रिका ने जादू जैसा असर डाला। जीवत राम पढ़ते गये और मंत्रमुग्ध होते गये। पूरा पढ़ने के उपरांत ही पत्रिका को यथास्थान रखा। वह 'न्यू इंडिया' थी। उस जमाने की राष्ट्रीय त्रिमूर्ति लाल-बाल-पाल में से एक बिपिन चंद्र पाल उसे निकालते थे। आज यह कोई भी पूछ सकता है कि बिपिन चंद्र पाल कौन थे? यह सवाल अस्वाभाविक

नहीं है, क्योंकि उस पीढ़ी को भुलाया जा रहा है। बंगाल विभाजन पर अंग्रेजी शासन के खिलाफ उग्र आंदोलन बिपिन चंद्र पाल ने ही चलाया था। देश में राष्ट्रीयता की धारा उन्होंने ही बहायी थी। वे जहाँ नंबर एक के राजपुरुष (स्टेट्समैन) थे, वहीं वे महान शिक्षक और पत्रकार भी थे। उनकी अभिव्यक्ति का माध्यम 'न्यू इंडिया' थी।[8] 'न्यू इंडिया' ने जीवत राम की अंतःचेतना को जगा दिया। आज वह साधारण-सी घटना लग सकती है, लेकिन उसे जीवत राम के जीवन से जोड़कर देखें तो असाधारण ही थी।[9]

पाँचवें अध्याय में इतिहास पुरुष से पहली मुलाकात का विवरण है। शांतिनिकेतन में 1915 में गांधी से कृपलानी की पहली भेंट हुई। वहाँ गांधी की जिस बात ने कृपलानी पर अपनी छाप छोड़ी, वह यह थी कि एक हफ्ते में उन्होंने शांतिनिकेतन को बदल दिया। वहाँ लोग स्वयं की प्रेरणा से अपने काम करने लगे। पहले से ज्यादा सफाई रहने लगी और स्वावलंबन का परिवेश बना।[10] शांतिनिकेतन में जे.बी. कृपलानी ने गांधी को खुला प्रस्ताव दिया कि वे भारत में दक्षिण अफ्रीका की तर्ज पर अगर कुछ करते हैं तो उसमें एक सहयोगी के रूप में उन्हें भी मानें। उसका अवसर 1917 में आया। तब जे.बी. कृपलानी मुजफ्फरपुर में प्रोफेसर थे। गांधी का तार आया कि वे ट्रेन से मुजफ्फरपुर पहुँच रहे हैं। पचीस छात्रों के साथ कृपलानी स्टेशन पहुँचे।

'कृपलानी के घर गांधी' शीर्षक अध्याय में रामबहादुर राय बताते हैं, "आधी रात को ट्रेन आयी और छात्र व्याकुल होकर गांधी को खोजते रहे लेकिन वे कहीं नजर नहीं आये।[11] वह तो गांधी की प्रत्युत्पन्नमति थी कि वे उन छात्रों को पहचान सके जो व्याकुल होकर प्लेटफार्म पर दौड़ रहे थे।[12] गांधी जी का आरती कर छात्रों ने स्वागत किया। गांधी जी के ठहरने की व्यवस्था प्रो. एन. आर. मलकानी के यहाँ हुई। किताब बताती है कि सौ साल पहले गांधीजी ने चंपारण की यात्रा किस तरह की थी और जे.बी. कृपलानी कैसे उसी दौरान उनके निकट संपर्क में आये। वर्ष 1919-1920 में कृपलानी काशी हिंदू विश्वविद्यालय में भी रहे और गांधीजी के असहयोग आंदोलन के समय वहाँ से हट गये। असहयोग आंदोलन आरंभ होने पर विद्यालयों का बहिष्कार करने वाले छात्रों के लिए गांधीजी की प्रेरणा से कई प्रदेशों में विद्यापीठ स्थापित हुए। जे.बी. कृपलानी 1920 से 1927 तक गुजरात विद्यापीठ के प्राचार्य रहे। 1927 के बाद

आचार्य कृपलानी का जीवन पूर्ण रूप से स्वाधीनता संग्राम और गांधीजी के रचनात्मक कार्यक्रमों को आगे बढ़ाने में ही बीता। उन्होंने खादी और ग्राम उद्योगों को पुनर्जीवित करने के लिए उत्तर प्रदेश में गांधी आश्रम की स्थापना भी की। हरिजनों के उद्धार के लिए गांधीजी की देशव्यापी यात्रा में वे बराबर उनके साथ रहे और इस दिशा में निरंतर अपने प्रयत्न जारी रखे। देश और समाज सेवा की उनकी निःस्वार्थ भावना ने उन्हें बहुत लोकप्रिय बना दिया। वे 1935 से 1945 तक कांग्रेस के महासचिव रहे। वर्ष 1946 की मेरठ कांग्रेस के वे अध्यक्ष चुने गये थे। कई प्रश्नों पर पंडित जवाहरलाल नेहरू से मतभेद हो जाने कारण उन्होंने अध्यक्षता छोड़ दी और किसान मजदूर प्रजा पार्टी बनाकर विपक्ष में चले गये।

35वें अध्याय बहुआयामी व्यक्तित्व में बताया गया है कि आचार्य जे. बी. कृपलानी बहुआयामी व्यक्तित्व के मालिक थे। विचार, रचनात्मक कार्य और राजनीतिक गतिविधियों के विविध क्षेत्रों पर उनकी अमिट छाप है। जनजीवन का कोई ऐसा क्षेत्र नहीं था जो उनसे अछूता हो। हर क्षेत्र पर उन्होंने अपने विचार की पौध में कलम लगायी। इस प्रकार उन्होंने हर क्षेत्र को प्रभावित किया। नयी दृष्टि दी। जिसके लोग कायल हुए। उनका साहित्य संसार व्यापक है। उसमें इतिहास, राजनीति, कानून, पत्रकारिता, समाज शास्त्र, अर्थशास्त्र और दर्शन के क्षेत्र आते हैं। उन्होंने जिस तरह नयी तालीम को बढ़ाने के लिए दलीलें दीं, उसी तरह लोकतंत्र, मुक्ति, स्वतंत्रता, मानवाधिकार, संपत्ति का सिद्धांत, न्यायपालिका, न्याय प्रक्रिया, चरखा, खादी ग्रामोद्योग और गाँव पंचायत के लिए आजीवन विचार और कर्म के स्तर पर एक फौलादी प्रहरी की भाँति बिना डिगे डटे रहे। शासन का कोई ऐसा क्षेत्र नहीं है जिस पर कृपलानी ने बोला और लिखा नहीं। कहना यह है कि वे बहुमुखी प्रतिभा के धनी थे। प्रशासनिक सुधार, कृषि, सामाजिक दायित्व, संविधान, विकेंद्रीकरण, राष्ट्रीय एकता, योजना, सत्ता राजनीति, सेक्युलरिजम, समाजवाद, राज्यों के पुनर्गठन और महिला समस्या आदि पर उन्होंने समय-समय पर बोला और लिखा। उन्होंने साम्यवाद की जबरदस्त न केवल आलोचना की बल्कि उसका खंडन और मंडन भी किया। कम्युनिस्टों को निरूत्तर कर दिया। उन्होंने इतिहास की भौतिकवादी व्याख्या को ध्वस्त कर दिया। सशस्त्र क्रांति की अवधारणा और वर्ग संघर्ष के सिद्धांत की

वैचारिक कमियों को निशान लगाकर बता दिया और उसे खारिज कर दिया। उनका कहना था कि विचार में ही खोट है। जिस सिद्धांत के विचार में ही खोट होता है वह कल्याणकारी नहीं हो सकता। उन्होंने साम्यवाद को इस आधार पर खारिज किया कि वह गलत साधन पर खड़ा है।[13] जहाँ साधन गलत हो वहाँ साध्य मंगलकारी कैसे हो सकता है? 'दुनिया के सर्वहारा एक हों' इस नारे में कृपलानी ने देखा कि कोई दम नहीं है। यह झूठ की बुनियाद पर खड़ा है। यह नारा कि सर्वहारा को कुछ खोना नहीं है, पाना ही पाना है, इसे उन्होंने कम्युनिस्ट देशों में भी अधूरा और असत्य पाया।

'शाश्वत विद्रोही राजनेता आचार्य जे.बी. कृपलानी' पुस्तक बताती है कि महात्मा गांधी के संपर्क में आने से पहले कृपलानी क्रांतिकारी थे। सशस्त्र क्रांति में विश्वास करते थे। महात्मा गांधी के संपर्क ने उन्हें बदला। आजीवन वे गांधी विचारों के प्रवक्ता, प्रस्तोता और प्रहरी बने रहे। वे यह मानते थे कि गांधीवादी विचारधारा ही भारतीय जनजागृति के प्रवाह का सही मार्गदर्शन कर सकती है। वे अपने रहन-सहन और भोजन में जितने सादे थे, अपने विचार और व्यक्तित्व में उतने ही गहरे थे। वह गहराई ही उनकी ऊँचाई बन गयी। वे स्पष्टवादी थे। कभी-कभार वे इतने स्पष्टवादी हो जाते थे कि शिष्टाचार एक ओर धरा रह जाता था। महसूस होता था कि वे अक्खड़ हैं। लेकिन जो उन्हें नजदीक से जानते थे, वे अनुभव करते थे कि वे निर्मल स्वभाव के थे। स्नेहशील थे। किसी चुभने वाली बात को अपने मन में नहीं रखना चाहते थे।[14] वे अपने विचारों के प्रति अत्यंत दृढ़ और उग्र थे। इस कारण कांग्रेस में वामपंथी उन्हें अपना विरोधी मानते थे। उन्होंने ऐसी हालत बनायी कि कम्युनिस्टों को कांग्रेस से बाहर जाना पड़ा। आचार्य कृपलानी समझौतावादी प्रवृत्ति के नहीं थे। इस कारण उन्हें अनेक कष्ट उठाने पड़े। गहरे दोस्त उनसे दूर हुए। अगर वे समझौता का मन बना लेते तो विपक्ष का नेतृत्व नहीं कर सकते थे। हाँ, सत्ता का सुख भोग सकते थे। वे अपने सिद्धांतों की बलि किसी भी हालत में देने को तैयार नहीं होते थे। कृपलानी ने समाजवादियों और वामपंथियों से तो समझौता नहीं ही किया। जब देखा कि समाजवादी बदल गये हैं और गांधी की भाषा बोलने लगे हैं तब उनसे हाथ मिलाया। वे जवाहरलाल नेहरू के गहरे मित्र थे। लेकिन आजादी के बाद उनकी गलत नीतियों के कारण आलोचक बने और अपने को

उच्च सत्ता से बाहर कर लिया।

रामबहादुर राय बताते हैं कि कृपलानी मौलिक अधिकार के कितने मुखर प्रवक्ता थे। उसके लिए वे सतत जागरूक रहते थे। जब कांग्रेस सरकार में 1971 में 24वाँ और 25वाँ संविधान संशोधन पास किया तो उन्होंने अपने दमभर देश में विरोध की लहर उठायी। 24वें संविधान संशोधन से सरकार में यह अधिकार संसद को सौंपा कि जब चाहे तब वह मौलिक अधिकारों को छीन सकती है। उसी तरह 25वाँ संविधान संशोधन भी था। कृपलानी मानते थे कि जहाँ लोकतंत्र नहीं है, जहाँ मौलिक अधिकार नहीं है, जहाँ अभिव्यक्ति की आजादी नहीं है वहाँ नागरिकता समाप्त हो जाती है और नागरिक दास बन जाता है।[15] उन्होंने गांधियन जीवन मूल्य और अहिंसा की आजीवन हिमायत की। वे स्वतंत्र प्रेस के पक्षधर थे। उनकी नजर में लोकतंत्र और अहिंसा परस्पर पूरक हैं। वे जहाँ राजनीतिक लोकतंत्र के पक्षधर थे वहीं उन्होंने आर्थिक लोकतंत्र के लिए आजीवन प्रयास किये। उन्होंने 'गांधियन वे' में इसे प्रतिपादित किया है। वे कहते हैं कि सत्य और अहिंसा का जो पथ है वही गांधी का रास्ता है। सत्याग्रह गांधीवादी क्रांति का महान अस्त्र है और सत्याग्रही बनने के लिए मनुष्य में सत्य-अहिंसा की प्राण प्रतिष्ठा अनिवार्य है। भारत में जन जागरण, अभय, बलिदान और त्याग इसी सत्याग्रह की देन हैं। वे मानते थे कि कोई पक्षपाती ही इस बात से इंकार करेगा कि सत्याग्रह से राष्ट्र की प्रगति और मानवीय गुणों का विकास हुआ है। कृपलानी की नजर में चरखा उद्योग आर्थिक लोकतंत्र का पर्याय है। वे मानते थे कि चरखे की अर्थनीति से श्रमिकों की समस्या और किसानों की समस्या ट्रस्टीशिप से सुलझ सकती है। चरखा देश की संगठित भलाई कर सकता है। गरीबों को जीविका दे सकता है।[16]

राय साहब बताते हैं कि आचार्य जे.बी. कृपलानी स्वतंत्रता के पक्षधर थे और आक्रमण के विरोध में खड़े होते थे। उन्होंने वियतनामी राष्ट्रवादियों की हिमायत की। आक्रमणकारियों की निंदा की। वे पहले भारतीय थे जिसने एक बयान देकर अफसोस जताया कि जो फ्रांस अपनी स्वतंत्रता के लिए दुनिया में जाना जाता है, वह वियतनामियों की स्वतंत्रता का हरण कर रहा है। उन्होंने मलाया, केन्या, सिंगापुर और अफ्रीकी देशों में ब्रिटेन के साम्राज्यवादी कहर की निंदा की। उन्होंने ब्रिटेन, फ्रांस और इजराइल के मिस्र पर साझा हमले की निंदा

की। उसी तरह से हंगरी पर रूसी हमले को अनुचित बताया। वे भारत की विदेश नीति के कट्टर आलोचक थे। वे कहते थे कि भारत की विदेश नीति से देश के हित का कोई संबंध नहीं है। विदेश नीति न तो स्वतंत्र है न गुटनिरपेक्ष है। इसमें सस्ती लोकप्रियता का भाव है। गुटनिरपेक्ष नीति के वे गंभीर आलोचक थे। उन्होंने चीन और रूस के प्रति हमारे रवैये का उदाहरण देकर कहा कि यह नीति गुटनिरपेक्ष भी नहीं है। वे चीन के इरादे को उसी समय भाँप गये थे जब चीन ने आक्साई चीन पर कब्जा कर लिया। रामबहादुर राय याद दिलाते हैं कि कृपलानी ने नेहरू सरकार को चेतावनी दी थी कि चीन कभी भी सीमा पर हमला कर सकता है। तब नेहरू ने यह कहकर हँसी उड़ायी कि कृपलानी अनावश्यक भय पैदा कर रहे हैं। वक्त ने बताया कि कृपलानी सही थे, नेहरू हवा-हवाई जगत में रह रहे थे। चीन के हमले ने कृपलानी को सही साबित किया। एक सांसद के रूप में कृपलानी, सरकार की हर कमजोरी को सजग होकर बताते थे। वे सरकार और विपक्ष में संवाद के हिमायती थे। उन्होंने सैनिक गठजोड़ों को अनुचित ठहराया। दुनिया को दो ताकतवर खेमों में बाँटने के प्रति आगाह किया। इसी तरह वे सैनिक और आर्थिक मदद को खतरनाक मानते थे और स्वावलंबन की हिमायत करते थे। सीटो, सेंटो और बगदाद समझौते के वे गहरे आलोचक थे। वे पड़ोसियों से मधुर संबंध बनाने के हिमायती थे।[17]

'शाश्वत विद्रोही राजनेता आचार्य जे.बी. कृपलानी' पुस्तक बताती है कि आचार्य कृपलानी मंच पर अपनी व्यंग्यपटुता के लिए विख्यात थे। अपने विरोधियों को वे तीखे व्यंग्यवाणों से वेध देते थे। उन्हें चुप करा देते थे। बहुत लोगों का मानना है कि व्यंग्य के मामले में उनकी तुलना प्रसिद्ध कवि जार्ज बर्नार्ड शा से की जा सकती है। उनकी प्रतिभा में वह ढँका रहता था। वे विनोदी स्वभाव के थे। नेहरू उनसे इन्हीं कारणों से घबराते थे। कृपलानी अंग्रेजी भाषा के विद्वान और मर्मज्ञ थे। बिना रुके घंटों धारा प्रवाह वे अंग्रेजी में बोल सकते थे। अंग्रेजी पर उनका अधिकार था। वहीं हिंदी और हिंदुस्तानी से उनको प्रेम था। इन्हें वे राष्ट्रीयता की भाषा मानते थे। लेकिन हिंदीभाषी राज्य में रहने के बावजूद वे ठीक-ठाक हिंदी नहीं बोल पाते थे। उनकी हिंदी टूटी-फूटी होती थी। इसलिए वे मन से अंग्रेजी ही बोलते थे। उन्हें सुनते भी लोग आनंद से थे। वे पढ़ते बहुत थे। घर में लंबी-चौड़ी लाइब्रेरी थी। बचपन में पुस्तकों से उनका नाता

छत्तीस का था। लेकिन प्रोफेसर कृपलानी ने प्रोफेसरी के दौरान पुस्तकों के प्रेम करना सीख लिया था। अध्ययन की आदत बनायी थी। इसीलिए छात्रों के वे प्रिय प्रोफेसर थे। उनका व्याख्यान सुनने लायक होता था। व्याख्यान के लिए वे जैसे ही खड़े होते थे कि श्रोता चौकन्ना हो जाता था। उनके व्याख्यान में ज्ञान का विशाल सागर होता था। सागर की लहरों की तरह तथ्यों का उतार-चढ़ाव होता था। दलीलें होती थीं और उसके नमूने होते थे। उनकी इस आदत के कारण उनका व्याख्यान रोचक हो जाता था। उनकी भाषा फर्राटेदार थी। वे बहुत विनोदप्रिय वक्ता माने जाते थे। एक बार गुजराती लेखक सम्मेलन में उन्होंने साहित्य और जीवन पर अपना भाषण शुरू करते हुए कहा कि "मैं कभी नाचा नहीं सिवाय अपनी पत्नी के वेणुनाद पर नाचता हूँ। यह तो अपनी गृहस्थी को सुखी बनाने के लिए हर पति को करना चाहिए।"[18]

राय साहब बताते हैं कि आचार्य कृपलानी अपने लंबे जीवन में उत्तम कोटि के लेखक माने गये। उनकी पुस्तकें और पुस्तिकाएँ बुद्धिजीवी समाज में बहुत आदर के साथ पढ़ी जाती थीं। उनकी राजनीतिक व्यस्तता और रचनात्मक कामों में संलिप्तता को देखने हुए लोग हैरान हो जाते थे कि आचार्य कृपलानी लिखने के लिए कब समय निकालते हैं। उन्होंने 'दी लेटेस्ट फैड' (बुनियादी तालीम) में लिखा है कि गांधी जी की विचारधारा स्वयं में क्रांतिकारी है। वह तथ्य और वास्तविकता पर आधारित है। इसके किसी भाग को भी हम पृथक रूप में नहीं देखते, यही कारण है कि सैद्धांतिक आधार के न होते हुए भी मनुष्य के सामूहिक प्रेम व उत्साह को अपनी तरफ मोड़ने में यह धारा पर्याप्त सफल रही है। हाँ, इसके लिए ज्वलंत श्रद्धा और दृढ़ इच्छा शक्ति की जरूरत है।"[19]

'शाश्वत विद्रोही राजनेता आचार्य जे.बी. कृपलानी' पुस्तक बताती है कि आचार्य कृपलानी महात्मा गांधी के हवाले से जिस दृढ़ इच्छा शक्ति की हिमायत करते थे वह उनके जीवन में समय-समय पर विभिन्न रूपों में प्रकट हुई। 1963 की बात है। अमरोहा उपचुनाव से लौटे थे। वहाँ भीषण गर्मियों के दिन में अथक परिश्रम उन्हें करना पड़ा। सदन में नेहरू सरकार के खिलाफ पहला अविश्वास प्रस्ताव रखा। बहस शुरू हुई कि एक दिन उन्हें भयंकर दिल का दौरा पड़ा। उम्र तब 75 साल हो गयी थी। उन्हें महीनों अस्पताल में रहना पड़ा। जो डॉक्टर उन्हें देख रहे थे उन्हें भी लगता था कि अब कृपलानी वह नहीं रह जायेंगे

जो पहले थे। ज्यादातर लोग मानने लगे थे कि वे अब सार्वजनिक जीवन के झंझावातों को अपने कमजोर शरीर पर झेल नहीं पायेंगे। अस्पताल से निकलने बाद वे अपने पुराने दमखम में लौटे। इसके दो उदाहरण हैं। 1966 में जब द्वारिका प्रसाद मिश्र की सरकार ने बस्तर के आदिवासी राजा प्रवीर चंद्र भंजदेव और उनके समर्थकों को गोलियों से भुनवाया था तब पूरे देश में उस घटना पर हाहाकार मचा। विपक्ष ने एक जाँच कमेटी बनायी। आचार्य जे.बी. कृपलानी उसके अध्यक्ष बनाये गये। उन्होंने कमेटी के साथ मौके पर जाकर जाँच की। दूसरी घटना 1974 की है। अक्टूबर महीने में जे.पी. आंदोलन में शामिल दलों ने दिल्ली में लोक संघर्ष समिति बनायी। विपक्षी दलों के आग्रह पर वे लोक संघर्ष समिति के अध्यक्ष हुए। दिल्ली में उस समिति के आह्वान पर रैली हुई। सारे देश में उस आंदोलन में जहाँ बुलाया गया वहाँ आचार्य जे.बी. कृपलानी गये।[20] कांग्रेस से जब उनका सैद्धांतिक मतभेद हुआ और देखा कि कांग्रेस पार्टी पथभ्रष्ट हो रही है तो जनमत बनाने के लिए उन्होंने 1950 में 'विजिल' नामक एक साप्ताहिक पत्रिका निकाली। इसका उद्देश्य था कि लोगों को यह बताया जाये कि महात्मा गांधी का रास्ता क्या है। वे 'विजिल' में नियमित लिखते थे। अखबार उसी पत्रिका से उनका लेख लेकर अपने यहाँ छापते थे। यह उनके पुराने साथियों को पसंद नहीं था। जे.बी. कृपलानी के संस्मरण में इसका उल्लेख है कि सरदार पटेल ने अखबारों को कहलवाया कि 'विजिल' का लेख वे न छापें। उन दिनों सरदार पटेल सूचना और प्रसारण मंत्री भी थे। सरकार का यह हथकंडा पुराना है। 'विजिल' तब सरकार की आलोचना का मुख्य पत्र बन गया। सरकार की कार्यप्रणाली पर उसमें सवाल होते थे और यह बताया जाता था कि गांधी जी होते तो क्या करते। 'विजिल' जैसा नाम था वैसा ही उसका काम था। 'विजिल' ने योजना की खोट को उजागर किया। प्रशासनिक सुधार की आवाज लगायी। इस तरह से दस सालों तक 'विजिल' लगातार छपता रहा।[21] किताब में मूल अध्यायों के अलावा परिशिष्ट में छह अध्याय हैं जिनमें राजनीति संबंधी अत्यंत मूल्यवान सामग्री है।

रामबहादुर राय की पुस्तक 'शाश्वत विद्रोही राजनेता आचार्य जे.बी. कृपलानी' में कथा, चरित्र, गुण, विवेचन सब कुछ है। इसीलिए यह जीवनी एक पूर्ण, प्रामाणिक और सफल जीवनी बन सकी है।

**संदर्भ :**


1. राय, रामबहादुर. (2012). शाश्वत विद्रोही राजनेता आचार्य जे. बी. कृपलानी. नयी दिल्ली : नेशनल बुक ट्रस्ट. पृष्ठ - 2
2. वही
3. वही
4. वही, पृष्ठ - 3
5. वही, पृष्ठ - 4
6. वही, पृष्ठ - 4
7. वही, पृष्ठ - 5
8. वही, पृष्ठ - 7
9. वही
10. वही, पृष्ठ - 24
11. वही, पृष्ठ - 27
12. वही
13. वही, पृष्ठ - 215
14. वही, पृष्ठ - 216
15. वही
16. वही, पृष्ठ - 217
17. वही
18. वही, पृष्ठ - 218
19. वही
20. वही, पृष्ठ - 219
21. वही

# जे.पी. को जानने के सूत्र

स्वातंत्र्योतर भारत में राजनीतिक व्यक्तियों पर जितना अध्ययन-अनुशीलन रामबहादुर राय ने किया है, उतना किसी अन्य ने नहीं। रामबहादुर राय ने इंदिरा गांधी राष्ट्रीय कला केंद्र द्वारा प्रकाशित 'लोक नायक का नैतिक लोकतंत्र' पुस्तक में 37 पृष्ठों का लेख लिखा है : जे.पी. को जानिये। वह लेख जे.पी. की संक्षिप्त जीवनी तो है ही, उन्हें जानने का महत्त्वपूर्ण सूत्र भी है। राय साहब ने उसमें जे.पी. के जीवन संग्राम को विलक्षण ढंग से समेटा है। राय साहब ने लेख के आरंभ में ही लिखा है, "भारत के राजनीतिक आकाश पर लोकनायक जयप्रकाश नारायण ध्रुवतारे की तरह बने रहेंगे। उनका राजनीतिक जीवन असाधारण था। वह अनेक अर्थों में लीक से हटकर था। लोग राजनीति में उतरते हैं और सत्ता की दौड़ में शामिल हो जाते हैं। जयप्रकाश नारायण ने इस नियम को तोड़ा। वे अपनी जिंदगी के अंतिम क्षण तक राजनीति में रहे, लेकिन सत्ता को ठुकराया। वे चाहते तो सत्ता के शिखर पर आसानी से पहुँच जाते। कहना यह चाहिए कि सत्ता का शिखर उनको निमंत्रण दे-देकर थक गया। सत्ता रूपी अप्सरा उनको रिझा नहीं पायी। इन मायनों में वे अक्षत योगी और तपस्वी बने रहे। ऐसे जयप्रकाश नारायण को लोगों ने पूरे मन से और दिल की गहराइयों से लोकनायक की उपाध दी। वह ऐतिहासिक क्षण था। तारीख थी 5 जून, 1974। स्थान-पटना का गांधी मैदान। वह मैदान अनेक घटनाओं का जीता-जागता गवाह है। उस दिन गांधी मैदान छोटा पड़ गया था। पूरे बिहार से लोग एक माँग को मनवाने आये थे कि बिहार विधानसभा को भंग करो। इसके लिए पटना की सड़कों पर जुलूस निकला था। जयप्रकाश नारायण उसकी अगुवाई कर रहे

थे। अनुमान लगाया जाता है कि जुलूस जब गांधी मैदान पहुँचा तब उसमें 10 लाख लोग शामिल हो गये थे। वह सभा में बदला। जयप्रकाश नारायण मंच पर काफी कठिनाई से आये। वे जैसे ही पहुँचे, सभा ने उन्हें अपने महानायक के रूप में देखते हुए उनका अभिवादन किया। सभा अपार थी। उनमें से ही एक आवाज गूँजी-लोकनायक जयप्रकाश नारायण जिंदाबाद। जयप्रकाश नारायण से पहले लोकनायक का संबोधन पहली बार जुड़ा, जो हमेशा बना रहा और बना रहेगा। जयप्रकाश नारायण ने भी उस दिन जो अपील की वह बिहार आंदोलन की नयी पहचान बन गयी। उन्होंने कहा-दोस्तों यह संपूर्ण क्रांति है। यह महज बिहार विधानसभा को भंग करने का आंदोलन नहीं है। यह तो पड़ाव है। मंजिल है—क्रांति, संपूर्ण क्रांति। उसी के बाद यह गीत निकला-संपूर्ण क्रांति अब नारा है, भावी इतिहास हमारा है।[1]

संपूर्ण क्रांति के पचास साल पूरे हो गये। जे.पी. ने आजादी की लड़ाई में भाग लेते हुए जेल की सजाएँ भुगतीं तो आजाद भारत में भी जेल की यंत्रणा झेली। जे.पी. ऐसे राष्ट्रनायक थे जो लोकतंत्र के लिए लोकमत और लोक शक्ति को सर्वाधिक महत्त्व देते थे। लोकतंत्र को लोक से संबद्ध रखने के लिए ही जे.पी. ने 1974 में बिहार के छात्र आंदोलन का नेतृत्व किया और संपूर्ण क्रांति का आह्वान किया। उस संबंध में जे.पी. ने स्वयं लिखा है, "पाँच जून 1974 को पटना के गांधी मैदान की विशाल सभा में बोलते हुए सहज ही मेरे मुँह से पहली बार 'संपूर्ण क्रांति' शब्द निकल पड़े थे। उस दिन मैंने कहा था कि यह आंदोलन छात्र संघर्ष समिति की मात्र 10-12 माँगों की पूर्ति के लिए ही नहीं, यह संपूर्ण क्रांति की शुरुआत है। इसके उद्देश्य बहुत दूरगामी हैं—भारतीय लोकतंत्र को वास्तविक और सुदृढ़ बनाना, जनता का सच्चा राज कायम करना, समाज से अन्याय, शोषण आदि का अंत करना, एक नैतिक, सांस्कृतिक तथा शैक्षणिक क्रांति करना, नया बिहार बनाना और अंततोगत्वा नया भारत बनाना है। ऐसा एक संपूर्ण क्रांति का आंदोलन है यह। बस, तब से यह बात संपूर्ण क्रांति की चल पड़ी है। परंतु अभी तक इस दिशा में बहुत कम काम हुआ है। यह बड़ा कठिन काम है, परंतु करना ही है, क्योंकि यह युग धर्म की पुकार है। व्यक्ति और समाज का विकास हो, दोनों ऊँचे उठें, केवल शासन बदले इतना ही नहीं, व्यक्ति और समाज भी बदले। इसलिए मैंने इसको संपूर्ण क्रांति कहा है। आप

इसे समग्र क्रांति भी कह सकते हैं।''[2]

तब संपूर्ण क्रांति को साहित्यकारों ने सृजन का विषय बनाया था। संपूर्ण क्रांति का आह्वान करनेवाले उसी जे.पी. के लिए दिनकर ने लिखा थाः

"अब जयप्रकाश है नाम देश की
आतुर, हठी जवानी का।
कहते हैं उसको जयप्रकाश
जो नहीं मरण से डरता है,
हाँ, जयप्रकाश है नाम समय की
करवट का, अँगड़ाई का;
भूचाल, बवण्डर के ख्वाबों से
भरी हुई तरुणाई का।
है जयप्रकाश वह नाम जिसे
इतिहास समादर देता है।''

उसी कविता में दिनकर ने यह भी कहा थाः

"स्वप्नों का दृष्टा जयप्रकाश
भारत का भाग्य विधाता है।''

साहित्य ने संपूर्ण क्रांति के महान उद्देश्य में जनता का त्राण देखा था इसीलिए उसे विषय वस्तु बनाते हुए कविताएँ लिखी गयीं तो गद्य में भी अनेक रचनाएँ प्रकाशित हुईं। संपूर्ण क्रांति के महान उद्देश्यों की पूर्ति आज भी नहीं हो सकी है। संपूर्ण क्रांति के वैचारिक आधार पर समाज के सभी अंगों में परिवर्तन आज भी वांछित है, जिससे समता, स्वतंत्रता और भ्रातृत्व की भावना के आधार पर नये समाज की रचना हो और एक नये मनुष्य का निर्माण हो। जे.पी. ने कहा था कि क्रांति का सूत्रपात गाँवों से हो और गाँवों की हर एक समस्या का चिंतन संपूर्ण क्रांति का पहलू हो। रचना, संघर्ष, शिक्षण और संगठन की चतुर्विध प्रक्रिया से गाँवों को बदला जाय। जब गाँव बदलेंगे तो शहर भी बदले बिना नहीं रहेंगे। जे.पी. की संपूर्ण क्रांति की कल्पना थी कि समाज के हर अंग में, व्यक्ति के जीवन में, सामाजिक संस्थाओं के रूप-रंग, चाल-चलन में, उसके संघटन और उसकी कार्य पद्धति में इन सबमें परिवर्तन हो। इसके लिए जरूरत है ऐसे लोगों की, जो जनता के बीच निःस्वार्थ भाव से काम करें, जनता को जागृत करें।

शासन भी जितना सहायक हो सके, उतना हो। समाज परिवर्तन का काम तो समाज में ही हो सकता है। उसका मुख्य साधन लोगों को समझाना होगा। समझाकर उनको बदला जाय। कानून बना देने से कोई समाज नहीं बदलता। संपूर्ण क्रांति सरकारी शक्ति से नहीं, जनशक्ति से ही हो सकती है।[3] कहने की जरूरत नहीं कि स्वर्ण जयंती मना रही संपूर्ण क्रांति की प्रासंगिकता उस समय की तुलना में आज कहीं अधिक है। आज भी वह युग-धर्म की पुकार है।

'जे.पी. को जानिये' शीर्षक लेख में रामबहादुर राय लिखते हैं कि बिहार आंदोलन के दिनों में जे.पी. का तन अवश्य जर्जर था। व्याधियों ने शरीर को अपना घर बना लिया था। उनका पारिवारिक जीवन भी तब गहरे अवसाद से होकर गुजरा था। उनकी पत्नी प्रभावती लंबी बीमारी के बाद परलोक सिधार गयी थीं। उनके निधन से जयप्रकाश नारायण के जीवन में जो खालीपन आ गया था, वह उनको सक्रिय बनाये रखने में बड़ी बाधा बन सकता था। किसी भी छोटी-बड़ी बाधा की उन्होंने कभी परवाह नहीं की। इसकी भी वे क्यों करते। जो कभी लोभ और लालच में नहीं पड़ा, जो राग और द्वेष से दूर रहा, उस निर्मल मन के जयप्रकाश नारायण को लोगों ने जितना सम्मान दिया, उसका उदाहरण मिलना मुश्किल है।[4]

रामबहादुर राय लिखते हैं कि यह तो निर्विवाद है कि वे मार्क्सवाद के शास्त्री थे। उसमें उनका पांडित्य था। पोथी के मार्क्सवाद को जब उन्होंने अपने आसपास नहीं पाया, खासकर उन लोगों में उन्हें मार्क्सवाद का दर्शन नहीं हुआ जो पक्के मार्क्सवादी माने जाते थे, तब वे सही मायने में जननेता हो गये। लोगों ने आदरपूर्वक उन्हें लोक नेता बनाया। वे स्तुति और निंदा से परे थे। देश और समाज की समस्याओं को सीधे देख पाने में समर्थ थे।[5] जयप्रकाश नारायण गाँव में जन्मे थे। उस गाँव की विशेषताओं की छाप ही उनके जीवन पर पड़ी और बनी रही और वह गाँव है सिताबदियारा, जो कभी सारण जिले में होता था। अब वह छपरा जिला हो गया है। सरयू और गंगा के कटान से बनी जमीन पर किसी जमाने में सिताब राय ने यह गाँव बसाया, जो कई टोले में है। कटान हर साल होती है। इस कारण टोले उजड़ते-बसते हैं। सिताबदियारा का भूगोल कटान से तय होता है। इतिहास अपनी जगह कायम है। जयप्रकाश नारायण के जन्म से ही उसका इतिहास चमका और अमर हुआ। नदियों की कटान ने

उनके घर को भी बहा दिया।[6] जयप्रकाश नारायण ने गीता का पाठ शुरू कर दिया। इसलिए नहीं कि उनको धर्म का मर्म जानना था, वह तो वे जानते ही थे। उनको क्रांति का मर्म समझना था। इस जिज्ञासा से वे गीता की ओर मुड़े। हर मुक्ति संग्राम महाभारत होता है, जिसे समझने के लिए मूल महाभारत के कुरुक्षेत्र में गाये गये श्रीकृष्ण के गीत को उसी तरह सुनना पड़ता है जैसे अर्जुन ने सुना था। जयप्रकाश नारायण ने तब यही किया था। यह सब करते हुए उन्होंने अपनी पढ़ाई का पूरा ख्याल रखा। इसका एक मतलब बहुत साफ है कि तब जयप्रकाश नारायण का व्यक्तित्व समन्वय और संतुलन के दो मजबूत पायों पर बना रहा। वे एकांगी नहीं थे। उन्हें कब क्या करना है इसका पूरा ख्याल रहता था।[7]

रामबहादुर राय के अनुसार उन पर मौलाना आजाद के भाषणों का बड़ा असर हुआ। इसके कई कारण थे। उनका नजरिया राष्ट्रवादी था। बंगाल के एक संभ्रांत परिवार से उनका नाता था। उन्होंने प्रचलित कठमुल्लेपन को त्याग दिया था। इस कारण भी उनकी प्रसिद्धि चारों ओर फैली हुई थी। वे ओजस्वी वक्ता थे। जवाहरलाल नेहरू के मुकाबले उनके भाषण की अपील ज्यादा थी।

राय साहब लिखते हैं कि 8 नवंबर, 1942 को जेल की 17 फुट ऊँची दीवार को पार करने में जयप्रकाश नारायण और उनके साथियों को छह मिनट भी नहीं लगे। वह टोली जेल से आजाद हो गयी। लेकिन दो मोर्चे भी खुल गये, जेल में और उससे बाहर। जेल अधिकारियों को सूरज निकलने के बहुत बाद तब पता चला जब जयप्रकाश नारायण को जेल अधीक्षक ने किसी कागज पर दस्तखत कराने के लिए खोजवाया। जब वे अपनी कोठरी में नहीं पाये गये तब पूरी जेल में हड़कम्प मच गया।[8] फरार कैदी बहुत दूर निकल गये थे। हजारीबाग का जंगल पार कर वे गया जिले के एक गाँव में पहुँच गये थे। छिपते-छिपाते जयप्रकाश नारायण बनारस पहुँचे। वहाँ से अगस्त क्रांति की कमान संभाली।[9] हजारीबाग जेल से निकलने के दस महीने बाद जब वे फिर बंदी बनाये गये तब तारीख थी- 18 सितम्बर, 1943। जयप्रकाश नारायण को लाहौर जेल की एक काल कोठरी रखा गया। इस बार उन्हें कदम-कदम पर यातना दी जा रही थी। काल कोठरी में महीने भर रखा गया, ताकि जयप्रकाश नारायण अवसाद में चले

जांय। उन्होंने अपने संस्मरणों में इसका जिक्र भी किया है।[10]

आखिरकार 11 अप्रैल, 1946 को जयप्रकाश नारायण आगरा से रिहा कर दिये गये। जे.पी. ने चालीस के दशक में कांग्रेस सोशलिस्ट पार्टी की अगुवाई की। बाद में प्रजा सोशलिस्ट पार्टी की स्थापना में सक्रिय रहे। 19 अप्रैल, 1954 को गया में उन्होंने विनोबा भावे के सर्वोदय आंदोलन के लिए जीवन समर्पित करने की घोषणा की। उन्होंने 1957 में लोकनीति के पक्ष में राजनीति छोड़ने का निर्णय लिया। बाद में राजनीति में पुनः सक्रिय हुए। 1974 में जे.पी. ने बिहार आंदोलन का नेतृत्व किया। आपातकाल में जेल गये। वहाँ तबीयत खराब हुई तो सात महीने बाद रिहा कर दिये गये। 1977 में जे.पी. के प्रयासों से एकजुट विरोधी पक्ष ने इंदिरा गांधी को चुनाव में हरा दिया। 'जे.पी. को जानिये' शीर्षक लेख का समापन रामबहादुर राय इन शब्दों में करते हैं, "अपने 77वें जन्मदिन से तीन दिन पहले ही (8 अक्टूबर, 1979 को) उन्होंने देह त्याग दी। वे सम्पूर्ण क्रांति का अधूरा संसार छोड़ कर चले गये। उनके विचार, राजनीतिक प्रयोग और देश के नवनिर्माण के सपने आज ज्यादा प्रासंगिक हो गये हैं।"[11] राय साहब के मत से किसी की असहमति नहीं हो सकती।

संदर्भ :


1. शर्मा, सुरेश. एवं सिंह, राकेश. (सं.). (2017). लोक नायक का नैतिक लोकतंत्र पुस्तक में रामबहादुर राय का 'जे.पी. को जानिये' शीर्षक लेख. नयी दिल्ली : इंदिरा गांधी राष्ट्रीय कला केंद्र. पृष्ठ - 3-4
2. नारायण, जयप्रकाश. (अगस्त 2006, तीसरा संस्करण). सम्पूर्ण क्रांति. वाराणसी : सर्व सेवा संघ प्रकाशन. पृष्ठ - 5
3. वही, पृष्ठ - 9
4. शर्मा, सुरेश. एवं सिंह, राकेश (सं.). (2017). लोक नायक का नैतिक लोकतंत्र पुस्तक में रामबहादुर राय का 'जे.पी. को जानिये' शीर्षक लेख. नयी दिल्ली : इंदिरा गांधी राष्ट्रीय कला केंद्र. पृष्ठ - 5
5. वही
6. वही, पृष्ठ - 8
7. वही, पृष्ठ - 9
8. वही, पृष्ठ - 19

9. शर्मा, सुरेश. एवं सिंह, राकेश (सं.). (2017). लोक नायक का नैतिक लोकतंत्र पुस्तक में रामबहादुर राय का 'जे.पी. को जानिये' शीर्षक लेख. नयी दिल्ली : इंदिरा गांधी राष्ट्रीय कला केंद्र. पृष्ठ - 19

10. वही, पृष्ठ - 22

11. वही, पृष्ठ - 40

# बाला साहब देवरस की विचार दृष्टि

रामबहादुर राय और राजीव गुप्ता द्वारा संपादित पुस्तक 'हमारे बालासाहब देवरस' बाला साहब के जीवन और दर्शन को समझने में बहुत सहायक है। पुस्तक में संकलित बाबू राव चौथाई वाले का संस्मरण बालासाहब के जीवन को समझने की कुँजी देता है। बाला साहब देवरस ने 8 मई, 1974 को वसंत व्याख्यान में कहा था, ''यदि छुआछूत पाप नहीं है तो इस संसार में कुछ भी पाप नहीं है। वर्तमान दलित समुदाय जो अभी भी हिंदू है, जिन्होंने जाति से बाहर होना स्वीकार किया, किंतु विदेशी शासकों द्वारा जबरन धर्म परिवर्तन स्वीकार नहीं किया।'' इस वक्तव्य से स्पष्ट है कि बाला साहब सामाजिक समरसता के पैरोकार थे। दलित हितैषी बालासाहब देवरस ने मुसलमानों के संघ में प्रवेश को भी व्यापक राष्ट्रीय हित में देखा। रामबहादुर राय के अनुसार इसे उन्होंने इस रूप में भी देखा होगा कि उसके दोहरे परिणाम हो सकते हैं। मुसलमान देश की मुख्यधारा में आयेंगे तो संघ पर मुस्लिम विरोधी होने के आरोप को भी समाप्त किया जा सकता है। उस समय कई स्थानों पर मुसलिम प्रतिनिधिमंडल ने संघ कार्यालयों में अपनी नमाज पढ़ी। इससे भी एक सद्भाव का वातावरण बना। मुंबई के नागरिक अभिनंदन में नानी पालखीवाला और मुहम्मद करीम छागला भी आये। छागला ने कहा कि ''मैं मजहब से मुसलमान हूँ और राष्ट्रीयता से हिंदू हूँ।'' इस पर उन दिनों खूब बहस चली। उस दौर में बालासाहब देवरस जहाँ जहाँ गये, वहाँ मुसलिम नेता उनकी सभाओं में आये। मुसलिम नेताओं ने स्वीकार भी किया कि संघ के बारे में उन्हें गुमराह किया गया।[1]

'हमारे बालासाहब देवरस' पुस्तक पाँच खंडों में विभक्त है। हर खंड

बालासाहब के व्यक्तित्व को खोलता है। पहला व्यक्तित्व खंड है जिसमें बाला साहब का जीवन परिचय विजय कुमार ने लिखा है। 'जैसा देखा-समझा' में दत्तोपंत ठेंगड़ी, बाबूराव चौथाई वाले, शरद हेबालकर और श्रीरंग गोडबोले के संस्मरण हैं। दूसरे खंड में बाला साहब के महत्त्वपूर्ण भाषण हैं। राष्ट्रीय स्वयंसेवक संघ के बारे में तीन भाषण हैं–कार्य का लक्ष्य, अचल व्यक्तित्व श्रीगुरुजी और संघ संस्थापक का वैशिष्ट्य। राजनीति के बारे में उनके भाषण हैं–राष्ट्र जीवन की अग्नि परीक्षा, हिंदू हित-विरोधियों को मत न दें, टूटती कांग्रेस का विकल्प, हिंदू संगठन और अल्पसंख्यकवाद : एक विष- बेल। समाज के बारे में उनके भाषण हैं–सामाजिक समता और हिंदू संगठन, हिंदू संगठनः एक राष्ट्रीय आवश्यकता और ज्वलंत प्रश्न (हिंदुत्व तत्त्व और व्यवहार व सत्य का उद्घोष करें), पंजाब समस्या : समाधान की दिशा और समस्याओं के समाधान की कसौटी। तीसरे खंड में बाला साहब द्वारा आपातकाल में प्रधानमंत्री को लिखे दो पत्र तथा आपातकाल में आचार्यकुल सम्मेलन से पूर्व और आचार्यकुल सम्मेलन के बाद विनोबा भावे को लिखा पत्र संकलित है। चौथे खंड में पत्रकार वार्ता तथा साक्षात्कार हैं। इस खंड की बानगी देखें-

**प्रश्नः** हिंदू समाज अनेक समस्याओं से घिरा है, जिनके निराकरण के लिए शीघ्र परिणामकारी पग उठाने आवश्यक हैं। शाखाओं के माध्यम से अधिक समय लगने की आशंका है। इस परिस्थिति में कैसे मार्ग निकाला जाये?

**उत्तरः** ऐसा सोचना स्वाभाविक है कि कोई शीघ्र-परिणामकारी उपाय ढूँढ़ा जाये। परंतु यहाँ बहुत पुराना समाज है; इसकी समस्याएँ भी पुरानी हैं। समाज की स्थिति जीर्ण-रोगी-सी हो गयी है। शीघ्रता से उसका समाधान करने का उपाय यदि कोई सोचता है तो उस पर आपत्ति करने का कोई कारण नहीं है। उसको हम सहयोग भी दे सकते हैं। यदि संघ को लगेगा कि वह उपाय शीघ्र परिणामकारी है तो संघ भी उस पर विचार कर सकता है। किंतु ऐसा शीघ्र परिणामकारी उपाय अभी तक सामने आया नहीं है।

ऐसा लगता है कि जो विभिन्न प्रकार के सामाजिक प्रश्न हैं, उनके समाधान के लिए लोग संघ की प्रेरणा से या स्वेच्छा से विभिन्न कार्य क्षेत्रों में उतरें और फिर संघ और समाज के सहयोग से उस समस्या का निराकरण करने का प्रयास करें। ऐसे कई लोगों ने शीघ्र परिणामकारी उपाय करने के प्रयास किये

हैं; परंतु उनको विशेष सफलता मिली है, ऐसा नहीं दिखायी पड़ता।

अस्पृश्यता समाप्त हो, इसके लिए जाति-व्यवस्था पर कई वर्षों से लोग प्रहार कर रहे हैं। विषमता, शोषण, दैन्य, गरीबी आदि कुछ समस्याएँ ऐसी हैं, जिनका संबंध सरकार और प्रशासनिक तंत्र से भी है। अपना विशाल जनसंख्यावाला पुराना समाज है; समस्याएँ भी विशाल हैं। यह देखकर पीड़ा होना स्वाभाविक है। तो भी कोई तत्काल सफलता देनेवाली शीघ्र परिणामकारी योजना संभव नहीं है।

बहुत धैर्य से, अधिकाधिक कार्यकर्ताओं को जुटाकर, उनके साथ अधिकाधिक हिंदुओं का बल खड़ा करते हुए और यह ध्यान में रखते हुए कि ये समस्याएँ मुख्यतः मनोवैज्ञानिक हैं, यह कार्य करना आवश्यक है।

मानसिक परिवर्तन सदैव समय लेता है और कठिन होता है। मानसिक परिवर्तन जब तक नहीं होता, तब तक विधान से या भाषण से या किसी समस्या के बारे में मोर्चा खोलकर उसके पीछे लगने से कहाँ तक सफल होंगे, इसके बारे में मुझे संदेह है।

संघ का माध्यम प्रयोग है। संघ के माध्यम के कारण अनेक प्रकार के प्रवाह समाज में चल पड़े। इन प्रवाहों के कारण समाज में परिवर्तन हो, यह अपना दृष्टिकोण है। ये प्रवाह यदि वेग से चलें तो मैं समझता हूँ कि परिवर्तन शीघ्र आयेगा। परंतु फिर भी, इस देश के इतिहास, समाज की विशालता, समस्याओं के पुराने होने को देखते हुए शीघ्र परिणामकारी उपाय मिलना कठिन है।[2]

पुस्तक के पाँचवें खंड में प्रो. राजेंद्र सिंह, के.एस. सुदर्शन, माधवराव मूले, हो. वे. शेषाद्रि, मोहनराव भागवत, एकनाथ रानाडे, पं. बच्छराज व्यास, बसंतराव ओक, अशोक सिंहल, उषा ताई चाटी, भैरोंसिंह शेखावत, चंद्रशेखर, एच. डी. देवगौड़ा, अटल बिहारी वाजपेयी, लालकृष्ण आडवाणी, नारायण दत्त तिवारी, मनोहर जोशी, दिग्विजय सिंह और मुलायम सिंह यादव ने बाला साहब का स्मरण किया है।

बाबूराव चौथाईवाले ने अपने संस्मरण की शुरुआत गुरुजी गोलवलकर के कथन से की है। 1943 में पुणे के संघ शिक्षा वर्ग में गुरुजी गोलवलकर ने उनका परिचय इस प्रकार कराया, “आप में से अनेक स्वयंसेवकों ने डॉ. हेडगेवारजी को देखा नहीं होगा। श्री बालासाहब देवरस को देखो तो आपको

डॉ. हेडगेवारजी दिखेंगे।" इस कथन में सबकुछ आ गया है।[3]

रामबहादुर राय लिखते हैं कि बालासाहब के जीवन को दो हिस्सों में देख सकते हैं। पहले हिस्से में वे डॉ. हेडगेवार और गुरुजी गोलवलकर के सहयोगी हैं, उनके पूरक हैं। दूसरे हिस्से में खिले हुए कमल हैं। तपःपूत जीवन का भरा-पूरा व्यक्तित्व। उस रूप में उनकी एक अलग पहचान है। उसमें अनेक विशिष्टताएँ हैं। संघ विचार में ही उनका विकास हुआ है। संघ के बीज का उन्होंने अंकुरण देखा। उसे पौधा बनने और सुरक्षित रखने के निमित्त बने।[4] जवाहरलाल नेहरू ने सोचा भी नहीं होगा कि संघ उनके निशाने की दिशा को मोड़ देगा। महात्मा गांधी की हत्या के बहाने नेहरू ने संघ पर पाबंदी लगा दी। हजारों स्वयंसेवकों को जेल में डाल दिया। संघ के दूसरे सरसंघचालक गुरुजी गोलवलकर भी उस समय बंदी बनाये गये थे। प्रतिबंध और अपने नेता के बंदी बनाये जाने के प्रतिकार में संघ ने अपनी पूरी ताकत लगा दी। समाज ने माना कि संघ पर आरोप मात्र राजनीतिक है। इसलिए सरकार को झुकना पड़ा, अपनी भूल स्वीकार करनी पड़ी। प्रतिबंध हटा।

बालासाहब देवरस करीब सात वर्ष संघ कार्य से अलिप्त रहे। इसका इतना ही अर्थ है कि वे दायित्व-मुक्त थे। पर हर क्षेत्र से संपर्क बनाये रखा। बालासाहब का ऐसा समय सन् 1953 से 1960 तक का है। वे वर्ष 1960 में संघ कार्य में लौटे। रामबहादुर राय के अनुसार बालासाहब का सरकार्यवाह बनना बड़ी निर्णायक घटना है। उससे दो बातें स्पष्ट होती हैं। उनका स्थान संघ में उस समय भी महत्त्वपूर्ण बना हुआ था, जब वे दायित्व मुक्त थे। दूसरी बात कि गुरुजी गोलवलकर की अनुमति के बगैर उनकी सम्मानपूर्वक वापसी नहीं हो सकती थी। इसी तरह सरकार्यवाह भी वे उनकी सहमति से ही बने होंगे। स्पष्ट है कि गुरुजी गोलवलकर ने सात साल के अंतराल में अपने मन में बालासाहब देवरस के लिए कोई गाँठ नहीं पाली। उन्होंने अनुभव किया कि वे और बालासाहब लक्ष्य में एक हैं। वैचारिक अधिष्ठान समान है। राह और दृष्टि भिन्न है।[5]

राष्ट्रीय स्वयंसेवक संघ के तत्कालीन सरकार्यवाह (दिवंगत) हो.वे. शेषाद्रि ने संघ के संस्थापक डॉ. हेडगेवार की जन्म-शताब्दी पर एक पुस्तक बनायी, 'कृतिरूप संघ दर्शन'। इसमें पा सकते हैं कि बालासाहब का विचार, जो कभी बीज था, वह कल्पवृक्ष बन गया है। उसका आकार-प्रकार बढ़ रहा है।

संघ के सेवा कार्यों का अभिलेखन किया जा रहा है। वह बालासाहब के सपनों का साक्षात् शब्दचित्र होगा।[6] डॉ. हेडगेवार कहा करते थे कि एक अच्छा स्वयंसेवक वह है, जो अपनी ही तरह के अनेक स्वयंसेवकों को बनाता है। ऐसे ही दीनदयाल उपाध्याय भी थे। उन्होंने पूरे देश में अनेक कार्यकर्ताओं को नेता बनाया। इसलिए दीनदयाल उपाध्याय की अस्थियों से हजारों दीनदयाल निकलेंगे।[7] इस तरह वे तीन स्तरों पर काम करते हुए पाये जाते हैं। पहला स्तर है, जब वे बिछुड़े हुए पुराने स्वयंसेवकों को संघ से पुनः जोड़ने के लिए प्रयास कर रहे हैं। दूसरे स्तर पर वे दलित समुदाय के साथ खड़े हैं। तीसरे स्तर पर वे हिंदू समाज के संगठनों में दुराव को दूर कर रहे हैं और भाईचारा कायम कर रहे हैं।[8]

रामबहादुर राय बताते हैं कि बिहार आंदोलन को बालासाहब परिवर्तन के लिए एक अवसर समझ रहे थे। इसीलिए जो स्वयंसेवक आंदोलन में कूदे, उनको उन्होंने अपना मार्गदर्शन दिया। हौसला बढ़ाया, घटाया नहीं। इसी तरह वे जे. पी. के बारे में भी बहुत स्पष्ट थे। बात एक दिसंबर, 1974 की है। उन्होंने दिल्ली में बयान दिया कि "जयप्रकाश नारायण एक संत हैं, जो हमारे समाज को बुरे और कठिन दौर से निकालने के लिए आगे आये हैं।" उससे एक दिन पहले जे.पी. और बालासाहब देवरस की दिल्ली में भेंट हुई थी।[9]

बालासाहब देवरस संघ के जीवन में नये अवसरों, सत्ता राजनीति की प्रत्यक्ष चुनौतियों और उसमें से अपनी राह पर सधे कदम से बढ़ते जाने के लिए हमेशा याद किये जायेंगे। राष्ट्रीय स्वयंसेवक संघ के विशाल संगठन के बल पर जनता पार्टी सत्ता में आयी। लेकिन सत्ता में आते ही जनता पार्टी के नेताओं में कलह प्रारंभ हो गयी। उस कलह में हर सत्ताकांक्षी ने संघ को अपना उपकरण बनाने की हर चाल चली। जब सफलता नहीं मिली तो संघ को ही अपने निशाने पर वे नेता लेने लगे।

बालासाहब देवरस ने झंझावात के उस दौर में सधे कदम से संवाद बनाया। संघ को कोई क्षति नहीं पहुँचने दी। लेकिन लचीलापन उनमें इतना था कि जनता पार्टी के अध्यक्ष चंद्रशेखर जी के बुलाने पर वे नागपुर हवाईअड्डे पर मिलने पहुँचे। उस समय कलहप्रिय और सत्ताकांक्षी नेताओं ने दोहरी सदस्यता का सवाल उठा दिया था। उसके सूत्रधार मधुलिमये थे। उन्होंने अपने सहयोगियों से कहा कि जनता पार्टी में दोहरी सदस्यता का सवाल उठाओ। संघ इसे सहन

नहीं करेगा।[10] उन्होंने इसी मुद्दे पर जनता पार्टी को तोड़ने के लिए कमर कस ली थी। बालासाहब देवरस ने शारीरिक अस्वस्थता के कारण सरसंघचालक पद छोड़ा। उन्हें 50 सालों से मधुमेह की बीमारी थी। इसी से शरीर जर्जर हो गया था। फिर भी, वे चाहते तो उस पद पर बने रहते। पर उन्होंने प्रो. राजेंद्र सिंह (रज्जू भैया) का सरसंघचालक पद पर अभिषेक किया। यह पुस्तक बताती है कि राष्ट्रीय स्वयंसेवक संघ के तीसरे सरसंघचालक बालासाहब देवरस कितने कुशल संगठक और दूरदृष्टा थे।

**संदर्भ**


1. राय, रामबहादुर एवं गुप्ता, राजीव. (सं.). (2017). हमारे बालासाहब देवरस. नयी दिल्ली : प्रभात पेपरबैक्स. पृष्ठ - 30
2. वही, पृष्ठ - 416-417
3. वही, पृष्ठ - 6
4. वही, पृष्ठ - 7
5. वही, पृष्ठ - 18
6. वही, पृष्ठ - 18-19
7. वही, पृष्ठ - 20
8. वही, पृष्ठ - 21
9. वही, पृष्ठ - 24
10. वही, पृष्ठ - 31

# 'राजनीति की लोक संस्कृति निमित्त गोविंदाचार्य' का विहंगावलोकन

रामबहादुर राय की संपादित पुस्तक 'राजनीति की लोक संस्कृति-निमित्त गोविंदाचार्य' अपने शीर्षक के साथ पूरी तरह न्याय करती है। राजनीति की लोक संस्कृति की जब बात होगी तो उसके एक निमित्त गोविंदाचार्य भी होंगे। कभी भारतीय जनता पार्टी के सिद्धांतकार रहे के.एन. गोविंदाचार्य संप्रति राष्ट्रीय स्वाभिमान आंदोलन नामक संगठन चलाते हैं और उस संगठन के बैनरतले देश के अलग-अलग हिस्सों में भारत-परस्त और गरीब-परस्त राजनीति के पक्ष में लोगों को एकजुट करने के काम में जुटे हैं। 'राजनीति की लोक संस्कृति-निमित्त गोविंदाचार्य' पुस्तक गोविंदाचार्य की राजनीतिक यात्रा का रेखाचित्र है। रेखाचित्र के तहत हिमांशु शेखर ने गोविंदाचार्य के संघर्ष और रचना, मनोज के. झा ने दलीय राजनीति के प्रसंग, राकेश सिंह ने अध्ययन अवकाश की उपलब्धियाँ और विमल कुमार सिंह ने स्वाभिमान आंदोलन से आज तक (2004-2019) शीर्षक लेख लिखे हैं। एक अध्याय गोविंदाचार्यः क्रमशः जीवन भी पुस्तक में है। रामबहादुर राय के शब्दों में जिन्हें हम आदर भाव से गोविंद जी कहते हैं, वे कोडिपाक्कम नीलमेघाचार्य गोविंदाचार्य यथा नाम तथा गुण के लिए जाने जाते हैं। लेकिन उनके कर्म-कौशल का विस्तार जितना ध्यान में आता है, उससे कहीं अधिक है। बचपन के कुछ वर्षों को छोड़कर जो भी उन्होंने जीवन जिया है, वह समाजमय है। उनकी निजी जिंदगी न के बराबर है।[1] उन्होंने अपने जीवन का सत्य बहुत पहले पहचान लिया था। उसे कर्म का पर्याय बनाया। कर्म जारी

रखा। कर्म को चलने दिया। कर्ता को विदा कर दिया। अपने अंदर से कर्ता को छोड़ा। यह भाव छोड़ा कि 'मैं कर रहा हूँ।' इसी नैतिक बल ने उन्हें अपने निश्चय पर बढ़ने के लिए ऊर्जा दी। अभय दिया। निर्भय बनाया। देश के राजनैतिक-सामाजिक ढाँचे को बदलने के ऐतिहासिक प्रयासों में उन्हें लगाया।[2]

आज भी यह एक बड़ा प्रश्न है कि गोविंदाचार्य को भाजपा से बाहर क्यों किया गया? इसका भाष्य रामबहादुर राय इस तरह करते हैं, "इसी से यह प्रश्न भी गहरे जुड़ा हुआ है कि भाजपा, जो एक वैचारिक राजनीतिक दल के रूप में देखी जाती है, उसमें क्या अब वे ही लोग टिक सकते हैं, जो सत्ता और शोषण के मजबूत उपकरण बनने की येन-केन प्रकारेण क्षमता अर्जित कर लें। गोविंदाचार्य इसलिए नहीं टिक सके, क्योंकि वे राजनीति में सेवा के साधन थे। राजनीति को विचार की पटरी पर चलाना चाहते थे। राजनीति को जनाभिमुख बनाना चाहते थे। भाजपा के महासचिव के रूप में यही उनकी छवि रही है। यही यथार्थ भी है। उन्हें किसी के साथ काम करने में अड़चन नहीं थी। वे कतार में कहीं भी खड़े हो जाने को राजी थे। यह वही कर सकता है, जिसे अपने पर भरोसा हो। कतार तोड़कर आगे बढ़ जाने की आकुलता उनमें किसी ने नहीं देखी। हाँ, उनकी योग्यता अवश्य ईर्ष्या का कारण बनी।"[3]

रामबहादुर राय इस संदर्भ की तुलना नानाजी देशमुख से करते हैं और स्मृतियों में लौटते हैं। वे कहते हैं, "मैं कह सकता हूँ कि 1978 में नानाजी देशमुख ने जिस तरह दलीय राजनीति छोड़ी थी, वही इतिहास कुछ भिन्न प्रकार से दोहराया गया। गोविंदाचार्य के साथ जो घटा, उसका केवल समय और संदर्भ बदल गया था। नानाजी देशमुख ने अपने एक पत्र में इसका कुछ खुलासा भी किया है।[4] जब भाजपा गर्त में थी, तब उन्होंने भाऊराव देवरस को सलाह दी कि गोविंदाचार्य को भाजपा में लाना चाहिए। इस तरह 1988 में गोविंदाचार्य भाजपा में पहुँचे। वे पणजी गये, यानी गोवा की राजधानी। वहाँ भाजपा की कार्यसमिति थी। लालकृष्ण आडवाणी अध्यक्ष थे। सन् 2000 में प्रधानमंत्री अटल बिहारी वाजपेयी के हस्तक्षेप से गोविंदाचार्य को महासचिव पद से हटाया गया। आखिर क्यों गोविंदाचार्य से भाजपा नेतृत्व असहज हो उठा था?[5] जो ज्ञात घटनाएँ हैं, उनमें एक यह है कि गोविंदाचार्य ने अटल बिहारी वाजपेयी को भाजपा का 'मुखौटा' कहा। गोविंदाचार्य सफाई देते रह गये कि मैंने मुखौटा नहीं,

मुकुट कहा था। गोविंदाचार्य की जगह कोई दूसरा होता तो उसके लिए सन् 2000 की घटना एक राजनीतिक दुःस्वप्न बन जाती। वह हताश होता और हिम्मत छोड़ देता। क्योंकि तब भाजपा और संघ ने गोविंदाचार्य का साथ नहीं दिया। वह तो गोविंदाचार्य ही थे, जिन्होंने खुद रास्ता दिखाया और भाजपा-संघ को उलझन से बचा लिया। उन्होंने अध्ययन अवकाश पर जाने का फैसला किया। यह उनके मूल निर्णय के अनुरूप ही था।[6]

अध्ययन अवकाश पूरा होने के बाद गोविंदाचार्य ने अपने बारे में कुछ मूलभूत निर्णय लिये और तय किया कि उनको आधार बनाकर आगे काम करेंगे। अप्रैल 2003 में जबलपुर में एक पत्रकार वार्ता के दौरान उन्होंने इन निर्णयों की घोषणा की। वे इस प्रकार हैं - 1. मैं राष्ट्रीय स्वयंसेवक संघ का स्वयंसेवक हूँ और आजीवन रहूँगा। 2. पंडित दीनदयाल उपाध्याय द्वारा प्रतिपादित एकात्म मानवदर्शन में मेरी आस्था है और हमेशा रहेगी। 3. मैं अब किसी राजनीतिक दल की सदस्यता नहीं ग्रहण करूँगा। किंतु एक जिम्मेदार नागरिक होने के नाते समाज और राष्ट्र के प्रति अपने दायित्व से कभी विमुख नहीं होऊँगा। 4. देश की संपूर्ण सज्जन शक्ति के बीच संवाद, सहमति एवं सहकार स्थापित करने का प्रयास करूँगा, ताकि व्यवस्था परिवर्तन की लड़ाई में सम्मिलित रूप से अपना योगदान कर सकें। इस निर्णय के बाद 16 साल गुजर गये हैं। इस अवधि में वे सतत प्रयासरत हैं।[7]

'राजनीति की लोक संस्कृति निमित्त गोविंदाचार्य' पुस्तक के दूसरे खंड का शीर्षक है–'सवालों के सामने।' इस खंड में गोविंदाचार्य के वे इंटरव्यू हैं, जो समय-समय पर छपे हैं। उनमें से जो इस पुस्तक में संकलित हैं, वे हैं–भाजपा से विदाईः खबरें और रामबहादुर राय द्वारा साक्षात्कार, आर्थिक हमलावरों से देश को बचाइये (राजेश कौशिक से बातचीत), राजनीति छोड़ने का फैसला अंतिम (श्यामलाल यादव से बातचीत), भारतीय समाज सिर्फ सत्ता आधारित नहीं (हर्षित जैन से बातचीत), समाज आगे और सत्ता पीछे, तभी होगा विकास (विमल कुमार सिंह और ब्रजेश कुमार से बातचीत), समानांतर राजनीतिक आंदोलन का समय (मनोज के. झा से बातचीत), जनप्रतिनिधि का फैसला आलाकमान नहीं, जनता करे (गोविंद सिंह से बातचीत), व्यवस्था परिवर्तन है मेरा लक्ष्य (हिमांशु शेखर से बातचीत), देश को सार्थक विपक्ष चाहिए (विमल

कुमार सिंह और विवेक त्यागी से बातचीत)।

जे.पी. आंदोलन ने क्या सिखाया? इस प्रश्न के उत्तर में गोविंदाचार्य कहते हैं, ''जे.पी. आंदोलन में लगने के कारण मुझे कई बातों को जानने और समझने का अवसर मिला। सबसे बड़ी बात यह समझ में आयी कि देशभक्ति, परिश्रमशीलता, अनुशासन, निस्स्वार्थ भाव की सेवा, यह सब किसी एक विचारधारा या संगठन की धरोहर नहीं है। देश में ऐसे बहुत से लोग हैं, जो सही प्रेरणा से काम कर रहे हैं।''[8] यह पुस्तक सोशल इंजीनियरिंग संबंधी गोविंदाचार्य की प्रेरणा का विवरण भी देती है। गोविंदाचार्य ने 1993 में सोशल इंजीनियरिंग के जो प्रयोग किये, उसकी प्रेरणा उन्हें 1989-90 में उमा भारती से हुई बातचीत से मिली थी। एक बार संघ और भाजपा के जन्म और विकास को लेकर बात चल रही थी तो उमा भारती ने कहा था, "गोविंदजी, संघ का काम शहरों से शुरू हुआ, फिर छोटे-छोटे शहरों में गया और वहाँ से गाँवों तक पहुँचा। इस दौरान कुछ जातियों और वर्गों में संघ की स्वीकार्यता अधिक रही। यह स्वाभाविक ही है। किंतु विचारधारा की सफलता तब है, जब एकात्म मानववाद का संदेश सभी जातियों और वर्गों तक पहुँचे। समाज में ऐसी तमाम जातियाँ और समूह हैं, जो भाजपा से अभी बहुत दूर हैं। ये सभी भाजपा को अपना मानें, इसके लिए जरूरी है कि उनकी जाति और समूह से कुछ नेता भाजपा में प्रमुख स्थिति में दिखें। उनकी प्रसिद्धि हो। इससे एक संदेश जायेगा और उनकी जाति के लोगों को लगेगा कि भाजपा उनकी भी है। लेकिन इसका मतलब यह मत निकालियेगा कि यह सब मैं अपने लिए कह रही हूँ। मैं दुनिया के 50 से अधिक देशों की यात्रा कर चुकी हूँ। पैसा, प्रतिष्ठा और जनता की भीड़ आदि बातों से मैं तृप्त हूँ।'' गोविंद जी अपनी आध्यात्मिकता का श्रेय उमा जी को देते हैं। उनका कहना है कि उमा जी के कारण ही व्रत अनुष्ठान, जप, ध्यान एवं अध्यात्म में उनकी रुचि बढ़ी।[9]

अध्ययन अवकाश से लौटने के बाद गोविंदाचार्य का पहला सार्वजनिक भाषण भी पुस्तक में संकलित है। बाजारवाद की अंधी गली निकलने का रास्ता, बिंदु-बिंदु विचार, समय के सवाल, राष्ट्रीय स्वाभिमान आंदोलन का स्वरूप और वे दिन, वे लोग शीर्षक टिप्पणियाँ भी बेहद तात्पर्यपूर्ण हैं।

अध्ययन अवकाश पर जाने के सिलसिले में पार्टी को लिखा गया

गोविंदाचार्य का पत्र भी पुस्तक में संकलित है जिसके बारे में 'गोविंदाचार्य के सवाल टाले नहीं जा सकते' शीर्षक टिप्पणी में रामबहादुर राय लिखते हैं कि भा. ज.पा. अध्यक्ष जना कृष्णमूर्ति के नाम गोविंदाचार्य का पत्र ऐतिहासिक दस्तावेज की तरह है। इसमें भूमंडलीकरण के अमानवीकृत प्रकृति विरोधी चेहरे का रूपांकन जिन सधे हुए शब्दों के जरिये किया गया है, उसकी पठनीयता आज भी जस की तस बनी हुई है। रामबहादुर राय का यह विश्लेषण, उन्हीं दिनों 2001 में गोविंदाचार्य द्वारा पत्र लिखने के एक हफ्ते बाद 'जनसत्ता' में प्रकाशित हुआ था। पत्र लंबा है। वह दो हिस्सों में है। एक हिस्से में अध्ययन, अनुभव का विवरण है और दूसरे हिस्से में कुछ सवाल हैं। पत्र के साथ संदर्भ के लिए पहली वह चिट्ठी नत्थी की गयी है, जिसे गोविंदाचार्य ने पढ़ाई शुरू करने से पहले भेजा था। उस पर 23 अक्तूबर, 2000 की तारीख अंकित है। नयी चिट्ठी चौबीस मार्च की है।

रामबहादुर राय लिखते हैं कि इस चिट्ठी से भा.ज.पा. के चौकीदारों में हलचल मच गयी है। वे नेता की तरह बर्ताव नहीं कर रहे हैं। वे पहरेदार बन गये हैं। अपनी पहचान भूल जाने से यही होता है। जना कृष्णमूर्ति को वही चिट्ठी मिली होगी, जिसे वे आसानी से पढ़ लें। पत्र अंग्रेजी और हिंदी दोनों भाषाओं में है। उसे पाने के बाद उनको पूरा पढ़ना चाहिए। उस पर वक्त लगाना चाहिए। कुछ लोगों से उन्हें सलाह भी लेनी चाहिए। इस बात की सलाह कि पत्र के मुद्दों पर भा.ज.पा. क्या करे जो जानकारी भा.ज.पा. के किले से उन तक आयी है, उससे पता चलता है कि अध्यक्ष महोदय ने रंज दिखाने के अलावा और कुछ नहीं किया।[10] अध्यक्ष के नाते अपनी पहली प्रेस कॉन्फ्रेन्स में वे आचार संहिता की बात कर रहे थे। नये पत्र से गोविंदाचार्य ने जानकारी दी है कि वे इन पाँच महीनों में देश के नौ राज्यों में गये। वहाँ चौबीस स्थानों पर उनकी लोगों से बातचीत हुई। इस तरह ढाई सौ लोगों से उनका विचार विमर्श हुआ। इसका एक प्रयोजन है। उसके बारे में उन्होंने अपने पहले पत्र में लिखा था कि "भूमंडलीकरण, उदारीकरण और बाजारवाद ने हमारे आर्थिक, सामाजिक, सांस्कृतिक ताने-बाने को गुणात्मक रूप से प्रभावित किया है। इसकी समीक्षा और विवेचना के लिए मैंने दो वर्ष के अध्ययन का कार्यक्रम बनाया है। उसका विषय है- राष्ट्रीय जीवन-प्रवाह पर वैश्वीकरण का प्रभाव एवं उपाय योजना।"

गोविंदाचार्य चाहते हैं कि देश को सही दिशा में मोड़ने के लिए समाज अपना रुख बदले, वह दो महत्त्वपूर्ण बातों पर ध्यान दे - अपनी सामाजिक सांस्कृतिक धरोहर को वह समझे। इतिहास की दृष्टि को सुधारे। मौजूदा समस्याओं के लिए वे तीन कारणों को जिम्मेदार मानते हैं। पहला, औपनिवेशिक मानसिकता। ''इस मानसिकता के कारण हर वह वस्तु विचार, संस्था उत्तम है, जो पश्चिम से आयी है। इसे हमने प्रगतिशीलता मान लिया।'' दूसरा, देश विभाजन का असर। ''अल्पसंख्यक की अस्मिता का प्रश्न आज भी एक ऐसा मुद्दा है, जिसका समाधान खोजा जाना है। अल्पसंख्यकवाद हमारे मन पर छाया हुआ है।'' गोविंदाचार्य बड़े सवाल उठा रहे हैं। इन सवालों को टालने से राहत नहीं मिलेगी।[11] कुछ भयानक सवाल जल्दी ही उठनेवाले हैं। पहरेदार भले ही बेखबर हों, पर प्रधानमंत्री अटल बिहारी वाजपेयी को पता है। विकास अवधारणा का स्वरूप, रोजगार/गरीबी, बहुराष्ट्रीय कंपनियाँ, प्रत्यक्ष विदेशी निवेश, विदेशी संस्थागत निवेश, किसान और किसानी, सूचना तकनीक एवं ई-कॉमर्स, जनसंचार माध्यम और समाज एवं संस्कृति पर समय के जो सवाल गोविंदाचार्य ने खड़े किये हैं, वे खासे महत्त्वपूर्ण हैं। पुस्तक के परिशिष्ट में भी स्थायी महत्त्व की सामग्री है।

**संदर्भ**


1. राय, रामबहादुर. (सं.). (2019). राजनीति की लोक-संस्कृति निमित्त गोविंदाचार्य. नयी दिल्ली : प्रभात प्रकाशन. पृष्ठ - 7
2. वही, पृष्ठ - 7-8
3. वही, पृष्ठ - 9
4. वही, पृष्ठ - 10
5. वही, पृष्ठ - 10
6. वही, पृष्ठ - 12
7. वही, पृष्ठ - 13
8. वही, पृष्ठ - 277
9. वही, पृष्ठ - 319
10. वही, पृष्ठ - 273
11. वही, पृष्ठ - 276

# पड़ताल स्तंभ के लेखों का वस्तु विवेचन

बीसवीं शताब्दी की सांध्यवेला और इक्कीसवीं शताब्दी के आरंभिक वर्षों में रामबहादुर राय 'जनसत्ता' में हर हफ्ते 'पड़ताल' नामक स्तंभ लिखते थे। 1998 से 2004 तक 'पड़ताल' स्तंभ में प्रकाशित लेखों को संकलित कर अरुण भारद्वाज ने चार पुस्तकें बनायी हैं। ये पुस्तकें हैं–**'नीति और राजनीति'**, **'अर्थ-अनर्थ'**, **'संस्कृति-अपसंस्कृति'** और **'पक्ष-प्रतिपक्ष'**। खामा पब्लिशर्स ने इन्हें छापा है। राजनीति और राजनीतिक संस्कृति, अर्थ नीति, समाज, संस्कृति और अंतरराष्ट्रीय मुद्दों के बारे में रामबहादुर राय की अनुभूति और चेतना तीक्ष्ण है। इसका एहसास चारों पुस्तकों में संकलित लेखों में होता है। रामबहादुर राय के ये लेख उस समय की राजनीतिक, आर्थिक, सामाजिक और अंतरराष्ट्रीय परिस्थिति से हमारा प्रत्यक्ष परिचय इस तरह कराते हैं कि हमारे सामने एक नया परिप्रेक्ष्य खुलता दिखायी पड़ता है। उस दौर का कोई राजनीतिक, आर्थिक, सामाजिक और प्रशासनिक, अंतरराष्ट्रीय पक्ष या पहलू ऐसा नहीं है जो इस लेखक से अनदेखा रह गया हो। 'जनसत्ता' के लिए लिखी गयी इन त्वरित टिप्पणियों और लेखों में भी विचार की कई बार एक नयी कौंध मिलती है जो चारों पुस्तकों को पठनीय बनाती है। रामबहादुर राय विचार के कई स्तरों पर एक साथ सक्रिय दिखायी पड़ते हैं। वे उदारीकरण और स्वदेशी की संधिरेखा पर खड़े होकर राजनीतिक, प्रशासनिक, आर्थिक निर्णयों और राष्ट्रीय-अंतरराष्ट्रीय परिस्थिति को देखते-परखते हैं।

अरुण भारद्वाज ने **'नीति और राजनीति'** पुस्तक में राय साहब के 85 लेखों का संकलन किया है। ये लेख मुख्यतः राजनीति केंद्रित हैं। अच्युतानन्द

मिश्र ने ठीक लिखा है कि डेढ़ दशक बाद भी 'नीति और राजनीति' पुस्तक अपनी भाषा, तेवर और विश्लेषण शैली के कारण राजनीतिक इतिहास के पाठकों और शोध छात्रों के संदर्भ और संग्रह के लिए अनिवार्य होगी।[1] पुस्तक से पता चलता है कि उस दौर में देश के राजनीतिक हालात कैसे थे? अस्थिर गठबंधनों की वजह से समूची राजनीति संक्रमण काल से कैसे गुजर रही थी? बारहवीं लोकसभा में एक वोट देकर प्रधानमंत्री अटल बिहारी वाजपेयी की सरकार बचाने कोई सांसद सामने नहीं आया और देश पर दुबारा, आम चुनाव कराने का बोझ डाल दिया गया था। उसी दौर में सोनिया गांधी ने कांग्रेस से सीताराम केसरी को बाहर निकालकर अंतर्कलह से जूझती पार्टी पर कब्जा किया था। उन्हीं दिनों विदेशी मूल की सोनिया गांधी पर प्रधानमंत्री बनने की साँठ-गाँठ का आरोप लगाकर शरद पवार ने 1999 में कांग्रेस से अलग होकर राष्ट्रवादी कांग्रेस पार्टी का गठन किया था। बीसवीं शताब्दी के नौवें दशक में एक ओर भाजपा नयी राजनीतिक संस्कृति और नये राजनीतिक ध्रुवीकरण की ओर बढ़ने का दावा कर रही थी तो दूसरी ओर उस पर सत्ता के लिए घोषित सिद्धांतों और कार्यक्रमों की उपेक्षा का आरोप सहयोगी संगठन ही लगा रहे थे। राष्ट्रीय स्वयंसेवक संघ का मोहभंग धीरे-धीरे भारतीय जनता पार्टी की सरकार से हो रहा था। 'नीति और राजनीति' में संकलित लेखों में क्षेत्रीय राजनीतिक दलों के उभरने, जनता दल के बिखरने और कांग्रेस और भाजपा से अलग तीसरे मोर्चे की राजनीति और उसके नेताओं के बढ़ते राज़नीतिक कद का वस्तुनिष्ठ विवेचन है। समाचार पत्रों और इलेक्ट्रॉनिक मीडिया में विदेशी पूँजी निवेश की सरकारी अनुमति उन्हीं दिनों दी गयी थी जिसने बाद में मीडिया पर सरकारी दबाव और पेड न्यूज की विभीषिका को जन्म दिया था। जिस सूचना क्रांति और सूचना प्रौद्योगिकी ने आज देश की राजनीति और नयी मीडिया को जकड़ रखा है, उसकी शुरुआत उन्हीं दिनों हो गयी थी।

शिक्षा महज ज्ञान और रोजगार अर्जित करने का माध्यम नहीं है। शिक्षा हमें चरित्र निर्माण से राष्ट्र-निर्माण की ओर बढ़ना सिखाती है। क्या ऐसा मैकाले की शिक्षा नीति जारी रखने से संभव है? इसीलिए रामबहादुर राय मैकाले की शिक्षा नीति जारी रखने के अनौचित्य का पुष्ट मनोबल से प्रतिरोध करते हैं। वे 'भाजपा के लिए राजनैतिक सच्चाई जानने का अवसर' शीर्षक लेख में

कहते हैं, "इस देश में मैकाले की शिक्षा से मुक्ति पर आम सहमति है। अगर कोई मुद्दा सालों से निर्विवाद है तो यही है। रोज कहीं-न-कहीं मैकाले की शिक्षा को कोई-न-कोई महत्त्वपूर्ण व्यक्ति कोसता हुआ मिल जायेगा। इसके बावजूद मैकाले की शिक्षा चलायी जा रही है। डॉ. जोशी ने एनसीईआरटी के जरिये जो रूपरेखा बनवायी उसे एक या दूसरे बहाने से जो रोकना चाहते हैं वे भी यह तो नहीं चाहते होंगे कि मैकाले की शिक्षा चलती रहे। लेकिन कथनी और करनी में सामंजस्य न होने के कारण वही शिक्षा पद्धति नये-नये रूपों में चलायी जा रही है। सुप्रीम कोर्ट में सुनवायी के दौरान अपीलकर्ताओं ने यह साबित करना चाहा कि नया पाठ्यक्रम पिछले दरवाजे से लाया जा रहा है। यह आरोप नहीं ठहर सका। इस आरोप के जवाब में दस्तावेजी प्रमाण हैं। मानव संसाधन विकास मंत्रालय और एनसीईआरटी ने सुप्रीम कोर्ट को संतुष्ट किया जो दस्तावेज पेश किये गये, उसमें डॉ. जोशी के मुख्यमंत्रियों को संबोधित पत्र हैं। पहला पत्र 31 दिसंबर, 2000 का है। दूसरा पत्र राजनीतिक दलों को भेजा गया। वह छोटे-बड़े सभी दलों को मिला होगा क्योंकि 67 पत्र भेजे गये। डॉ. जोशी ने जनवरी, 2001 में इस बारे में 30 संपादकों को पत्र भेजा। इन तीनों पत्रों के साथ नामों की सूची सुप्रीम कोर्ट को दी गयी। पाठ्यक्रम की रूपरेखा के प्राक्कथन में निदेशक जगमोहन सिंह राजपूत ने जानकारी दी है कि यह दस्तावेज देशभर में आयोजित गोष्ठियों और कार्यशालाओं में एक लंबी सहभागितापूर्ण और लोकतांत्रिक प्रक्रिया के अंतर्गत किये गये गहन चिंतन-मनन और चर्चाओं का परिणाम है। साफ है कि नया पाठ्यक्रम एक प्रक्रिया का परिणाम है। उसे चोरी छिपे तैयार किया गया दस्तावेज नहीं कहा जा सकता।"[2]

रामबहादुर राय ने भाजपा के रूपांतरण का सवाल जोर-शोर से उठाया। 'हतप्रभ भाजपा की लोकप्रियतावादी मुश्किलें' शीर्षक लेख में वे लिखते हैं, "6 अप्रैल, 1980 को जो भाजपा बनी, उसे पहले दिन से ही इस द्वंद्व से जूझना पड़ रहा है कि क्या वह जनसंघ का पुनर्जन्म है या बिलकुल अलग एक नयी पार्टी? यह सवाल टेढ़ा है। इसका सीधा सा जवाब खोजना बहुत कठिन है। इसमें भाजपा की अगर ताकत छिपी है तो कमजोरी भी साथ-साथ जुड़ी हुई है।"[3] अक्टूबर, 1951 में डॉक्टर श्यामा प्रसाद मुखर्जी ने जनसंघ की नींव रखी थी। डॉक्टर मुखर्जी के बाद जनसंघ का नेतृत्व पंडित दीनदयाल उपाध्याय ने

पृष्ठभूमि में रहकर संभाला। उनसे आदर्शवाद और विचारधारा के सूत्र सीखकर जो लोग राजनीति में बढ़ते गये हैं वे ही भाजपा के इस वक्त शिखर पुरुष हैं।[4]

'हतप्रभ भाजपा की लोकप्रियतावादी मुश्किलें' शीर्षक लेख में राय साहब याद करते हैं कि बिहार आंदोलन के दौरान जे.पी. जनसंघ के मंच पर आये। जनसंघ के नेताओं से उनका सीधा संपर्क बना। उन्हें जो कुछ समझाया गया था, उससे अप्रभावित रहकर उन्होंने जनसंघ को देखा। अपना निष्कर्ष निकाला। राजनीति का वह दौर नये प्रयोग का था। उसके नेता जे.पी. थे। उसमें जनसंघ हिस्सेदार था। वह रम गया था। जरूरत पड़ने पर उसने अपने को खपा दिया। अस्तित्वहीन होकर वह जनता पार्टी का अंश बन गया। इस तरह जनसंघ का पहला अध्याय पूरा होता है। जनता पार्टी के बनने से अगला अध्याय शुरू हुआ। भाजपा के नेता उसे आज किस रूप में देख रहे हैं यह जानने के लिए लालकृष्ण आडवाणी के भाषण का यह अंश देखना होगा–"उस दौर में हमने सीखा कि राष्ट्र हित में दूसरे दलों से कंधे से कंधा मिलाकर काम करने की क्षमता किस प्रकार अर्जित की जा सकती है।" यह अलग बात है कि वह प्रयोग विफल रहा। इस कारण भाजपा अस्तित्व में आयी। 1996 से गठजोड़ की राजनीति के जिस प्रयोग की सूत्रधार भाजपा बनी है उसे वह जायज ठहरा रही है। भाजपा के नेता इस प्रयोग को जनता पार्टी के दौर का सुधरा हुआ रूप मान रहे हैं। इसमें राजनैतिक अंतर्विरोध पहले ही जैसे हैं। फर्क यह है कि उसे सँभालने की कला इन नेताओं को आ गयी है। संभवतः प्रधानमंत्री अटल बिहारी वाजपेयी उन्हीं क्षणों को याद कर समारोह में कह रहे थे कि "हमने राजनीति की लंबी डगर पार की है। पुरुषार्थ की ऊँचाइयों पर पहुँचे हैं तो निराशा की घाटियों से भी निकले हैं। निराशा के वक्त हम हिम्मत नहीं हारे।"[5]

भाजपा के वैचारिक स्खलन पर राय साहब दो टूक टिप्पणी करते हैं। 'भाजपा जितने सवाल संघ पर भी' शीर्षक लेख में वे लिखते हैं, "यह नेतृत्व दीनदयाल उपाध्याय को नकारने और झुठलाने में लगा है। एकात्म मानव दर्शन अनुसंधान विकास प्रतिष्ठान की स्थापना पर हर साल दीनदयाल उपाध्याय के व्यक्तित्व पर गोष्ठी होती है। इस साल जो गोष्ठी हुई, उसमें डॉक्टर महेश शर्मा ने बताया कि जनसंघ क्यों बना? पंडित दीनदयाल उपाध्याय के हवाले से बताया कि राजनीति में भारतीयता को पुनः स्थापित करने के लिए जनसंघ की स्थापना

हुई। कांग्रेस में राजर्षि पुरुषोत्तम दास टंडन अंतिम व्यक्ति थे जिनमें भारतीयता की अभिव्यक्ति होती थी। उनका नेतृत्व कांग्रेस में ज्यादा दिन नहीं चला। अगर चलता तो जनसंघ नहीं बनता। उस जनसंघ का ही नया संस्करण भाजपा है। सत्ता में भाजपा नेतृत्व ने भारतीयता को हर क्षेत्र में नकारा। स्वदेशी हो या स्वावलंबन या स्वाभिमान या राजनीति के ऊँचे मानदंड या पारदर्शी कार्यशैली, चाहे जिस कसौटी पर देखें और परखें तो भाजपा नेतृत्व ने अपने समर्थकों को निराश किया।''[6]

भाजपा जब मूल से कटने लगी तो 'राह से भटकी भाजपा के प्रतीक वाजपेयी-आडवाणी' शीर्षक लेख में रामबहादुर राय ने तीखी टिप्पणी की। उन्होंने लिखा, "किसी को इस बात पर ऐतराज नहीं है कि केंद्र में राजग सरकार बनाने के लिए भाजपा ने अपने एजेंडे को क्यों स्थगित किया? राजनीति का ककहरा जानने वाला भी इसे पचा लेगा। असली सवाल इसके बाद शुरू होता है। सरकार राजग के एजेंडे से बँधी हो सकती है। सरकार के मुताबिक भाजपा को ढालने और गढ़ने का अपराधी कौन है? पार्टी के मुताबिक सरकार चलनी चाहिए। आजादी के बाद जवाहर लाल नेहरू ने सरकार के मुताबिक कांग्रेस को चलने और रहने के लिए मजबूर किया। नेहरू-टंडन का भीषण विवाद गवाह है। पुरुषोत्तम दास टंडन जैसे कद्दावर नेता को रास्ते से हटा दिया गया। जो रास्ता कांग्रेस ने चुना, उसे ही केंद्र में सत्तारूढ़ होने के बाद भाजपा ने अपनाया। इस भाजपा में ईमानदार आत्मविश्लेषण हाल की पराजय के बावजूद हो सकेगा, इसकी उम्मीद कम है। पहले नहीं हुआ है। इस बार हो सकेगा, संदेह है। भाजपा अकेले उत्तर प्रदेश में नहीं हारी है। उसकी हार सार्वदेशिक है। इस पराजय का अक्सर भाजपा की समूची राजनीति पर होगा। पार्टी को जनसमर्थन जिन आधारों पर मिलता है उसे भाजपा ने गँवा दिया है। नेतृत्व पर भरोसा उठ गया है। नीतियाँ खुद पार्टी छोड़ बैठी हैं।''[7]

'भाजपा को विकास पुरुष व लौह पुरुष नकली नहीं चाहिए' शीर्षक टिप्पणी में रामबहादुर राय दो टूक लिखते हैं, "भाजपा को नकली विकास पुरुष और लौह पुरुष नहीं चाहिए। भाजपा को उस नेता का इंतजार है जो स्वदेशी पर रंग न बदले। वह नेता कहाँ है, यह मत पूछिये। वह खंभा फाड़कर प्रकट हो सकता है।''[8]

अयोध्या प्रसंग में भाजपा में लालच और द्वेष की भावना को लेकर रामबहादुर राय बँधी और सधी टिप्पणी करते हैं। 'मर्यादा उल्लंघन के दोषी जोशी नहीं, नायडू' शीर्षक लेख में वे लिखते हैं, "अयोध्या आंदोलन अपराजेय है। अयोध्या का अर्थ ही होता है जिसे जीता नहीं जा सकता। इतिहास ने भी यही बताया है। बाबरी प्रवृत्ति पर अयोध्या की जीत जब-जब मौका मिला तब-तब दर्ज हुई है। जोशी को अपना इरादा पक्का करना है। उन्हें तय करना है कि अयोध्या आंदोलन की छाया में अपनी राजनीति की अगली यात्रा पर वे निकलेंगे या नहीं। उससे ही कई फैसले होंगे। एक फैसला बहुत पहले हो चुका है। मुरली मनोहर जोशी को अनुचर नहीं बनाया जा सकता। वे नेतृत्व के लिए ही बने हैं। इसकी अभिव्यक्ति उनके आचरण में होती है। लेकिन भाजपा की राजनीति में अयोध्या के और भी अर्थ हैं। इसे अदालत के फैसले ने प्रकट किया है। अर्थवान अयोध्या में पर्व, महोत्सव, उल्लास और उदारता के दर्शन जब होंगे तब होंगे इस वक्त तो लालच और द्वेष की भावना ही प्रबल है। इन्हीं भावनाओं ने भाजपा को ग्रस लिया है। राम राज्य से पहले भारतीय राजनीति के नाभि मंडल में लालच और द्वेष अगर अपना खेल दिखाता रहे तो वही होगा जो इस वक्त जोशी के साथ हो रहा है।"[9]

भाजपा की पीली धर्मनिरपेक्षता को भी राय साहब घेरते हैं। 'तीन दिन में ही बदल गया भाजपा का चेहरा' शीर्षक टिप्पणी में वे लिखते हैं, "भाजपा को जो दूसरे दलों से अलग और बेहतर बताते रहे हैं तो आडवाणी उन नेताओं को समझाते थे कि इसे दोहराओ मत। भाजपा और कांग्रेस में एक ही फर्क है। वह धर्मनिरपेक्षता के रंग पर है। कांग्रेस की धर्मनिरपेक्षता हरी है और भाजपा की पीली। साफ है कि न तो कांग्रेस और न भाजपा धर्मनिरपेक्ष है। इनके लिए धर्मनिरपेक्षता भी सत्ता राजनीति का एक हथकंडा है।"[10]

'जवाब का इंतजार कर रहा है अभी वह सवाल' शीर्षक लेख में रामबहादुर राय राजनीति में नयी संस्कृति पर टिप्पणी करते हैं। वे लिखते हैं, "लालकृष्ण आडवाणी, अर्जुन सिंह और हरकिशन सिंह सुरजीत का राजनीतिक तौर-तरीका संकट को बढ़ाने वाला है। ये लोग राजनीति की नयी परिभाषा बना रहे हैं। राजनीति से संकट सुलझाने का रास्ता ढूँढ़ा जाता है। ये नेता समस्या को ज्यादा उलझाने में महारथ हासिल कर लेना ही राजनीति मानते हैं। लोकतंत्र के

जिस ढाँचे में हमने लोकसभा बनायी है उसमें इस संस्था से समस्याओं को सुलझाने की आशा की जाती है। अनुभव इसके विपरीत है। लोकसभा में गिरोह के झगड़े का नजारा दिखता है। विश्वास मत पर बहस में यही नजारा था।''[11]

राय साहब केंद्र की वाजपेयी सरकार की इसलिए आलोचना करते हैं क्योंकि कारगिल लड़ाई के दौरान वह अपने पौरुष और आत्म-संयम का प्रमाण पत्र हासिल करने के लिए अमेरिका की ओर देख रही थी। अमेरिका ने कहा कि नियंत्रण रेखा पार मत करो और उसने मान लिया। राय साहब भाजपा सरकार की इसलिए भी आलोचना करते हैं कि उसने वैश्वीकरण के सभी पक्षों को गले लगा लिया। राय साहब इस बात से चकित हैं कि भ्रष्टाचार के मामले में कांग्रेस और भाजपा के बीच कोई अंतर नहीं। सुखराम प्रकरण इसका प्रमाण है। तब भारतीय जनता पार्टी सुखराम के प्रति नरम रवैया अपनाये हुए थी।

रामबहादुर राय भाजपा की अंदरूनी उठापटक पर भी प्रकाश डालते हैं। उसी तरह वे पुस्तक में पोखरण परमाणु परीक्षण और कारगिल घुसपैठ के समय कांग्रेस की दुविधा का वर्णन करते हैं। तीसरे मोर्चे से जुड़े घटक दलों की आपसी उठापटक और नेतृत्व हासिल करने की महत्त्वाकांक्षा की भी राय साहब खबर लेते हैं। इस पुस्तक में मीडिया द्वारा किये जाने वाले चुनाव सर्वेक्षणों की विश्वसनीयता पर सवाल उठाते हुए राय साहब कहते हैं कि ये चुनाव सर्वेक्षण किसी पार्टी विशेष के पक्ष में हवा बनाने का काम करते हैं।

रामबहादुर राय इतिहास के उन कोनों-अंतरों में भी झांकते हैं, जहाँ अभी रोशनी नहीं पहुँची। ब्रिटिश शासन ने 1871 में अधिनियम बनाकर कई घुमंतू जनजातियों को अपराधी मनोवृत्ति का घोषित किया गया था। स्वाधीनता के बाद उस अधिनियम को गैर अधिसूचित किया गया। घुमंतू जनजातियों के लिए भाजपा ने आयोग बनाने का वादा किया था। उस वादे को पूरा नहीं करने पर राय साहब ने गहरा क्षोभ प्रकट किया। उन्होंने 'घुमंतू जातियों के लिए आयोग बनाने का वादा भूल गयी भाजपा' शीर्षक लेख में लिखा, "घुमंतू जातियाँ क्या वास्तव में अपराधी प्रवृत्ति की हैं? इस पर पहले भी संदेह उठाया जाता रहा है। घुमंतू जातियों के इतिहास पर नजर दौड़ायें तो उनके बारे में एक तरह का आदर का भाव पैदा होता है। ये वे लोग हैं जिन्होंने भारतीय समाज की गाड़ी को चलाया। समाज स्थिर था और ये खुद अस्थिर होकर संपर्क सूत्र

का काम करते थे। इनमें जीवटपन रहा होगा तभी वे एक इलाके से दूसरे इलाके को कई स्तरों पर जोड़ने के सहज कर्म में लगे हुए थे। ये संवादवाहक थे। व्यापारी थे। कारोबारी थे। कलाओं के विक्रेता थे। इनके बगैर भारतीय समाज की दुनिया सूनी और अधूरी थी।''[12]

'जनसत्ता' में 1998 से 2004 के बीच पड़ताल स्तंभ में प्रकाशित रामबहादुर राय के 72 लेखों का दूसरा संग्रह अरुण भारद्वाज ने **'अर्थ-अनर्थ'** पुस्तक में किया है। ये मुख्यतः आर्थिक विषयों से संबंधित हैं। इन लेखों को डब्ल्यूटीओ का मायाजाल, अर्थ व्यवस्था की बदलती तस्वीर, खादी व ग्रामोद्योग पर कहर, काली कमाई का सच, एड्स रोग का कारोबार और तहलका-कांड शीर्षक खंडों के अंतर्गत विभाजित किया गया है। ये लेख उस दौर की भारतीय अर्थव्यवस्था, अटल बिहारी वाजपेयी सरकार की आर्थिक नीतियों के समानांतर जनसरोकार से जुड़े अभियानों और आंदोलनों, भ्रष्टाचार के मामलों से सम्यक ढंग से हमारा परिचय कराते हैं।

'अर्थ-अनर्थ' के लेखों में तत्कालीन भारत सरकार की नयी आर्थिक नीतियों और उदारीकरण, वैश्वीकरण और निजीकरण के प्रभावों का गंभीर विश्लेषण है। पुस्तक बताती है कि नरसिंह राव की सरकार ने लाइसेंस परमिट इंस्पेक्टर राजवाली व्यवस्था को खत्म कर उत्पाद की गुणवत्ता और कुशलता को सुधारने के उद्देश्य से अर्थव्यवस्था को प्रतिस्पर्धी ताकतों के हवाले किया। उसे उदारीकरण, वैश्वीकरण और निजीकरण का नाम दिया गया और यह शुभेच्छा प्रकट की गयी कि बाकी दुनिया के आर्थिक माहौल के अनुरूप भारतीय अर्थव्यवस्था समरस बन सकेगी। किंतु ऐसा हुआ नहीं। उदारीकरण की नीतियों से विकास एकांगी होता चला गया। साधन संपन्न लोग तेज गति से समृद्ध होते चले गये और गरीब, मजदूर, किसान का तबका जन सुविधाओं से वंचित ही रह गया। लोकधन की बेतहाशा लूट, सरकारों की चुप्पी, उनकी मौन भागीदारी विश्व व्यापार संगठन के खिलाफ बढ़ती चेतना से चौतरफा दिशाहीनता का माहौल बना। भूमंडलीकरण ने जन असंतोष को बढ़ाया। पारंपरिक काम-धंधे तेजी से चौपट होने लगे।

भारत के डब्ल्यूटीओ में प्रवेश, आयातों के युग निर्धारक उदारीकरण, ग्लोबल बाजार में विकासशील देशों के हक के लिए आंदोलित स्वदेशी विचारवीथियाँ,

सरकारी कंपनियों के निजीकरण पर भड़के राजग संयोजक जॉर्ज फर्नांडीज द्वारा प्रधानमंत्री अटल बिहारी वाजपेयी को लिखी गयी चिट्ठी, रोजगार के आँकड़ों पर उम्दा बहसें, एनरॉन घोटाला, शेयर घोटाले, मनी लॉड्रिंग और फेमा कानून के प्रसंगों का सम्यक विवेचन राय साहब ने किया है। 'अर्थ-अनर्थ' के लेख भारतीय अर्थव्यवस्था की बनती-बिगड़ती तस्वीर को प्रामाणिक ढंग से प्रस्तुत करते हैं। पुस्तक यह भी बताती है कि पहले चरण में जो उदारीकरण के समर्थक थे, वे दूसरे चरण में उल्टे नतीजे देखकर विरोध में खड़े हो गये।

रामबहादुर राय 'सरकार, बाजार और नागर समाज' शीर्षक लेख में अर्थव्यवस्था के उदारीकरण से आम आदमी पर पड़नेवाले प्रभाव का वर्णन इन शब्दों में करते हैं, "अर्थ खोजते लोग अनर्थ के नजदीक पहुँच गये।"[13] भूमंडलीकरण से उपजे भोगवाद ने अर्थ को अनर्थ में बदल कर रख दिया। स्वदेशी की सैद्धांतिक जमीन वैश्वीकरण के सामने सिकुड़ने लगी। कभी स्वदेशी के सिपाही रहे वाजपेयी सरकार के वित्तमंत्री यशवंत सिन्हा डब्ल्यूटीओ के पैरोकार बन गये। जंतर-मंतर के धरने पर बैठे स्वदेशी के पैरोकार दत्तोपंत ठेंगड़ी ने देश के अर्थमंत्री को चेतावनी दे डाली कि—अनर्थ मंत्री मत बनिये।

वाजपेयी सरकार ने जब भारत की कृषि नीति अमेरिका की परस्ती में बनायी तो उसकी रामबहादुर राय ने तीखी आलोचना की। उन्होंने 'कृषि नीति की राजनीति' शीर्षक लेख में लिखा, "सरकार में साफ संकल्प होना चाहिए। वह विश्व व्यापार संगठन में कहे कि जब तक अमेरिका और अन्य अमीर देश अपने यहाँ किसानों को सब्सिडी दे रहे हैं तब तक भारत कृषि उपज की वस्तुओं पर आयात रोक बनाये रखेगा। इन देशों को समझौते के मुताबिक इक्कीस फीसदी सब्सिडी कम करनी थी। भारत अजीब विरोधाभास में फँसा हुआ है। विश्व व्यापार संगठन के तहत सब्सिडी एक सीमा तक बनाये रखने की छूट है। इस छूट को विश्व बैंक और अंतरराष्ट्रीय मुद्रा कोष बदलवा देते हैं। यह विरोधाभास किसानों के लिए घातक बनता जा रहा है। आयात पर रोक हटाने से उसकी मार अधिक गहरी हो गयी है।"[14]

विश्व व्यापार संगठन, विश्व बैंक और अंतरराष्ट्रीय मुद्रा कोष के इरादों को श्री राय ठीक-ठीक पहचानते हैं। उनके नापाक इरादों पर वे दो टूक टिप्पणी करते हैं। श्री राय 'वैश्विक मंच पर राष्ट्रीय हित' शीर्षक लेख में कहते

हैं, "अमीर देशों का रवैया आसानी से नहीं बदलेगा। इनका इरादा विश्व व्यापार संगठन को अपने लिए उसी तरह दुधारू गाय बनाना है जैसे विश्व बैंक और अंतरराष्ट्रीय मुद्रा कोष हैं। विकासशील देशों को भ्रम में नहीं रहना चाहिए नहीं तो इनकी तरकीब काम कर जायेगी। भारत सरकार ने विश्व व्यापार संगठन को जो ज्ञापन भेजा है वह मुद्देवार समीक्षा है। सरकार के ज्ञापन में याद दिलाया गया है कि गैट समझौते का निहित सिद्धांत यह था कि उससे ऐसी बहुपक्षीय व्यापार प्रणाली बनेगी जो विकास को बढ़ावा देगी। दुनिया में समतामूलक समाज बनाने में वह मदद करेगी। विश्व व्यापार संगठन की प्रस्तावना का वास्ता देकर भारत सरकार ने अपनी बात रखी है और भेदभाव के उदाहरण दिये हैं। सरकार के ज्ञापन से उम्मीद बनती है कि इस बार वह अनुभवों से सीखेगी।"[15] इसी लेख में श्री राय उदारीकरण के सांघातिक नतीजे पर प्रतिक्रिया व्यक्त करते हुए कहते हैं कि सरकार यह बहाना नहीं बना सकती कि उसे अमीर देशों की मंशा और तरकीबें नहीं मालूम हैं। संसद की कई समितियों ने इस बाबत समय-समय पर सरकार को आगाह किया है। उदारीकरण से देश की अर्थव्यवस्था पर कुठाराघात हुआ है। छोटे उद्योग मरने लगे हैं, निर्यात घटा है और आयात लगातार बढ़ रहा है।

रामबहादुर राय ने भ्रष्टाचार की कहानी उजागर करनेवाले जैन हवाला मामले का सम्यक विवेचन किया। उन्होंने 'हवालाः सौदे, सबूत और सूत्र' शीर्षक लेख में लिखा, "वाजपेयी सरकार ने 1984 के दंगों पर फिर से जाँच बैठा दी है। क्या वह ऐसा ही कदम जैन हवाला मामले में उठायेगी? आशंका इसके ठीक उलट है। माना जा रहा है कि अमीर भाई को लाया गया है ताकि जैन हवाला मामले को हमेशा-हमेशा के लिए रफा-दफा कर दिया जाय। प्रवर्तन निदेशालय को एक विशेषाधिकार प्राप्त है जो सीबीआई को नहीं है। फेरा के तहत मुल्जिम का बयान अदालत में सबूत माना जाता है। अमीर भाई का बयान सबूत बन सकता है। लेकिन अगर मिली भगत हो तो उसका बयान जैन हवाला मामले को दफनाने का जरिया बन जायेगा। शुरुआत में सीबीआई ने भ्रष्टाचार का मामला दर्ज करने के साथ ही फेरा का भी दर्ज किया। लेकिन सुरेंद्र कुमार जैन को उसने फेरा उल्लंघन के तहत कभी गिरफ्तार नहीं होने दिया। इस कारण सुरेंद्र कुमार जैन का बयान जो पूरे मामले से परदा उठाता है वह सबूत नहीं बन सका। उसका

बयान 29 पेज का है। फेरा के तहत वह बयान होता तो वह देश में उथल-पुथल मचा सकता था। जैन हवाला मामले में 35 मुकदमे भ्रष्टाचार के आरोप में दर्ज हुए और दस मामले फेरा के हैं। राजनैतिक नेताओं को अपने बचाव के लिए अगर अमीर भाई की जरूरत नहीं है तो उसकी हिरासत से भ्रष्टाचार के खिलाफ बड़ी लड़ाई छेड़े जाने का अवसर मिल सकता है।"[16]

रामबहादुर राय ने तहलका डाट काम जासूसी कांड में भा.ज.पा. अध्यक्ष बंगारू लक्ष्मण के रिश्वत प्रकरण पर साफ कहा कि प्रधानमंत्री अटल बिहारी वाजपेयी को त्यागपत्र दे देना चाहिए। श्री राय के लेख का शीर्षक ही है 'अटल बिहारी वाजपेयी नैतिक जिम्मेदारी लें और इस्तीफा दें'। उसमें वे लिखते हैं, "जासूसी से ही भंडाफोड़ हो सकता था। वह हो गया है। कई बातों का भंडाफोड़ हो गया है। जो तथ्य आये हैं उससे साफ हो गया है कि आजादी के बाद देश की राजनीतिक व्यवस्था पर सबसे बड़ा संकट आ गया है। इसके लिए और कोई नहीं, खुद वाजपेयी सरकार जिम्मेदार है। यह छोटे-मोटे रिश्वत का किस्सा नहीं है। जो कुछ सामने आया है, वह खुलेआम चल रही लूट-खसोट का नमूना है। उदारीकरण के बाद सब कुछ उद्योग में बदल गया। इस नयी और विकृत समझ के कारण दल का अध्यक्ष होना भी उद्योग है। प्रधानमंत्री के करीब रहना भी उद्योग है। सत्ता के बरगद तले खड़े होना भी उद्योग है। उद्योग के अलावा बाकी सब काम जिससे राजकाज चलता है और पैसे आते हैं वही नया उद्योग माना जाने लगा है। इसमें आम आदमी कहाँ है? उसके नाम पर जो शासन चलाया जा रहा है वह छलावा भी एक उद्योग बन गया है। अटल बिहारी वाजपेयी की सरकार इस नये राजनैतिक व्याकरण के लिए इतिहास में नफरत से याद की जायेगी।[17]

सीआईए की रिपोर्ट के आईने में भारत में हस्तक्षेप करने की अमेरिकी मंशा का भाष्य रामबहादुर राय ने 'एड्स की आड़ में अमेरिका की साजिश और सोती सरकार' शीर्षक लेख में इस तरह किया, "सीआईए की रिपोर्ट में एक खतरनाक संकेत छिपा हुआ है। अमेरिका भारत में उसी तरह हस्तक्षेप की तैयारी कर रहा है जैसे वह इराक में करना चाहता है। इस रिपोर्ट से अमेरिकी हस्तक्षेप की भूमिका बनायी जा रही है। अमेरिका ने पिछले दिनों एक कानून बनाया है। उसमें अमेरिकी राष्ट्रपति को अधिकार दिया गया है कि वह जहाँ

जरूरी समझे हस्तक्षेप करे। इस कानून में अमेरिकी राष्ट्रीय सुरक्षा के मद्देनजर हस्तक्षेप का अधिकार दिया गया है। सीआईए की रिपोर्ट से हस्तक्षेप का आधार इस तर्क से बनेगा कि भारत में एड्स की महामारी से मौतें होंगी। उनसे अमेरिकी स्थिरता खतरे में पड़ेगी। आतंकवाद को बढ़ावा मिलेगा। नाको चाहे जो भी दावा करे, अमेरिकी एजेंसियाँ अपने अनुमान पर अड़ी हुई हैं। सीआईए ने अपनी वेबसाइट पर एक फैक्टशीट जारी की है। उसमें बताया गया है कि भारत में 1999 में एड्स से मरने वाले तीन लाख दस हजार लोग हैं जबकि वाजपेयी सरकार ने लोकसभा सदस्य प्रभुनाथ सिंह के सवाल पर संसद को बताया कि 1999 में 229 लोग एड्स से मरे हैं। यह उदाहरण साफ करता है कि अमेरिकी एजेंसियाँ अपनी गलती सुधारने के लिए तैयार नहीं है। सवाल यह है कि सरकार इन तथ्यों के बावजूद सीआईए को चुनौती क्यों नहीं दे रही है? क्यों नहीं वह पूछती कि उसके दावे का वैज्ञानिक आधार क्या है?"[18]

'जनसत्ता' में प्रकाशित रामबहादुर राय के स्तंभ पड़ताल से अरुण भारद्वाज ने तीसरी पुस्तक **'संस्कृति-अपसंस्कृति'** बनायी। पुस्तक के 'अयोध्या विवाद में बातचीत के लिए बचा क्या है' शीर्षक लेख में रामबहादुर राय मंदिर-मस्जिद विवाद को बातचीत के जरिये सुलझाने के समाचार के निहितार्थ की पड़ताल करते हैं। वे लिखते हैं, "विनय कटियार और मोहम्मद हाशिम अंसारी को पहले यह बताना चाहिए कि वे किस मुद्दे पर बातचीत करेंगे? उन्हें स्पष्ट करना चाहिए कि अयोध्या के विवाद में वह मसला क्या है जिस पर बातचीत का इनकी ओर से ढिंढोरा पीटा जा रहा है। इसमें असली सवाल यह है कि बातचीत के लिए बचा क्या है? आमतौर पर किसी मसले को हल करने के लिए आपस में बातचीत की जाती है। ऐसे प्रयासों का स्पष्ट लक्ष्य होता है। अयोध्या विवाद जिस अवस्था को प्राप्त हो गया है, उसमें बातचीत की संभावना अत्यंत क्षीण है। जो भी इसका दावा कर रहे हैं, उनकी ईमानदारी पर लोगों को संदेह है। यह धारणा बन गयी है कि बातचीत का नाटक किया जा रहा है।"[19]

श्री राय 'नाजुक मोड़ पर आया मंदिर आंदोलन' शीर्षक लेख में प्रधानमंत्री अटल बिहारी वाजपेयी द्वारा अयोध्या आंदोलन को कुचलने के संकेत की बारीक विवेचना करते हैं। वे लिखते हैं, "इन दिनों ऐसी बातें हो रही हैं जिन पर सहज विश्वास करना कठिन है। प्रधानमंत्री अटल बिहारी वाजपेयी के बारे

में कहा जा रहा है कि वे सत्ता के मद में चूर हैं। अयोध्या आंदोलन के ताजा दौर को कुचलने पर आमादा हैं। यह गंभीर आरोप है। उस प्रधानमंत्री पर आरोप है जो खुले आम कह चुका है कि राम मंदिर का निर्माण राष्ट्रीय आकांक्षा और भावना का प्रतीक है जिसे पूरा होना है। यह बयान वाजपेयी ने दो साल पहले दिया था। उस वक्त गैर-भाजपा हलके में तूफान मच गया था। अब जो बेचैनी दिख रही है, वह विश्व हिंदू परिषद में है। ऐसी बातें अयोध्या से निकल रही हैं जो दिल्ली पहुँच रही हैं। इसका क्रम उलट गया है। सारी बातचीत दिल्ली में हो रही है। यहाँ उसके बारे में पता चलना चाहिए। यह भी कहा जा रहा है कि गृहमंत्री लालकृष्ण आडवाणी प्रधानमंत्री से सहमत नहीं हैं। वे मंदिर आंदोलन के कार्यकर्ताओं पर ज्यादती, जुल्म और जरूरत पड़ने पर कुचलने के लिए गोली चलाने के खिलाफ हैं। उन्होंने कहा है कि अपने समर्थकों पर गोली चलाने का आदेश देने से बेहतर होगा कि मैं पद छोड़ दूँ। इसी तरह प्रधानमंत्री के पक्षकार कहीं-कहीं लिख-पढ़कर और ज्यादातर बातचीत में बता रहे हैं कि वाजपेयी अपनी शर्तों पर इस मसले को हल करेंगे। जरूरत पड़ने पर इस्तीफा दे देंगे। साफ है कि हालत इस्तीफे तक आ पहुँची है।''[20]

सुंदरलाल बहुगुणा के नेतृत्व में जारी हिमालय बचाओ आंदोलन पर रामबहादुर राय यह संदेश देते हैं कि टिहरी बांध से ऊंची है हिंदू आस्था। श्री राय का 'गंगा की संस्कृति भी डूब रही है टिहरी बाँध में' शीर्षक लेख भावनाप्रधान है। उसमें वे लिखते हैं, "सुंदरलाल बहुगुणा निराश हो चले हैं। उनकी हताशा ही बोल रही है कि सामने बाँध बन रहा है। हम डूबने का इंतजार कर रहे हैं।'' यह आधा सच है। उन्हें प्रधानमंत्री अटल बिहारी वाजपेयी के बुलावे का भी इंतजार है—"अगर प्रधानमंत्री ने मुझे बुलाया तो मैं उनसे कहना चाहता हूँ कि जितना काम हो चुका है उसका उपयोग कर नदी के बहाव की योजना बनायी जानी चाहिए।'' इसका मतलब साफ है। आंदोलनकारी मानने लगे हैं कि टिहरी बाँध को रोका नहीं जा सकता। इस वक्त सुंदरलाल बहुगुणा ने जिसे मुद्दा बनाया है वह उन लोगों के लिए अत्यंत भावनात्मक है जो गंगा की संस्कृति में आस्था रखते हैं।'' गंगा की संस्कृति में आस्था रखनेवाला भावनात्मक प्रसंग यह है कि बाँध बन जाने पर गंगा में हिंदू श्राद्ध और तर्पण नहीं कर सकेंगे। बँधे हुए जल में श्राद्ध और तर्पण की परंपरा नहीं है। इसीलिए

पंडित मदनमोहन मालवीय ने हरिद्वार में जान की बाजी लगाकर गंगा को अविरल बहते रहने देने के लिए अंग्रेजों को मजबूर कर दिया था। उनको आशंका थी कि हो सकता है कि भविष्य में फिर गंगा पर बाँध बनाकर उसकी धारा रोकने का प्रयास होगा। सुंदरलाल बहुगुणा एक पर्चा बाँट रहे हैं। 'गंगा की अविरल धारा और मालवीय जी की अंतिम इच्छा।' यह पर्चा जस्टिस शिवनाथ काटजू ने लिखा है। उसे छपवाया गया है। इस पर्चे में शिवनाथ काटजू कहते हैं कि मुझसे पंडित मदनमोहन मालवीय ने वचन लिया था कि "यदि फिर गंगा की अविरल धारा में रुकावट डालने की योजना हो तो उसके विरुद्ध तुम अपनी आवाज उठाओगे।" जहाँ बाँध बन रहा है वहाँ शिवनाथ काटजू कुछ दिनों के लिए गये हुए थे। वे लिखते हैं कि "मुझे बार-बार यही प्रतीत हुआ कि महामना मालवीय जी मेरे सामने खड़े हैं और मुझे याद दिला रहे हैं।"[21]

सर्व विद्या की राजधानी काशी में जे.पी. के गांधी विद्या संस्थान की दुरावस्था पर रामबहादुर राय का क्षुब्ध होना स्वाभाविक है। वे 'स्वार्थ के संघर्ष के बीच ज्ञान का प्रवाह' शीर्षक लेख में लिखते हैं, "काशी कहिये या बनारस, सब मानते हैं कि यह विद्या, धर्म और संस्कृति का सबसे पुराना नगर है। अनेक अवधारणाओं को बनाने और बिगाड़ने वाला यह शहर कब से है, कोई नहीं जानता। इस शहर के इतिहास में पन्ने जुड़ते और निकलते हैं। कुछ साल पहले विद्या की इस नगरी में एक नया अध्याय जुड़ा है। उसके आधे हिस्से में 'ज्ञान का प्रवाह' है और दूसरे हिस्से में स्वार्थ का संघर्ष है। यह भी एक विचित्र-सी बात है कि वाराणसी में ये दोनों घटनाएँ साथ-साथ चल रही हैं। गंगा के बायें तट पर ज्ञान-प्रवाह संस्था उदित हुई है। वह रामनगर किले के ठीक सामने है। इसीलिए उस स्थान का नाम सामने घाट है। यह स्थान काशी हिंदू विश्वविद्यालय के करीब है। अधिक-से-अधिक दो किलोमीटर दूर। ज्ञान-प्रवाह को श्रीमती बिमला पोद्दार ने बनवाया है। गंगा के दायें तट पर गांधी विद्या संस्थान है जिसे जे.पी. ने बनाया था। उसके परिसर में स्वार्थ का संघर्ष छिड़ा हुआ है जिसे कुसुमलता केड़िया चला रही हैं। काशी का अर्थ ही है जो ज्ञान को प्रकाशित कर दे। ज्ञान-प्रवाह उसका प्रतिनिधित्व कर रहा है। लेकिन गांधी विद्या संस्थान में जो कुछ हो रहा है वह काशी की प्रकृति के विपरीत है। उसके सम्मान के खिलाफ है। काशी का अनादर है और वह सब कुछ सत्ता के संरक्षण में हो रहा है।"[22]

मानव संसाधन विकास मंत्री डॉ. मुरली मनोहर जोशी द्वारा देश में शिक्षा पर राष्ट्रीय विमर्श के लिए बुलाये गये राज्य के शिक्षा मंत्रियों एवं शिक्षा सचिवों के सम्मेलन में आम सहमति नहीं बनने पर रामबहादुर राय तल्ख टिप्पणी करते हैं। वे 'शिक्षा पर आम सहमति का मौका खो दिया' शीर्षक लेख में लिखते हैं, "सम्मेलन संकीर्ण राजनीति के दलदल में फँस गया। प्रधानमंत्री अटल बिहारी वाजपेयी का भाषण भी उसे उबार नहीं सका। उनके भाषण का अर्थ अपने-अपने ढंग से निकाला जा रहा है। उनके प्रशंसक इसे अटल बिहारी वाजपेयी की विशेषता कहेंगे। जिस वाक्य का अलग-अलग अर्थ निकाला जा रहा है वह यह है कि शिक्षा में धर्मांधता का कोई स्थान नहीं है। यह कहकर प्रधानमंत्री ने क्या कहा, इसकी व्याख्या अपनी-अपनी समझ से की जा रही है। इसी वाक्य के सहारे डॉ. मुरली मनोहर जोशी पर धर्मांधता फैलाने का आरोप चस्पाँ किया जा रहा है। इस वाक्य से सम्मेलन के बहिष्कारकर्ता शिक्षा मंत्रियों पर धर्मांधता बरतने का आरोप लग रहा है। सम्मेलन ने अनेक विवादों को उभार दिया है। यही सम्मेलन अगस्त में होने वाला था। संसद के बजट अधिवेशन के कारण उसे टाला गया। महीने या डेढ़ महीने और वक्त मिलने के बावजूद सम्मेलन में आम सहमति पैदा करने के लिए राष्ट्रीय स्तर पर विचार-विमर्श का सिलसिला नहीं चलाया जा सका था।"[23]

उच्च शिक्षा पर बाजार के बढ़ते दबाव और शिक्षा के सामाजिक सरोकार का रामबहादुर राय सुचिंतित भाष्य करते हैं। 'उच्च शिक्षा, बाजारीकरण और सामाजिक सरोकार' शीर्षक लेख में वे लिखते हैं, "उदारीकरण की नीति से निजी संस्थाओं की भरमार हो गयी है। बेहिसाब उभर आयी इन संस्थाओं में इस बात का खयाल नहीं रखा जा रहा है कि छात्रों की योग्यता बढ़े। कुछ अपवादों के अलावा ज्यादातर संस्थाएँ मुनाफे के लिए चलायी जा रही हैं। लोकसभा की प्राक्कलन समिति ने अपनी नौवीं रिपोर्ट में तकनीकी शिक्षा की इस हालत को चिंताजनक माना। यू.आर. राव कमेटी ने फीस के अलावा दाखिला प्रक्रिया, तकनीकी शिक्षा के विस्तार और उसकी भविष्य की भूमिका पर विचार किया है। उसकी सिफारिशों को अगर लागू किया गया तो देशज तकनीक को नयी जमीन मिलेगी। पिछले क्षेत्रों को प्रतिस्पर्धा में टिके रहने की ताकत मिलेगी। उन समुदायों को आत्मनिर्भर बनने में मदद मिलेगी जिन्हें अभी

सहारे की जरूरत पड़ती है। इसके लिए तकनीकी शिक्षा प्रणाली को अपनी नयी भूमिका खोजनी पड़ेगी। भारत में तकनीकी शिक्षा ने सफर पूरा कर लिया है। उसे आगे ही बढ़ना है। यह दौर अब गुणवत्ता का है। जो गलतियाँ हो गयी हैं उससे सबक लेने का समय आ गया है। इसके लिए भी एआईसीटीई बना है। उसे जहाँ जरूरी होगा हस्तक्षेप करना होगा। स्वायत्तता और अनुशासन दो पहिये पर टिका तकनीकी शिक्षा का रथ ही पटरी पर चल सकेगा। जो तबका हस्तक्षेप की आहट से बौखला गया है वह इस देश को अमीरों के हवाले करना चाहता है। यह देश सिर्फ अमीरों का नहीं है। उसके दबाव में कमेटी की रिपोर्ट अगर नहीं लागू की गयी तो आम आदमी माफ नहीं करेगा।''[24]

रामबहादुर राय 'कुष्ठ रोगियों की बस्ती में गौतम' शीर्षक लेख में कुष्ठ रोगियों की सेवा-सुश्रूषा तथा उनकी संतान के भविष्य को बनाने में जुटे आशीष गौतम के 'दिव्य प्रेम सेवा मिशन' के सेवा कार्यों का वर्णन करते हैं। श्री राय बताते हैं कि दिव्य प्रेम सेवा मिशन ऐसा ही एक केंद्र है जो कुष्ठ निवारण के अलावा रोगियों के बच्चों का भविष्य सुधार रहा है। मिशन का आदर्श है—तुम किसी की सहायता नहीं कर सकते, सेवा मात्र तो कर सकते हो। इसी लेख में श्री राय एक मार्मिक शब्द चित्र खड़ा करते हैं, "आते-जाते कहीं-न-कहीं आपकी नजर भी कुष्ठ रोगियों पर पड़ी होगी। अपवाद कोई नहीं हो सकता। यह नजारा कहीं भी मिल जाता है। आसपास हो या कोई तीर्थ-स्थान। किसी मंदिर, मस्जिद, गुरुद्वारे या चर्च के करीब से गुजरते हुए कुष्ठ रोगियों की जमात दिखायी पड़ती है। जो हम देखते हैं वह प्रियकर नहीं होता। वह क्षण सुखद नहीं होता। अक्सर ऐसे कुरूप दृश्य को लोग भुला देना चाहते हैं। जो मन और शरीर में ही रमे रहते हैं, वे यह प्रयास विशेष तौर पर करते हैं। मान लीजिये कि आप रविवार को इंडिया गेट की तरफ निकल रहे हैं। आपका रास्ता पुराने किले से होकर जाता है तो महाभारतकालीन किलकारी भैरोंनाथ मंदिर के पास शाम को सैकड़ों की संख्या में कुष्ठ रोगी दिखेंगे। दूसरे दिनों में ऐसा नहीं होता। इसी तरह राजधानी के अनेक स्थानों पर दिन तय हैं जहाँ कुष्ठ रोगी खास तौर पर जुटते हैं। वे भिक्षाटन के लिए आते हैं। जैसे मंगलवार को कनॉट प्लेस में हनुमान मंदिर के पास बाबा खड़क सिंह मार्ग पर उनकी लंबी कतार होती है। क्या आपने कभी सोचा है कि ये रोगी बाल-बच्चे वाले भी हैं। अगर इनकी संतानें हैं तो वे कहाँ पल

रही हैं? यह ऐसा सवाल है जो अक्सर ध्यान में नहीं आता। कम ही लोग हैं जिन्होंने इस तरफ ध्यान दिया है। जैसे दिव्य प्रेम सेवा मिशन ऐसा ही एक केंद्र है जो कुष्ठ निवारण के अलावा रोगियों के बच्चों का भविष्य सुधार रहा है।[25]

रामबहादुर राय ने जे.पी. की जन्मशती के नाम पर खानापूरी किये जाने के लिए सरकार की जमकर खबर ली। उन्होंने 'जे.पी. की जन्मशती मनाने की रस्म भर निभा दी सरकार ने' शीर्षक लेख में लिखा, "लोकनायक जयप्रकाश नारायण की जन्मशती ग्यारह अक्टूबर को पूरी हुई है। इस अवधि में उनके साथ दोहरा अन्याय हुआ है। भारत सरकार ने जन्मशती को एक रस्म के रूप में मनाया। उसकी ओर से यह कोशिश बिल्कुल नहीं हुई कि जे.पी. के बारे में लोगों को सही जानकारी हो। उनके विचार आम आदमी तक पहुँचाने के लिए जो-जो उपाय किये जाने चाहिए, वे नहीं किये गये। शुरू से ही लगने लगा था कि सरकार जे.पी. जन्मशती को महोत्सव के रूप में नहीं मनायेगी। वह जन्मशती के अवसर पर जे.पी. को याद करने तक सीमित रहेगी। इसका पहला लक्षण प्रकट हुआ जब राष्ट्रीय स्तर पर जन्मशती समिति बनी। जिस दौर ने जे.पी. को लोकनायक बनाया, उस दौर में जो जे.पी. की हत्या पर उतारू थे, उसी समूह के सदस्यों के तहत समिति का कामकाज आया। उसका विरोध हुआ। इससे ज्यादा फर्क इस सरकार पर नहीं पड़ा। राष्ट्रीय समिति की एक बैठक कर सरकार ने अपनी जिम्मेदारी पूरी कर ली। समिति के सदस्यों को यह तक नहीं मालूम कि पूरे साल की योजना क्या है? भारत सारकार के स्तर पर यह जो अन्याय हुआ उसके कारणों की खोज करनी पड़ेगी।"[26]

सरकार की उपेक्षा के शिकार केवल जे.पी. ही नहीं हुए। जगजीवन राम भी हुए। इसकी व्यथा रामबहादुर राय के 'यादों से ओझल होते जगजीवन' शीर्षक लेख में इस प्रकार प्रकट हुई, "बाबू जगजीवन राम का 97वाँ जन्मदिन इसी हफ्ते गुजरा। उनके जीवनकाल के आखिरी दौर में जो उपेक्षा शुरू हुई, वह बढ़ती जा रही है। सरकार और समाज ने मानो तय कर लिया है कि उन्हें भुला देना है। उनके जन्मदिन पर रस्मी प्रार्थना सभाएँ हर साल हो जाती हैं। जहाँ वे रहते थे, उस 6 कृष्ण मेनन मार्ग पर एक जगजीवन स्मृति न्यास है। वही उनकी यादगार को बनाये हुए है। इस बार न्यास ने जो प्रार्थना सभा रखी, उसकी खबर दिल्ली के कुछ अखबारों में छपी। उन अखबारों को ध्यान से पढ़ने

पर ही उस खबर को देखा जा सकता है। साफ है कि जगजीवन राम का जन्मदिन मीडिया के लिए मायने रखने वाली कोई घटना नहीं है। भारत सरकार या उसका श्रम मंत्रालय या संसद भी उन्हें याद नहीं करती, जहाँ वे करीब पाँच दशक तक प्रमुख पदों पर रहे। सवाल उठता है कि बाबू जगजीवन राम का योगदान क्या इतना महत्त्वहीन था कि उन्हें याद करने की जरूरत नहीं है? भावी पीढ़ी के लिए उनके जीवन से कोई संदेश उभरता है या नहीं?''[27]

श्री राय ऐसे ही सवाल उठाने के लिए जाने जाते हैं। उन्होंने काँचीकामकोटि पीठ के पीठाधिपति शंकराचार्य जयेंद्र सरस्वती को जयललिता सरकार द्वारा एक साजिश के तहत गिरफ्तार किये जाने पर सवाल उठाया। 'साजिशों का जाल और शंकराचार्य' शीर्षक लेख में उन्होंने लिखा, ''काँचीकामकोटि पीठ के शंकराचार्य जयेंद्र सरस्वती को जेल में डाल दिया गया है। यह असाधारण घटना है। राज्य शासन का इसे शर्मनाक काम माना जा रहा है। उसके इस काम के लिए यह उक्ति प्रसिद्ध है - विनाश काले विपरीत बुद्धि। जब दक्षिण भारत दीवाली का उत्सव मनाने जा रहा था, उसी रात शंकराचार्य को तमिलनाडु की पुलिस ने हिरासत में लिया। रात में दस बजे के आस-पास उन्हें गिरफ्तार किया गया। आंध्र प्रदेश के महबूब नगर जिले से उनको जिस तरह पुलिस ने पकड़ा, उससे सारा देश अवाक है। मुख्यमंत्री जयललिता के बयान से लोगों की हैरानी बढ़ गयी है। उनके बयान दंभपूर्ण हैं।''[28]

कारगिल लड़ाई से मात खाने के बाद पाकिस्तान की परवेज मुशर्रफ की सरकार ने जब इंडियन एयरलाइंस के विमान अपहरण की घटना को अंजाम दिया तो तीन आतंकवादियों को रिहा कर कंधार से बंधकों को छुड़ाया गया। उसे रामबहादुर राय ने भारत सरकार की पराजय माना। 'कंधार में हारी सरकार' शीर्षक लेख में उन्होंने कई सवाल खड़े किये। उन्होंने लिखा, "कारगिल की जीत को वाजपेयी सरकार ने कंधार में गँवा दिया। छानबीन इस बात की होनी चाहिए कि इसके लिए जिम्मेदार कौन है? कोई एक व्यक्ति है या एक समूह? अफसरों को जिम्मेदार मानने पर चार नाम लिये जा सकते हैं- कैबिनेट सेक्रेटरी प्रभात कुमार, खुफिया ब्यूरो के प्रमुख श्यामल दत्ता, रॉ के सचिव ए.एस. दुलत और प्रधानमंत्री के प्रमुख सचिव बृजेश मिश्र। घटनाएँ जिस क्रम में एक के बाद आगे बढ़ती रही हैं, उसमें प्रारंभिक जिम्मेदारी इन्हीं चारों पर आती है।

विमान अपहरण के बाद प्रधानमंत्री अटल बिहारी वाजपेयी को देर से सूचना दी गयी। इसके लिए बृजेश मिश्र ही जिम्मेदार माने जायेंगे। अपहरण को नाकाम करने के उपाय भी देर से शुरू हुए। एक हफ्ते की उठापटक के बाद बंधकों को सरकार भारी कीमत देकर छुड़ा सकी है। एहतियाती कदम उठाकर अपहरण को रोका जा सकता था। लेकिन ऐसा तभी संभव था जब सरकार की सभी एजेंसियों में पूरा तालमेल रहता। इस दौरान उसका अभाव हर कदम पर महसूस किया गया।"[29]

रामबहादुर राय के एक लेख का शीर्षक है- 'एक षड्यंत्रकारी को आडवाणी ने क्यों छुड़वाया'। शीर्षक में ही प्रश्न है। पुरुलिया हथियार कांड के मुख्य अभियुक्तों में से एक पीटर ब्लीच की देश के गृहमंत्री लालकृष्ण आडवाणी की पहल पर की गयी रिहाई पर यह प्रश्न है। श्री राय लिखते हैं, "तीन फरवरी को कोलकाता की प्रेसीडेंसी जेल की चहारदीवारी से वह बाहर आया। उसके लिए वह मुक्ति का क्षण था। वह भावविभोर था। लेकिन उन लोगों के लिए गम में डूब जाने का वह सबब था जो पुरुलिया हथियार कांड को देश की सुरक्षा और संप्रभुता के लिए चुनौती मानते हैं। एक षड्यंत्रकारी को गृहमंत्री लालकृष्ण आडवाणी ने क्यों छुड़वाया?"[30]

कारगिल की लड़ाई में पाकिस्तानी फौज की पराजय और सैन्य विद्रोह का भाष्य श्री राय ने 'सैन्य विद्रोह का मतलब' शीर्षक लेख में इस तरह किया, "कारगिल की करामात देखिये। डाँवाडोल अटल बिहारी वाजपेयी मजबूत राष्ट्र नायक बनकर उभरे हैं। उधर पाकिस्तान में दो-तिहाई बहुमत वाले नवाज शरीफ फौजी हिरासत में हैं। उन पर गलत-सही मुकदमे चलेंगे। उनको सूली पर लटकाने की तैयारी चल रही है। ठीक वैसे ही जैसे जुल्फिकार अली भुट्टो के साथ हुआ था। कारगिल के चमत्कार ने भारत के लोकतंत्र पर एक दशक पुराने बादल को बिखेर दिया। लोकतंत्र की जड़ें पहले से अधिक गहरी हुई हैं। पाकिस्तान में लोकतंत्र का निर्वासन हो गया है। उसका गला घोंटने का सिलसिला शुरू है। कारगिल की लड़ाई के दौरान रक्षा मंत्री जॉर्ज फर्नांडीज ने बिना लागलपेट के एक सच को उजागर कर दिया था। उस पर एक सिरे से बहुत शोर मचाया गया। जॉर्ज फर्नांडीज ने सिर्फ यही कहा था कि कारगिल में घुसपैठ पाकिस्तानी सेना का दुस्साहस है। प्रधानमंत्री नवाज शरीफ और पाकिस्तानी खुफिया एजेंसी

आईएसआई को इसकी जानकारी नहीं थी। इस पर शोर मचाने वालों ने अपने रक्षा मंत्री को बहानेबाज या झूठा साबित करना चाहा था। पाकिस्तान के सैनिक विद्रोह ने उन लोगों को सही जवाब दे दिया है। क्या वे लोग रक्षा मंत्री जॉर्ज फर्नांडीज से माफी माँगेंगे? पाकिस्तान में सैनिक विद्रोहों की घटनाएँ होती रही हैं। इससे पहले कम-से-कम चार बार सेना के हाथों तख्ता पलट हुआ है। यह पाँचवाँ सैनिक विद्रोह है।"[31]

11 सितंबर को अलकायदा द्वारा न्यूयॉर्क के वर्ल्ड ट्रेड टॉवर और पेंटागन पर आतंकी हमले हुए तो अमेरिकी राष्ट्रपति जॉर्ज डब्ल्यू बुश ने दुनिया में आतंकवाद को परास्त करने का आह्वान करते हुए कहा कि वे उन सभी देशों को वे एकजुट करेंगे जो आतंकवाद से त्रस्त हैं। इसका भाष्य रामबहादुर राय ने 'खुद पर मार पड़ी तो आतंकवाद जाना अमेरिका ने' शीर्षक लेख में इस तरह किया, "राष्ट्रपति जॉर्ज डब्ल्यू बुश के संक्षिप्त भाषण में प्रतिक्रिया है और गुस्सा भी है। उनकी पहली प्रतिक्रिया समझने लायक है। वे आतंकवादी हमले को स्वतंत्रता और सभ्यता पर हमला मानते हैं। साफ है कि अमेरिका किसी आतंकवादी समूह को चिह्नित नहीं कर रहा है। राष्ट्रपति आतंकवाद से जुड़े बड़े सवाल उठा रहे हैं। सरकारी एजेंसियाँ अलबत्ता उन समूहों की तरफ इशारा कर रही हैं जिन पर संदेह की सुई घूमती नजर आ रही है। 11 सितंबर की घटना को जैसा कि अमेरिकी राष्ट्रपति ने कहा है कि लोग भुला नहीं पायेंगे, यह सही है। आतंकवाद के सबसे भयानक हादसे को उस दिन अमेरिका ने झेला।"[32]

'जनसत्ता' में प्रकाशित रामबहादुर राय के स्तंभ पड़ताल से अरुण भारद्वाज ने चौथी पुस्तक **'पक्ष-प्रतिपक्ष'** बनायी। पुस्तक के 'इस्तीफे की डगर से लौटे प्रधानमंत्री की मुसीबतें' शीर्षक लेख में श्री राय ने प्रधानमंत्री अटल बिहारी वाजपेयी के इस्तीफे को पेशकश मानने से इंकार किया। श्री राय ने लिखा, "उसे इस्तीफे की पेशकश नहीं कह सकते। अचानक या उत्तेजना में उन्होंने इस्तीफे की धमकी नहीं दी। सोच-समझकर वह कदम उठाया। उसके खतरे थे। इतना खतरा प्रधानमंत्री अटल बिहारी वाजपेयी मोल ले सकते हैं। इस्तीफे के लिए उन्होंने भाजपा संसदीय दल को चुना, राजग को नहीं। जिस तरह भाजपा संसदीय दल ने उन्हें पहले नेता चुना था और राजग ने उस पर मोहर लगायी थी। वैसे ही उनके इस्तीफे को भाजपा ने वापस लौटाया और राजग ने उनके

नेतृत्व में अपना विश्वास पुनः दोहराया। इस तरह इस्तीफे का अध्याय समाप्त हुआ माना जा रहा है। इतना सरल यह किस्सा नहीं है। बहुत दिनों तक यह सवाल पूछा जाता रहेगा कि वाजपेयी को इस्तीफे की धमकी का सहारा क्यों लेना पड़ा? उनके बयान से इसका स्पष्टीकरण मिल जाना चाहिए। बयान है - "प्रधानमंत्री के नाते मेरी जवाबदेही है। मैं राजग को संभाल नहीं पा रहा हूँ। मैं बूढ़ा हो गया हूँ। अस्वस्थ रह रहा हूँ। मुझे पद छोड़ देना चाहिए। इसलिए सोचा है कि इस्तीफा दे दूँ।" इस बयान को उन्होंने चौंकाने वाले अंदाज में रखा। उससे हड़कम्प मचना ही था। थोड़ी ही देर बाद अपने सहयोगियों के आग्रह को उन्होंने स्वीकार कर लिया। इस्तीफे से कदम पीछे हटा लिया।[33]

एक अंग्रेजी अखबार ने जब भाजपा अध्यक्ष वेंकैया नायडू द्वारा अनुसूचित जाति या जनजाति के लोगों के लिए रखी गयी जमीन हथियाने की खबर प्रकाशित की तो रामबहादुर राय ने अखबार की भूमिका को दाद दिया। उन्होंने 'गरीबों की जमीन डकारने वाले वेंकैया का क्या करेगी भाजपा' शीर्षक लेख में लिखा, "हैदराबाद के एक अंग्रेजी अखबार 'डेक्कन क्रॉनिकल' ने भाजपा अध्यक्ष वेंकैया नायडू के जमीन घोटाले को उजागर किया है। यह आरोप नहीं है। इसलिए इसे चरित्र हनन अभियान का हिस्सा नहीं माना जा सकता। एक अखबार ने अपना पत्रकारी धर्म निभाया है। एक पखवाड़े पहले जब दिल्ली के तालकटोरा स्टेडियम में वेंकैया नायडू पार्टी के कार्यकर्ताओं को बड़े-बड़े उपदेश दे रहे थे, तब शायद ही किसी ने सोचा होगा कि जल्दी ही उनकी कलई खुल जायेगी। उनका बड़बोलापन हवा हो जायेगा। खोखली नैतिकता चौराहे पर उजागर हो जायेगी। 'डेक्कन क्रॉनिकल' में छपने से आंध्रप्रदेश में असर पड़ा होगा। उसकी खबर की देशभर में चर्चा नहीं होती। यही सोचकर वेंकैया नायडू के प्रचार प्रबंधकों ने अखबारों में संपर्क साधे। एक अंग्रेजी अखबार के संपादक की श्रीनगर में खोज की गयी। कोशिश थी कि उस अखबार में खबर रुकवायी जाय। इन कोशिशों के बावजूद पूरा देश जान गया है कि भाजपा अध्यक्ष ने वह जमीन गलत तरीके से हथिया ली जो भूमिहीन अनुसूचित जाति या जनजाति के लोगों के लिए रखी गयी थी।"[34]

'कानून बनाने वालों की बढ़ती अनुशासनहीनता' शीर्षक लेख में श्री राय ने एक बड़ा सवाल खड़ा किया। उन्होंने लिखा, "कानून बनाने वाले दिनों

दिन अनुशासनहीन होते जा रहे हैं। वे मर्यादाएँ भुला बैठे हैं। पहली कसौटी पर ही जनप्रतिनिधि फेल हो गये हैं। जनप्रतिनिधियों की मौजूदा छवि के लिए वे ही जिम्मेदार हैं। उनके ही पीठासीन अधिकारी इन दिनों इस बात से बेहद चिंतित हैं कि ऐसे जनप्रतिनिधियों के चलते संसदीय लोकतंत्र का क्या होगा? पिछले 25 नवंबर को संसद के सेंट्रल हाल में लोकसभा अध्यक्ष जीएमसी बालयोगी की पहल पर एक अखिल भारतीय सम्मेलन हुआ। सम्मेलन में सबसे बड़ा सरोकार यह था कि सदन में अनुशासन और मर्यादा कैसे कायम हो? यह ऐसा यक्ष प्रश्न है जिसे सुनते ही जवाब देने वाला लुढ़क जाता है।"[35]

रामबहादुर राय 'मानव गरिमा और अधिकार के हनन का जंगलीपन' शीर्षक लेख में पूछते हैं कि क्या मुख्यमंत्री राजनाथ सिंह को उनके अफसरों ने जानकारी दी है कि राष्ट्रीय मानवाधिकार आयोग ने उत्तर प्रदेश को जंगली अवस्था का राज्य घोषित कर दिया है? अगर इसका उत्तर हाँ में मिलता है तो निराश होने की जरूरत नहीं है। उत्तर प्रदेश का चेहरा बदल सकता है। वह अधिक मानवीय हो जायेगा। लेकिन फिलहाल वह नहीं है। अगर होता तो मानवाधिकार आयोग की सालाना रिपोर्ट में दर्द की ध्वनि कम होती और सराहना के स्वर ज्यादा होते। राजनाथ सिंह को उनके अफसरों ने अगर अभी भी अंधेरे में रखा है तो उत्तर प्रदेश पर लगा कलंक बना ही रहेगा। इस बारे में सरकार जब तक साफतौर पर बयान नहीं देती तब तक सही स्थिति का पता चलना असंभव है। अपने पास आयोग की रिपोर्ट के अलावा मानवाधिकार के लिए जूझने और जीने वालों की सूचनाएँ हैं। उनके आधार पर उत्तर प्रदेश सरकार खुद में खूँखार दिखती है। क्या किसी सरकार के लिए यह छवि उचित है?[36]

रामबहादुर राय युद्ध विराम शब्द के गलत उपयोग को आड़े हाथों लेते हैं। 'युद्ध विराम शब्द के गलत उपयोग का उदाहरण है नागालैंड' शीर्षक लेख में वे लिखते हैं, "युद्ध विराम के लिए अटल बिहारी वाजपेयी की सरकार सालों याद की जायेगी। अकेले कश्मीर में ही युद्ध विराम नहीं है। उसकी सबको जानकारी हो जाती है लेकिन देश के दो दूसरे क्षेत्रों में भी युद्ध विराम है। साफ है कि युद्ध जैसी हालत देश के कई हिस्सों में बनी हुई है। कश्मीर के अलावा जिन दो और राज्यों में युद्ध विराम है, वे हैं नागालैंड और बोडो क्षेत्र। बगावत के इलाकों में सरकार जब कार्रवाई रोकती है तो उसे युद्ध विराम कहना कितना

उचित है? युद्ध विराम शब्द का गलत उपयोग हो रहा है। नागालैंड इसका सटीक उदाहरण है। आजादी के बाद से इस राज्य में बगावत की आग लगी हुई है। समझौते होते हैं फिर भी बागी पैदा हो जाते हैं। सीमावर्ती इस राज्य में तीन साल से युद्ध विराम घोषित है। उसकी मियाद जब खत्म होती है तो बढ़ा दी जाती है। वहाँ युद्ध विराम भी है और घात लगाकर हमले की कार्रवाइयां भी बागी चला रहे हैं।"[37]

सेवा के नाम पर गैर सरकारी संस्थाएँ किस कदर बाजारवाद से जुड़ गयी हैं और गरीबों के जीवन हितों से खिलवाड़ कर रही हैं, इसे रामबहादुर राय के 'बाजार के लिए मानवाधिकार' शीर्षक लेख से समझा जा सकता है। उसमें श्री राय लिखते हैं, "पूरे देश को उत्तराखंड का आभारी होना चाहिए कि उसने सहयोग जैसी संस्था के चेहरे से नकाब उतार दी है। उत्तराखंड के जुझारू लोगों का गुस्सा जायज है। वे प्रकृति में रमे-बसे लोग हैं। सहयोग ने उनके नैसर्गिक अधिकारों पर हमला बोला है। सहयोग के हमदर्द माहौल बना रहे हैं कि संस्था के कार्यकर्ताओं को बात का बतंगड़ बनाकर सूली पर लटकाया जा रहा है। यह सच नहीं है। सहयोग वाले उलटे बात का बतंगड़ बना रहे हैं और कह रहे हैं कि उनके मानवाधिकार का हनन हो रहा है। क्या उनका आरोप सही है? सच तो कुछ और है। सहयोग एक संस्था है। समाज सेवा की नकाब उसने चढ़ा रखी है। वह उन संस्थाओं में से है जो इस देश में समाज-सेवा के बहाने लोगों के जीवन के अधिकार से खिलवाड़ कर रही हैं। ये अमीर या खाते-पीते पर मेहरबान हैं। यही इनकी अपनी बिरादरी है। इनके निशाने पर गरीब और मेहनतकश लोग हैं। सहयोग जैसी संस्थाओं ने ऐसे ही लोगों की जिंदगी में जहर घोलने का ठेका विदेशी पूँजी की ओर से ले रखा है। उत्तराखंड की घटना इस ठेका प्रथा को जड़ से ललकारने वाली है।"[38]

अमेरिका ने खाड़ी युद्ध से कोई सीख नहीं ली, इसे रामबहादुर राय के 'तब इराक के खिलाफ, अब सद्दाम का सफाया' शीर्षक लेख से समझा जा सकता है। उसमें श्री राय ने लिखा है, "अमेरिका इस बार सद्दाम हुसैन के सफाये की लड़ाई लड़ रहा है। उसने लंबी तैयारी की है। उसका दावा था कि लड़ाई चंद दिनों में ही जीत ली जायेगी। वैसा नहीं हुआ। एक पखवाड़ा बीत गया है और नहीं लगता कि जल्दी ही अमेरिका अपनी मंजिल पा लेगा। वैसे अमेरिका

अकेले नहीं है। भले ही वह दुनिया का इकलौता बादशाह बन जाने का ताज पहन ले, लेकिन उसे इराक की जंग में गठबंधन बनाना जरूरी लगता है। पिछली लड़ाई में भी उसने एक गठबंधन बनाया था। इस बार भी उसका एक गठबंधन है। पिछली बार अमेरिका के नेतृत्व में जो गठबंधन था, वह इससे कई मायने में मजबूत था। इस बार अमेरिकी गठबंधन में दरार है। पिछली बार कोई मतभेद नहीं था। इस बार संयुक्त राष्ट्र की सुरक्षा परिषद का प्रस्ताव उसके साथ नहीं है। अमेरिका ने सुरक्षा परिषद का मजाक बना दिया है। पिछली बार संयुक्त राष्ट्र का नैतिक बल उसके साथ था। पूछा जाना चाहिए कि अमेरिका ने पहले खाड़ी युद्ध से क्या सीखा? विश्व जनमत की परवाह नहीं करनी है। यही शायद अमेरिका ने सीखा है।"[39]

अमेरिका की पहल पर जिनेवा में परमाणु क्लब के खलीफा देशों के विदेश मंत्रियों की बैठक के निहितार्थ का वर्णन रामबहादुर राय ने 'कश्मीर पर अब तदर्थवाद का युग नहीं' शीर्षक लेख में इस तरह किया, "भारत पर अपनी चौधराहट थोपने का एक और बहाना अमेरिका ने खोज लिया है। वह भारत को कमजोर बनाये रखने का जुगाड़ शुरू से ही कर रहा है। भारत और पाकिस्तान के परमाणु परीक्षणों पर अमेरिका की प्रतिक्रिया जानी-मानी ढंग की थी। अमेरिका की पहल पर परमाणु क्लब के खलीफा देशों के विदेश मंत्रियों की बैठक जिनेवा में खास मकसद से बुलायी गयी। विदेश मंत्रियों की बैठक से पहले अमेरिकी विदेशमंत्री अलब्राइट ने चीन और रूस के विदेश मंत्रियों से अलग-अलग बात की। अमेरिकी खेल का चीन वहाँ मोहरा बना। उसके विदेश मंत्री खलीफा देशों के प्रवक्ता बनकर उभरे। उन्होंने ही बैठक की अध्यक्षता की। अध्यक्ष के नाते बैठक से पहले और बाद में खलीफा देशों की भावनाएँ उन्होंने मीडिया को बतायीं। बैठक से पहले भारत पर उन्होंने चोट कर यह संकेत दिया कि खलीफा देश भारत से कुछ ज्यादा ही नाराज हैं। अलब्राइट की कोशिश इस मायने में कामयाब मानी जा सकती है कि चीन अमेरिका का मोहरा बन सका। वहीं अमेरिका जैसा चाहता था, वैसा ही फैसला वह बैठक से नहीं करवा सका। इसका अर्थ यह नहीं है कि अमेरिकी कूटनीति नाकाम हो गयी। इस बैठक से भारत के लिए खतरनाक संकेत उभरे हैं। कश्मीर को नये सिरे से अंतरराष्ट्रीय मंच पर विवादास्पद मसले के तौर पर सामने लाया गया है। दुनिया में भारत

तनाव का कारण बन रहा है। खासकर दक्षिण एशिया का अमन-चैन खतरे में पड़ गया है। वजह यह कि भारत ने परमाणु परीक्षण कर ऐसी परिस्थिति पैदा कर दी है। अमेरिका का रुख भेदभाव का है। भारत के खिलाफ पाकिस्तान और चीन की दुरभिसंधि को वह अपनी नजर से ओझल रखना चाहता है। अमेरिका कश्मीर को अंतरराष्ट्रीय मुद्दा बनाने पर आमादा दिखता है।"[40]

राजनीतिक-आर्थिक-सामाजिक दृश्य पट ने उदारीकरण के उस दौर में जो कड़वाहट घोली थी, उस पर रामबहादुर राय तीखी और तिलमिला देनेवाली टिप्पणियाँ चारों पुस्तकों में करते हैं।

इस तरह हम देख खकते हैं कि 'नीति और राजनीति', 'अर्थ-अनर्थ', 'संस्कृति-अपसंस्कृति' और 'पक्ष-प्रतिपक्ष' पुस्तकों में संकलित रामबहादुर राय के लेखों का परिप्रेक्ष्य अंतर्वस्तु के कारण व्यापक है। राजनीतिक संस्कृति से लेकर अर्थनीति और राष्ट्रीय-अंतरराष्ट्रीय मुद्दों में गहरी पैठ रखने वाला यह लेखक विचार का जो विशाल फलक प्रस्तुत करता है, वह कई दृष्टियों से विचारोत्तेजक, सूचनावर्द्धक और सोचने-समझने की नयी सरणियों को खोलता हुआ जान पड़ता है। जो बात सबसे अधिक प्रभावित करती है, वह है रामबहादुर राय के लेखों में पायी जाने वाली विषयों की विपुल विविधता। 1998 से लेकर 2004 तक के भारत के राजनीतिक, आर्थिक, सामाजिक परिदृश्य और अंतरराष्ट्रीय परिस्थिति को चार छोटे छोटे आईनों में देखना हो तो इन चारों पुस्तकों में देखा जा सकता है।

राय साहब का अभिव्यक्ति कौशल अनूठा है। इन चारों पुस्तकों में संकलित राष्ट्रीय-अंतरराष्ट्रीय परिस्थिति, राजनीतिक, आर्थिक व सामाजिक परिदृश्य पर राय साहब की बेमुरव्वत टिप्पणियाँ उस देशज और लोक परंपरा की याद दिलाती हैं जिसके वारिस कबीर और भारतेंदु थे। भाषा उसकी जान है। राय साहब के पास एक ऐसी भाषा है जो राजनीतिक, आर्थिक यथार्थ को पूर्णता में अभिव्यक्त कर सके। वह भाषा कैसी है? वह सहज, सुबोध और ग्राह्य भाषा है। राय साहब स्वयं जितने सहज हैं, उनकी भाषा भी उसी अनुपात में सहजता प्राप्त करती है। राय साहब भाषा की सहज उपलब्धि में सफल हुए हैं। रामबहादुर राय जिस विषय का प्रतिपादन करते हैं, उसके समस्त परिवेश को इस तरह साकार करते हैं कि वह हमारे सामने प्रत्यक्ष हो उठता है। उनकी भाषा

ऊपर से देखने में भले ही सहज और सपाट लगे परंतु प्रभाव अत्यधिक तीक्ष्ण होता है। भाषा सपाट लगती है पर उसका अर्थ संदर्भ अथवा प्रसंग जानने पर उसके व्यापक होने का बोध सहज ही हो जाता है। कहने का आशय यह है कि सहज भाषा राय साहब के शिल्प का उल्लेखनीय पक्ष है।

**संदर्भ**


1. भारद्वाज, अरुण. (सं.). (2020). नीति और राजनीति - रामबहादुर राय. नयी दिल्ली : खामा पब्लिशर्स. पृष्ठ - 8
2. वही, पृष्ठ - 121-122
3. वही, पृष्ठ - 77
4. वही, पृष्ठ - 78
5. वही
6. वही, पृष्ठ - 172
7. वही, पृष्ठ - 104
8. वही, पृष्ठ - 148
9. वही, पृष्ठ - 152-153
10. वही, पृष्ठ - 182
11. वही, पृष्ठ - 59
12. वही, पृष्ठ - 124-125
13. भारद्वाज, अरुण. (सं.). (2022). अर्थ-अनर्थ - रामबहादुर राय. नयी दिल्ली : खामा पब्लिशर्स. पृष्ठ - 207
14. वही, पृष्ठ - 56
15. वही, पृष्ठ - 50
16. वही, पृष्ठ - 283
17. वही, पृष्ठ - 415
18. वही, पृष्ठ - 396
19. भारद्वाज, अरुण. (सं.). (2025). संस्कृति-अपसंस्कृति - रामबहादुर राय. नयी दिल्ली : खामा पब्लिशर्स. पृष्ठ - 13
20. वही, पृष्ठ - 17
21. वही, पृष्ठ - 79-80
22. वही, पृष्ठ - 86
23. वही, पृष्ठ - 111

24. भारद्वाज, अरुण. (सं.). (2025). संस्कृति-अपसंस्कृति - रामबहादुर राय. नयी दिल्ली : खामा पब्लिशर्स. पृष्ठ - 129
25. वही, पृष्ठ - 205
26. वही, पृष्ठ - 219
27. वही, पृष्ठ - 229
28. वही, पृष्ठ - 234
29. वही, पृष्ठ - 241
30. वही, पृष्ठ - 296
31. वही, पृष्ठ - 342
32. वही, पृष्ठ - 256
33. भारद्वाज, अरुण. (सं.). (2025). पक्ष-प्रतिपक्ष - रामबहादुर राय. नयी दिल्ली : खामा पब्लिशर्स. पृष्ठ - 11
34. वही, पृष्ठ - 352
35. वही, पृष्ठ - 1
36. वही, पृष्ठ - 16
37. वही, पृष्ठ - 51
38. वही, पृष्ठ - 304
39. वही, पृष्ठ - 144
40. वही, पृष्ठ - 173

# संविधान : बहस की बुनियाद

रामबहादुर राय की पुस्तक 'भारतीय संविधानः अनकही कहानी' पर चर्चा शुरू करने के पहले उसकी पृष्ठभूमि की चर्चा समीचीन होगी। संविधान रामबहादुर राय के अध्ययन का प्रिय विषय रहा है। इसका कारण है। राय साहब के ही शब्दों में, "संविधान से परिचित था, लेकिन 'मीसा' में गिरफ्तारी ने मेरे मन में संविधान के प्रति उत्कंठा की तेज लौ जला दी। उस घटना ने मुझे संविधान का जिज्ञासु बना दिया। पटना के जिला अधिकारी ने मीसा (मेंटिनेंस ऑफ इंटरनल सिक्योरिटी ऐक्ट) के अधिकारों का दुरुपयोग कर सात आधारों पर गिरफ्तारी करायी। जिसे अंततः सुप्रीम कोर्ट में चुनौती दी गयी। पटना के बाँकीपुर जेल में मीसाबंदी था। एक दिन डॉ. एन.एम. घटाटे और डॉ. सुब्रमण्यम स्वामी आये। नानाजी देशमुख ने डॉ. एन.एम. घटाटे को सुप्रीम कोर्ट में याचिका डालने का कार्य सौंपा था। संविधान में मौलिक अधिकारों की धुरी पर उनसे बातचीत चक्कर लगा रही थी। वह एक नया अनुभव था। मेरी ओर से डॉ. घटाटे ने सुप्रीम कोर्ट का दरवाजा खटखटाया। वहाँ सुनवाई हुई। सुप्रीम कोर्ट ने मेरी गिरफ्तारी को असंवैधानिक ठहराया। कहा कि किसी शांतिपूर्ण प्रतिरोधकर्ता को बंदी बनाना असंवैधानिक है। मेरे लिए संवैधानिकता का वह पहला पाठ बना। न्यायाधीश वाई.वी. चंद्रचूड़ और पी.एन. भगवती की बेंच ने गिरफ्तारी के सात महीने बाद 12 नवंबर, 1974 को निर्णय सुनाया। जिससे मेरी रिहाई हुई, नहीं तो 8 अप्रैल, 1975 तक मुझे जेल में रहना होता। अभिव्यक्ति की स्वतंत्रता को समझाने वाला वह एक महत्त्वपूर्ण निर्णय है, जिसमें महात्मा गांधी और मार्टिन लूथर किंग के गौरवशाली सत्याग्रह का संदर्भ है। उस निर्णय के बारे में पटना

के ऐतिहासिक गांधी मैदान की एक बड़ी सभा में लोकनायक जयप्रकाश नारायण (जे.पी.) ने 18 नवंबर, 1974 के अपने भाषण में इस तरह उल्लेख किया, ''अभी रामबहादुर रायजी का मुकदमा गया। रामबहादुर रायजी ऑल इंडिया विद्यार्थी परिषद् के एक मंत्री, गिरफ्तार हुए और उनका फैसला हुआ सुप्रीम कोर्ट में। सुप्रीम कोर्ट ने क्या जजमेंट दिया है कि भाई शांतिमय प्रदर्शन करना, शांतिमय धरना देना, उसके लिए तैयारी करना ये गैर-कानूनी नहीं है। यह 'मीसा' में नहीं आता है। 'भूदान यज्ञ' (पूर्ति विभाग) प्रकाशन 19, राजघाट कॉलोनी, नयी दिल्ली की पुस्तिका 'सिंहासन खाली करो' में यह छपा है। उस सभा की अध्यक्षता कवि बाबा नागार्जुन कर रहे थे।''[1]

उन्हीं दिनों रामबहादुर राय ने जयप्रकाश नारायण की पुस्तिका 'भारतीय राज्य व्यवस्था की पुनर्रचनाः एक सुझाव' पढ़ी जिसमें उन्होंने पहली बार संविधान समीक्षा का सुझाव दिया। राय साहब उसका विवरण इस तरह देते हैं, "यह 1959 की बात है। जिस पर बड़ी बहस छिड़ी। उसकी आलोचना भी हुई। कुछ आलोचकों ने यह आक्षेप किया था कि भारतीय लोकतंत्र का पौधा अभी अंकुरित हो रहा है, इसलिए उसे छेड़ना ठीक नहीं है। यहाँ तक कहा गया था कि जे.पी. लोकतंत्र के शत्रु हैं और लोकतंत्र को वास्तविक बनाने की आड़ में इसे कमजोर करना चाहते हैं। वास्तव में जे.पी. ने संसदीय प्रणाली की सीमाओं को पहचाना। उसे ही अधिक ठोस आधार देने के लिए उन्होंने वह लेख सुझाव के रूप में लिखा था। जिसमें मूल दृष्टि जो थी, वह समयसिद्ध है। उस लेख में जे.पी. ने यह बात कही थी कि लोकतंत्र की वास्तविक शक्ति साधारण नागरिक है। लोकतंत्र को शक्तिशाली और व्यापक बनाने के लिए जरूरी है कि नागरिक की हर स्तर पर सहभागिता हो। बहुत बाद में उस लेख को जे.पी. ने व्यवस्थित किया। अपने अनुभव उसमें और उड़ेले। जिसे 'लोक स्वराज्य' शीर्षक से 'सर्वसेवा संघ' ने छापा। उसके 1999 तक 7 संस्करण निकले। कुल 26 हजार प्रतियाँ छपीं। प्रयोजन यह था कि जे.पी. के उस लेख से लोक शिक्षण का क्रम चले। 'लोक स्वराज्य' 45 पृष्ठों की पुस्तिका है। इसके पहले ही अध्याय में जे. पी. लिखते हैं- 'भारत की संविधान सभा ने जनता के नाम पर संकल्प किया-

1. भारत को एक संपूर्ण प्रभुत्व संपन्न गणराज्य बनाना।
2. भारत के सभी नागरिकों के लिए सामाजिक, आर्थिक और राजनीतिक

न्याय, विचार अभिव्यक्ति, विश्वास निष्ठा और पूजा की स्वतंत्रता, सामाजिक स्तर और अवसर की समानता सुलभ करना और

3. व्यक्ति की गरिमा और राष्ट्र की एकता के आश्वासन के साथ भारत के सभी नागरिकों में भ्रातृत्व की भावनाओं का प्रसार करना।

ये लक्ष्य और उद्देश्य निश्चय ही लोकतंत्र को प्रेरणात्मक और चुनौतीमूलक स्वरूप प्रदान करते हैं। इस स्वरूप को ठोस वास्तविकता में परिणत करने में मदद देने के लिए संविधान सभा ने भारत का वर्तमान संविधान स्वीकृत किया, जो समय-समय पर संशोधित किये जाने के बावजूद स्वतंत्रता और लोकतंत्र के दुर्ग के रूप में स्थित है। भारत की जनता को ठीक ही इस बात पर गर्व हो सकता है कि पड़ोस के देशों में एक न एक प्रकार की तानाशाही को अंगीकार किये जाने के उदाहरण के बाद भी उसने समझ-बूझकर लोकतंत्रीय जीवन पद्धति को पसंद किया, यह उसकी सांस्कृतिक और आध्यात्मिक प्रौढ़ता का द्योतक है। इतना सब मानते हुए भी यह उचित है कि पिछले दस साल की अवधि के अपने लोकतंत्रीय अनुभव का लेखा-जोखा किया जाये। यह लेखा-जोखा हमें एशिया और अफ्रीका के अन्य देशों और पश्चिम के पुष्ट लोकतंत्रों के अनुभव की पृष्ठभूमि में करना होगा।''[2]

रामबहादुर राय इससे इंकार नहीं करते कि उस सुझाव के कारण संविधान पर सवाल उठने लगे। इसके पीछे की वजह राजनीतिक व्यवस्था की संवैधानिक विसंगतियाँ थीं, इससे भी राय साहब इंकार नहीं करते। वे लिखते हैं, "आज यह बात विचित्र सी लगेगी, लेकिन तथ्य जो है, वह अकाट्य है। इस तथ्य का उल्लेख डॉ. सुभाष काश्यप ने 'कॉन्स्टीट्यूशन मेकिंग सिंस 1950, ऐन ओवर व्यू' में किया है। संविधान के चौथे संशोधन विधेयक पर बोलते हुए जवाहरलाल नेहरू ने कहा, आखिरकार संविधान की सार्थकता इसमें ही है कि उससे सरकार, प्रशासन और समाज में लोकोपयोगी कार्य करना सहज ही संभव होता रहे। यह कथन दो अर्थों वाला है। इसमें संविधान पर स्वयं प्रधानमंत्री पं. नेहरू अपने अनुभव से यह सामयिक प्रश्न उठा रहे हैं। दूसरा अर्थ भी देखें तो यह कह सकते हैं कि संविधान संशोधन का औचित्य वे इन शब्दों में प्रतिपादित कर रहे हैं। इससे यह बात भी निकलती है कि संविधान पर सिर्फ उसके आलोचक ही प्रश्न तब नहीं उठा रहे थे, सत्ता में विराजमान प्रधानमंत्री भी संविधान में

मौजूद कमियों को रेखांकित करने लगे थे। एक प्रश्न भी खड़ा किया जा सकता है कि संविधान का राजनीतिक और दलीय उपयोग भी क्या तभी शुरू हुआ? वही दौर है, जब कांग्रेस ने केरल की निर्वाचित सरकार को हटा दिया। कांग्रेस अध्यक्ष इंदिरा गांधी थीं। जवाहरलाल नेहरू प्रधानमंत्री थे। केरल की ई.एम.एस. नंबूदिरीपाद सरकार दुनिया की पहली कम्युनिस्ट सरकार थी, जो निर्वाचन से सत्तारूढ़ हुई थी, जिसे मनमाने तरीके से हटाना एक बड़ी संवैधानिक दुर्घटना थी। प्रो. देवेंद्र स्वरूप ने उसे गहराई से समझा। उस पर साप्ताहिक 'पाञ्चजन्य' में एक शृंखला चलायी। जिसमें संविधान सभा के कई सदस्यों के विचार छपे। उस शृंखला के लेखों को पढ़कर जहाँ आश्चर्य होता है, वहीं संविधान निर्माण की प्रक्रिया के बारे में अनेक प्रश्न भी खड़े होते हैं। बहस का अर्थ ही है अनेक विचारों का प्रतिपादन। संविधान पर छिड़ी बहस इसका अपवाद कैसे हो सकती थी।"[3]

राय साहब के अनुसार संविधान पर अनेक प्रश्न उस दौर में भी उठे जब कांग्रेस का केंद्र और राज्यों में वर्चस्व बना हुआ था। लेकिन गैर कांग्रेसवाद के दौर में जो प्रश्न उठे, उनकी प्रकृति भिन्न थी। विशेष रूप से संघ-राज्य संबंधों पर प्रश्न ज्यादा उठे। 1967 से जो दशक शुरू हुआ, उसमें दल-बदल की समस्या चिंताजनक बन गयी थी। जिस पर विचार के लिए वाई.बी. चव्हाण कमेटी बनी। संविधान की रजत जयंती पर कांग्रेस अधिवेशन में एक प्रस्ताव स्वीकृत हुआ। इमरजेंसी के दौरान इंदिरा गांधी की तानाशाही में देश के लोकतंत्र की दुर्दशा हो रही थी। कांग्रेस ने अपने अधिवेशन स्थल को 'कामागाटामा नगर' नाम दिया था। वहाँ जो प्रस्ताव पारित हुआ, उसमें माँग थी कि संविधान की पूरी समीक्षा हो, जिससे संविधान को जीवंत बनाया जा सके। उस प्रस्ताव के अनुसरण में अध्यक्ष देवकांत बरुआ ने 26 फरवरी, 1976 को एक 12 सदस्यीय कमेटी बनायी। उसके अध्यक्ष सरदार स्वर्ण सिंह थे। उनकी रिपोर्ट जैसे ही आयी कि विधि आयोग के अध्यक्ष न्यायमूर्ति पी.वी. गजेंद्रगडकर ने प्रधानमंत्री इंदिरा गांधी को सलाह दी कि संविधान में संशोधन करने का यह विचार उचित नहीं है। इसके लिए एक उच्चस्तरीय कमेटी बनायी जानी चाहिए, जिसमें संविधान विशेषज्ञ हों। लेकिन उनकी सलाह नक्कारखाने में तूती की आवाज बनकर रह गयी। स्वर्ण सिंह कमेटी की रिपोर्ट के आधार पर 42वाँ संविधान संशोधन किया गया, जिसका न तो तब औचित्य था और न आज है। जिसमें और-तो-और,

उद्देशिका में भी संशोधन कर दिया गया। शायद ही दुनिया के किसी लोकतांत्रिक देश के संविधान में ऐसा संशोधन किया गया होगा। संविधान का वह पुनर्लेखन था। संविधान में बड़ा उलटफेर कर दिया गया, जिसकी 22 में से 13 राज्यों की विधानसभाओं से पुष्टि करायी गयी। आपातकाल का वह संविधान पर कहर था। जिसे लोकतंत्र की बहाली के बाद मोरारजी देसाई सरकार ने थोड़ा सुधारा। संविधान का वह एक अधूरा एजेंडा बना हुआ है।[4]

'भारतीय संविधानः अनकही कहानी' पुस्तक यह याद दिलाती है कि शुरू से ही यह प्रश्न रहा है और आज भी है कि हमारे लिए उपयुक्त राजनीतिक प्रणाली क्या होनी चाहिए। संविधान से राज्य व्यवस्था बनती है। एक राजनीतिक प्रणाली उसे चलाती है। आमतौर पर यह तो मान लिया गया है कि संसदीय प्रणाली जो चल रही है, उसे सुधारा जाना चाहिए। इस पक्ष पर भी सबसे पहले देश का ध्यान खींचने का श्रेय जे.पी. को है। चुनाव सुधार का विषय उन्होंने उस समय उठाया, जब इंदिरा गांधी ने 1971 के चुनावों को बहुत खर्चीला बना दिया। चुनाव सुधार पर निरंतर चर्चा और अध्ययन का क्रम जारी है। इस दिशा में दूसरा बड़ा कदम विश्वनाथ प्रताप सिंह की सरकार ने उठाया था, जब दिनेश गोस्वामी कमेटी बनायी। तीसरा कदम 1998 में उठा, जब इंद्रजीत गुप्त कमेटी बनी। अटल बिहारी वाजपेयी की राजग सरकार ने संविधान समीक्षा इसलिए भी कराना जरूरी समझा, क्योंकि चुनाव सुधार का संबंध कोई संविधान से अलग-थलग नहीं है। वह पहला आयोग था, जो किसी दलीय तकाजे के कारण नहीं, बल्कि मूलतः संवैधानिक प्रश्नों के उत्तर खोजने के लिए गठित हुआ था।[5]

रामबहादुर राय इतिहास में लौटते हैं और स्मरण कराते हैं कि संविधान समीक्षा की माँग पुरानी है। राय साहब इसका क्रमवार प्रामाणिक विवरण देते हैं। वे बताते हैं कि स्वयं प्रधानमंत्री इंदिरा गांधी ने 26 अक्टूबर, 1980 को संविधान संबंधी चकित कर देनेवाला एक बयान दिया कि "संविधान में हर कुछ आज प्रासंगिक नहीं है। संविधान पर एक राष्ट्रीय विमर्श की आवश्यकता है। इसलिए कि जिस शासन पद्धति में भारत है, क्या वह हमारे अनुकूल है? संविधान निर्माताओं ने जो शासन प्रणाली दी, उसकी कोई समीक्षा अब तक नहीं हुई है। जहाँ संविधान की समीक्षा आवश्यक है, वहीं विपक्ष की भूमिका के बारे में भी सोचने की जरूरत है। विपक्ष की आंदोलनकारी राजनीति के ढंग

और संदर्भ पर भी विचार होना चाहिए।''[6]

प्रधानमंत्री पद पर पुनः आसीन होने के बाद का उनका यह बयान राजनीतिक प्रणाली में परिवर्तन का एक संकेत समझा गया। अंग्रेजी के अखबार 'इंडियन एक्सप्रेस' ने उसे राष्ट्रपति प्रणाली लाने की दिशा में सोच-विचार माना। इंदिरा गांधी के बयान से विभिन्न स्तरों पर चर्चा चल पड़ी। अनेक गैर-सरकारी संगठनों ने संविधान समीक्षा पर गोष्ठियाँ कीं। यह माँग निरंतर की जाती रही कि संविधान पर विभिन्न पहलुओं से बातचीत होनी चाहिए। संविधान पर बहस तेज इस कारण भी उन दिनों होती गयी, क्योंकि केंद्र में भी राजनीतिक अस्थिरता का एक दौर चल पड़ा। इस दिशा में एक उल्लेखनीय निर्णय इंडिया इंटरनेशनल सेंटर के बोर्ड ऑफ ट्रस्टी ने किया। यह बात 1992 की है। उन दिनों डॉ. कर्ण सिंह सेंटर के अध्यक्ष थे। उनके अलावा 19 बड़े नाम हैं, जो ट्रस्टी थे। उनमें अनेक पूर्व मंत्री, लोकसभा के पूर्व महासचिव, सुप्रीम कोर्ट के पूर्व मुख्य न्यायाधीश पी.एन. भगवती आदि थे। सेंटर के बोर्ड ने संविधान के काम-काज का अध्ययन करने का एक प्रोजेक्ट बनाया। तब संविधान 40 साल का हो गया था। उसमें 71 संशोधन हो गये थे। उस प्रोजेक्ट के प्रमुख सुभाष काश्यप थे। एम.सी. शाह उनके सहयोगी थे। उसी प्रोजेक्ट ने एक राष्ट्रीय सेमिनार किया, जिसमें 15 संस्थाएँ सम्मिलित हुईं। वे सभी अपने क्षेत्रों की मानी-जानी संस्थाएँ थीं। सेमिनार ने सिफारिश की कि संविधान की सम्पूर्णता में समीक्षा होनी चाहिए। सेमिनार में पढ़े गये पर्चों से 'पर्सपेक्टिव्स ऑन दि कास्टीट्यूशन' नामक एक पुस्तक बनी। जिसे डॉ. सुभाष काश्यप ने संपादित किया। उसमें डॉ. कर्ण सिंह की अध्यक्षता में बनी रिपोर्ट भी सम्मिलित की गयी। उस साल से संविधान पर राष्ट्रीय विमर्श में अनेक आयाम जुड़ते चले गये, इसकी एक झलक इस तथ्य से भी मिलती है कि अखिल भारतीय अधिवक्ता परिषद् के उद्घाटन के अवसर पर विचारक दत्तोपंत ठेंगडी ने 7 सितंबर, 1992 को एक व्याख्यान देते हुए कहा, "हम निष्कर्ष निकाल सकते हैं कि अपनी राष्ट्रीय चेतना को ध्यान में रखते हुए और दुनिया की आधुनिक प्रवृत्तियों को देखते हुए अधिक विलंब न करके एक नये संविधान की रचना तुरंत की जानी चाहिए।'' संविधान विशेषज्ञ डॉ. कोटेश्वर राव की एक विस्तृत टिप्पणी के हवाले से उन्होंने यह सुझाव दिया था। उन्होंने इन पर भी अपने विचार दिये कि संविधान सभा कैसी हो? किन

व्यक्तियों को सदस्य होना चाहिए? जिस प्रकार पाँचवें दशक में जे.पी. का लेख एक शोध प्रबंध बन गया था, उसी तरह दत्तोपंत ठेंगड़ी का वह व्याख्यान भी स्थायी महत्त्व का है।[7]

ठेंगड़ी के व्याख्यान के बाद रामबहादुर राय का ध्यान अटल बिहारी वाजपेयी द्वारा 1997 में 'गोलवलकर स्मारक व्याख्यानमाला' के मंच पर दिये गये व्याख्यान पर जाता है। जिसका विषय था, 'संसदीय लोकतंत्र अनुभवों के प्रकाश में संविधान का पुनरावलोकन जरूरी'। भारतीय जनता पार्टी ने उस व्याख्यान की एक पुस्तिका बनायी। उनके व्याख्यान में एक दृष्टिकोण है। उसमें तथ्य हैं। सबसे बड़ी बात यह है कि उसे पढ़ते हुए संविधान को जानने की रुचि पैदा होती है। एक संदेश भी उसमें है, अपने संविधान को जानो और जरूरी सुधार करो। उस व्याख्यान में संविधान के बारे में एक दृष्टिकोण का प्रतिपादन भी है। इसका उपशीर्षक है, 'संविधान : एक नयी नजर'। उसमें श्री वाजपेयी कहते हैं, "प्रायः इस सवाल पर आम राय है कि हमें 50 वर्षों के अनुभवों के प्रकाश में संसदीय प्रणाली पर और अपने संविधान पर एक नयी नजर डालनी चाहिए। अपनी प्रणाली की कीर्ति गाथा गाते हुए हम नहीं थकते। कभी-कभी उसकी निंदा का भी अतिरेक हो जाता है। आवश्यकता है एक संतुलित दृष्टिकोण अपनाने की और वर्तमान प्रणाली की कमियों और खामियों को सही रूप में पहचानने की और संकल्पपूर्वक उन्हें दूर करने की। यह सुझाव दिया जा चुका है, लेकिन मैं उसको दोहराना चाहूँगा कि एक बहुसदस्यीय संविधान समीक्षक समिति या आयोग बने, जिसमें प्रमुख विशेषज्ञ और सार्वजनिक व्यक्ति हों, जो संविधान के संशोधन के प्रश्न पर गहराई से विचार कर उसे अधिक अर्थपूर्ण बनाने के सुझाव दे सकें। कांग्रेस के नेता वसंत साठे ने संविधान पर पुनः एक बहस छेड़ी। क्या संविधान की समीक्षा होनी चाहिए? अखबारों में इस विषय पर अनेक लेख छपे। राँची स्थित वरिष्ठ पत्रकार बलबीर दत्त ने 1998 में 'संविधान का पुनरीक्षण करें, अपना पुनरीक्षण भी करें' शीर्षक से एक लेखमाला लिखी। वह 'प्रभात खबर' में क्रमशः छपी।

रामबहादुर राय लिखते हैं, दो साल बाद प्रज्ञा संस्थान के मंच से संविधान को जानने-समझने का एक क्रम शुरू हुआ। उन दिनों सी.के. जैन संस्थान के अध्यक्ष थे। लोकसभा के प्रधान महासचिव पद से अवकाश प्राप्त

थे। दूसरे शब्दों में संविधान के वे मर्मज्ञ थे। पं. नेहरू से पी.वी. नरसिंहराव तक के प्रधानमंत्रियों को संविधान की दृष्टि से देखने का उन्हें लंबा अनुभव था। छोटी-बड़ी गोष्ठियों में वे उपस्थित रहते थे। उनकी उपस्थिति एक आश्वासन होती थी कि अपनी बारी में वे वक्ताओं को भी नयी समझ दे सकेंगे। ऐसा होता भी था। वह क्रम चलता रहा। रामबहादुर राय याद करते हैं कि छत्तीसगढ़ के अंबिकापुर में बजरंगलाल अग्रवाल भी संविधान को समझने और उसे समाज की आवश्यकताओं के अनुरूप बदलने का बौद्धिक अभियान चला रहे हैं। पुराने मध्यप्रदेश के सरगुजा जिले के अंतर्गत रामानुजगंज में संविधान पर वर्षों से विमर्श चल रहा है, जिसमें सुभाष काश्यप जैसे संविधान विशेषज्ञ भी सहभागी रह चुके हैं। यह जानकारी तो आम है कि संविधान सभा के दिनों में अनेक वैकल्पिक संविधान बनाये गये थे। उनमें से एक की याद आज भी बनी हुई है।

रामबहादुर राय स्मरण दिलाते हैं कि निजी और सामूहिक स्तर पर अपनी-अपनी सोच से वैकल्पिक संविधान बनाने का सिलसिला थमा नहीं है, वह अब भी बना हुआ है। पुस्तक में रामबहादुर राय ने ऐसे संविधानों का वर्णन किया है। इनमें पहला है 'भारत का संविधान' जिसे ज्ञान यज्ञ आश्रम ने 1987 में बनाया। इसमें भी 395 अनुच्छेद हैं। दूसरा है- स्वामी मुक्तानंद सरस्वती का 'अभारतीय इंडियन संविधान' जिसे 2005 में प्रकाशित कर वितरित किया गया था। तीसरा है, 'नये भारत के निर्माण का नक्शा'। इसे 2015 में छपवाया गया था। चौथा है, 'प्रयाग घोषणा-पत्र'। इसे अधिवक्ता परिषद ने 2000 में छपवाया था। पाँचवाँ है, 'जीवन विद्या आधारित संविधान'। छठा है, 'भारत के नये संविधान का प्रारूप'। इसे मध्य प्रदेश की अखिल भारतीय विद्यार्थी परिषद ने स्वर्ण जयंती पर हिंदी-अंग्रेजी में छापा। गांधीजन की संस्था 'सर्वसेवा संघ' ने भी संविधान संबंधी एक प्रस्ताव पारित किया, जो इस प्रकार है, "नवंबर, 1999 के अंत में इंदौर में संपन्न हुए सर्वसेवा संघ के अधिवेशन ने एक कदम और तय किया है। भारतीय संविधान के पचास साल पूरे होने पर भी उसमें उल्लिखित नीति निर्देशक तत्त्व केवल कागज पर ही रह गये हैं। इस लंबे अरसे में सरकारों द्वारा नीति निर्देशक तत्त्वों के पालन की बात तो दूर रही, कई बातों में सरकारें उल्टी दिशा में गयी हैं। जैसे मादक पदार्थों का निराकरण, गोवंश-रक्षा, पर्यावरण की सुरक्षा, सभी को आजीविका हेतु उपयुक्त साधन एवं संपत्ति का विकेंद्रीकरण,

काम का अधिकार, ग्राम पंचायतों को स्वशासन का अधिकार तथा दस साल के भीतर सभी बालक-बालिकाओं की शिक्षा आदि। देश की जनता को इस असलियत को गंभीरता से लेना होगा। इस परिस्थिति में नीति-निर्देशक तत्त्वों को बुनियादी अधिकारों में शामिल करना जरूरी हो गया है। संविधान परिवर्तन की बात कई क्षेत्रों से आ रही है। यह परिवर्तन सांप्रदायिक तथा तानाशाही शक्तियों का शिकंजा न बन जाय, इसकी सावधानी बरतनी होगी। इस मौजूदा हालात के लिए सरकारों के साथ-साथ जनता तथा हम समाज सेवकों की भी कुछ भूलें हो सकती हैं। अतः नीति निर्देशक तत्त्वों को अमल में लाने के लिए सरकार, जनता तथा हम सबको संकल्पबद्ध होना पड़ेगा।"[8]

रामबहादुर राय इसे विशेष रूप से रेखांकित करते हैं कि प्रधानमंत्री अटल बिहारी वाजपेयी ने अपना व्याख्यान याद रखा। तीसरी बार प्रधानमंत्री बनने के बाद संविधान समीक्षा के लिए उन्होंने एक आयोग बनवाया। 13वीं लोकसभा के गठन के पश्चात संसद के संयुक्त अधिवेशन में राष्ट्रपति के अभिभाषण में संविधान की समीक्षा कराने का उल्लेख था, जिसे कार्यरूप दिया गया। सुप्रीम कोर्ट के पूर्व मुख्य न्यायाधीश एम.एन. वेंकटचेलैया की अध्यक्षता में दस सदस्यीय आयोग 23 फरवरी, 2000 को बना। उसे एक साल का कार्यकाल मिला। उस आयोग ने 11 मार्च, 2002 को अपनी रिपोर्ट बना ली। जिसे 31 मार्च, 2002 को आयोग के अध्यक्ष ने प्रधानमंत्री अटल बिहारी वाजपेयी को सौंप दी। उसे सम्मिलित करके डॉ. सुभाष काश्यप ने 'कांस्टीट्यूशन मेकिंग सिंस 1950' पुस्तक बना दी है। इसमें वेंकटचेलैया आयोग की पूरी रिपोर्ट भी है। रामबहादुर राय की दृष्टि में यह संविधान का अधिकृत पुनर्पाठ है। इसे भी संविधान पर सोच-विचार का अंग मानना चाहिए। रामबहादुर राय इस प्रश्न से भी जूझते हैं कि संविधान को अधिक लोकोपयोगी बनाने की जैसे ही चर्चा छिड़ती है, वैसे ही बहस की एक उल्टी गंगा बहाने का आसुरी प्रयास क्यों प्रारंभ हो जाता है? रामबहादुर राय कहते हैं- इसका उत्तर सरल है। सिर्फ जरूरत यह जानने की है कि वाजपेयी शासन ने जैसे ही आयोग को गठित किया, वैसे ही देशभर में बहस की बजाय कोहराम मच गया। कारण कि एक समूह संविधान की समीक्षा में बड़ी साजिश से आशंकित था। उसके अकारण संदेह को दूर करने के लिए भारत सरकार ने आयोग के एजेंडे में थोड़ा परिवर्तन भी कराया। संविधान संबंधी कुछ

धारणाएँ बनी हुई हैं। पहली यह है कि संविधान में किसी भी प्रकार का परिवर्तन न हो। दूसरी यह कि संविधान का परिष्कार जरूरी है। तीसरी यह कि संविधान का निरंतर विकास होना चाहिए। चौथी यह कि संविधान पर जो औपनिवेशिक छाया है, वह दूर हो। पाँचवीं यह कि संविधान के मूल तत्त्व की रक्षा करते हुए उसमें निरंतर सुधार का क्रम जारी रहना चाहिए।[9]

राय साहब के अनुसार संविधान समीक्षा आयोग के गठन पर सबसे ज्यादा हाय-तौबा कांग्रेस और कम्युनिस्टों ने मचायी। संविधान पर बहस जो छिड़ी, उसमें त्रैमासिक पत्रिका 'मंथन' ने भी हिस्सा लिया। उसका एक अंक (जनवरी-मार्च, 2002) निकला, जिसमें संविधान समीक्षा आयोग की रिपोर्ट पर राष्ट्रीय विमर्श की आवश्यकता प्रतिपादित की गयी थी। संविधान पर परिसंवाद की एक महत्त्वपूर्ण पहल विशुद्ध रूप से एक अराजनीतिक संस्था दिव्य प्रेम सेवा मिशन ने किया। अवसर था हरिद्वार के महाकुंभ का। 2010 के महाकुंभ में दिव्य प्रेम सेवा मिशन ने 4 अप्रैल को एक कुंभ-मंथन रखा। उसका विषय था 'व्यवस्था परिवर्तन के संदर्भ में संविधान'। इसमें प्रो. देवेंद्र स्वरूप, सुभाष काश्यप, जवाहरलाल कौल, हरवंश कपूर, मनोज अग्रवाल और रामबहादुर राय ने भाग लिया था। उसके उपरांत प्रो. देवेंद्र स्वरूप के व्याख्यानों से रामबहादुर राय को संविधान पर अध्ययन में सहायता मिली। उनके व्याख्यानों से एक पुस्तक छपकर 2016 में आयी। उन्होंने ही इसका शीर्षक दिया, 'यह संविधान हमारा या अंग्रेजों का'।

रामबहादुर राय याद करते हैं, "प्रो. देवेंद्र स्वरूप के व्याख्यान में डॉ. सुभाष काश्यप भी उपस्थित रहते थे। उन्होंने अनेक बार इस बात पर अफसोस जताया कि भारत में साक्षरता तो बढ़ी है, लेकिन संविधान का साक्षर खोजना मुश्किल है। तब मुझे यह ख्याल में आया कि एक अभियान चलना चाहिए। जो नागरिकों को संविधान से परिचित कराये। इसे एक संयोग ही कहेंगे कि उन्हीं दिनों दिल्ली विश्वविद्यालय के सत्यवती कॉलेज (सांध्य) ने 13वें वार्षिक सत्यवती स्मृति व्याख्यान' के लिए मुझे बुलाया। मेरे सुझाव पर व्याख्यान का विषय था- 'संविधान को जानें'। 18 अप्रैल, 2015 को वह व्याख्यान हुआ। कॉलेज ने उसे एक पुस्तिका के रूप में छपवाया। संविधान को क्यों जानें? इस प्रश्न के अनेक पहलू हैं। प्रश्न इसलिए भी पूछे जाते हैं कि जो पूर्वधारणा होती

है, उसे नकारना होता है। प्रश्न से ही जिज्ञासा भी पैदा होती है। प्रश्न नयी जानकारी से भी उठते हैं। अगर जिज्ञासा बनी रहे तो खोज के लिए भी प्रश्न सहायक बनते हैं। ऐसा ही कभी एक समय रहा होगा, जिसमें उपनिषदों की शृंखला में प्रश्नोपनिषद्' अस्तित्व में आया। इससे अपनी परंपरा का भी बोध होता है। संविधान को जानना आधुनिक भारत में नये 'प्रश्नोपनिषद्' की रचना करने जैसा एक बौद्धिक प्रयास है। जिन्हें भी राज्य व्यवस्था को 'रामराज्य' की राह पर ले जाने में रुचि है और थोड़ा संकल्प भी है, उन्हें संविधान को नहीं, संविधान के इतिहास को पहले जानना चाहिए। बिना इतिहास के भविष्य को सुधारने की मंशा वैसी ही होगी जैसे मानो अँधेरे में तीर चलाने का कार्य हो और ऐसा करने वाला इस भ्रम में रहे कि निशाना तो ठीक ही जगह पर लगेगा। प्रश्नोपनिषद् की पगडंडी पर चलकर जो कुछ समझा, उसे एक लेख में लिखा। जिसे डॉ. महेश चंद्र शर्मा ने 'मंथन' के विशेष अंक में 'भारत का संविधानः अंतर्कथा' शीर्षक से छापा। फिर 'मंथन' के उन दो अंकों के लेखों से उन्होंने 2019 में एक पुस्तक 'हमारा संविधान : एक पुनरावलोकन' बनायी।

रामबहादुर राय का लेख हिंदुस्थान समाचार वार्षिकी में भी छपा। उससे ही यह विचार उनमें पैदा हुआ कि क्यों न संविधान को केंद्र में रखकर आधुनिक भारत के इतिहास को पढ़ें और उसे शब्दबद्ध करें। एक सिलसिला शुरू हो गया। 'यथावत' के 1-15 दिसंबर, 2018 के अंक में पहला लेख छपा। वह क्रम चलता रहा। राय साहब याद करते हैं कि उस कड़ी का 20वाँ लेख 1-15 अक्तूबर, 2019 के अंक में छपा। बाईपास सर्जरी के कारण एक व्यवधान आया। उसे पुनः शुरू करने की वे सोच ही रहे थे कि कोरोना महामारी के कारण लॉक डाउन की घोषणा प्रधानमंत्री नरेंद्र मोदी ने की। इससे पुनः संविधान पर राय साहब का लिखना-पढ़ना शुरू हुआ। दूसरी कड़ी का पहला लेख है- उद्देशिका की कहानी। इस कड़ी में 'यथावत' के 21 अंकों में छोटे-बड़े लेख निरंतरता में छपे। रामबहादुर राय लिखते हैं कि कोरोना का विषाद न होता तो संविधान के इतिहास से संबंधित पुस्तकों को पढ़ने और उसके आधार पर लिखने का वैसा अवसर मिलना संभव नहीं होता जो मिला। अवसर मिला और उसी का परिणाम है 'भारतीय संविधानः अनकही कहानी'। यह पुस्तक प्रामाणिक और अपरंपरागत तथ्यों से पाठक को अवगत कराने का प्रयास करती है कि

संविधान कैसे और किन अवस्थाओं में बन पाया। हर अध्याय के अंत में संदर्भ से इसकी प्रामाणिकता मुखरित होती है। यह पुस्तक बताती है कि संविधान की इतिहास यात्रा से कम से कम तीन बातें बहुत स्पष्ट हैं- स्वाधीनता संग्राम का लक्ष्य स्वराज्य था। संविधान साधन था लेकिन इतिहास का चक्र ऐसा घूमा कि साधन लक्ष्य बन गया और लक्ष्य उसका अनुसरण करता रहा। 1934 से 1947 का संवैधानिक इतिहास जो पहली बात बताता है, वह यही है। दूसरा तथ्य कि भारत का विभाजन न होता, अगर कांग्रेस ने 1937 में दलीय स्वार्थ का त्याग किया होता। तीसरी बात कि महात्मा गांधी ने समय को समझा और जो संभव था, उसके लिए अपना जीवन लगा दिया। साधन के रूप में संविधान को उन्होंने जितना संभव था, उतना समर्थ बनवाया।

'भारतीय संविधानः अनकही कहानी' पुस्तक 51 अध्यायों में विभक्त है। वे अध्याय हैं- विलक्षण प्रहर, संविधान सभा का पहला दिन, एक रहस्योद्घाटन, था वह ऐतिहासिक क्षण, चेतावनी, जो सही निकली, डॉ. अंबेडकर की मार्मिक अपील!, हमने एक मंजिल तय कर ली, नयी राह पर जयपाल सिंह, पहले चरण के अंतिम भाषण, आधुनिक जीवन का आधार राष्ट्रीयता!, मुसलिम लीग की प्रेत बाधा, संशोधन प्रस्ताव वापस, बदलाव का हर पीढ़ी को अधिकार, संविधानवाद की भूल-भुलैया, भारत विभाजन की नींव, अपने दर्पण में नेहरू, विश्व युद्ध का हस्तक्षेप, ऐतिहासिक अवसर गँवाया, नेताजी की वह पहल, मील का पत्थर 1934, महात्मा गांधी : दो बड़े प्रश्न, उद्देशिका कैसे बनी, मुसलिम लीग की पैंतरेबाजी, जिन्ना को चर्चिल की शह, कैबिनेट मिशन योजना का जाल, कैसे बची संविधान सभा, संविधान सभाः गांधी को नेहरू का उपहार, संसदीय राजनीति की डगर, संविधान का अज्ञातकाल, महात्मा गांधी, क्रिप्स और मेनन, संक्रमण काल, खबर थी सच-लॉर्ड माउंटबेटन आये, सत्ता का हस्तांतरण कहाँ हुआ!, संविधान सभा की बेताल पचीसी, सत्ता के लिए भारत विभाजन, सांप्रदायिकता का पाठ-शोधन, मसौदे से गाँव गायब, अंबेडकर से संविधान सभा चकित, पूर्णाहुति पर असंतोष के उद्गार, संतुष्ट तो कोई नहीं था, उम्मीद ज्यादा थी, आपत्तियाँ अनेक थीं, मिश्रित भाव, संविधान के मौलिक दोष, जनता का संविधान, भारत-राष्ट्र बनाने की आवश्यकता, मुझे भी खेद है : डॉ. राजेंद्र प्रसाद, देश की बहस, 'संविधान के प्रधान निर्माता' बेनेगल नरसिंह राव, सरदार

पटेल में गांधी दिखे, 'राजद्रोह' की वापसी।

रामबहादुर राय के अनुसार संविधान को दो पद्धतियों से ही देखने के प्रयास होते रहे हैं। एक पद्धति नकारने की है तो दूसरी संविधान को जस का तस स्वीकारने की रही है। तीसरी पद्धति संविधान को स्वाधीनता संग्राम के इतिहास के आईने में देखने-परखने की हो सकती है। इस तीसरी पद्धति को अंगीकार करने का मूल्यवान कार्य रामबहादुर राय ने अपनी पुस्तक 'भारतीय संविधानः अनकही कहानी' में किया है। पुस्तक पढ़ने के बाद कई बनी-बनायी धारणाएँ टूटती हैं। एक धारणा यह रही है कि महात्मा गांधी संविधान निर्माण से दूर रहे जबकि यह पुस्तक बताती है कि संविधान की अवधारणा का जो विकास हुआ, उसके राजनीतिक नायक महात्मा गांधी हैं। वे संविधान सभा के गठन, उसे विघटित होने से बचाने और सत्ता हस्तांतरण की हर प्रक्रिया में अत्यंत सतर्क हैं। महात्मा गांधी ने साधन के रूप में संविधान को जितना संभव था, उतना समर्थ बनवाया। गांधीजी ने बाबा साहेब डॉ. भीमराव अंबेडकर का संविधान सभा में पुनः प्रवेश संभव कराया। सरदार वल्लभ भाई पटेल ने डॉ. अंबेडकर को प्रारूप समिति में रखवाया और उसका अध्यक्ष बनवाया। सरदार पटेल ने मुस्लिम सदस्यों को सहमत कराकर पृथक निर्वाचन प्रणाली को समाप्त कराया, जिससे संविधान सांप्रदायिकता से मुक्त हो सका। डॉ. भीमराव अंबेडकर ने उद्देशिका में बंधुता का समावेश कराया। रामबहादुर राय ने पुस्तक में लोकमान्य बालगंगाधर तिलक, एनी बेसेंट, देशबंधु चित्तरंजन दास, डॉ. मुख्तार अंसारी, डॉ. भगवान दास, मोतीलाल नेहरू, जवाहरलाल नेहरू, पुरुषोत्तम दास टंडन, के. एम. मुंशी आदि के संविधान संबंधी कार्यों को भी चिह्नित किया है। पुस्तक बताती है कि संविधान निर्माण में बेनेगल नरसिंहराव नींव के पत्थर हैं और संविधान को स्वरूप देने का नियतिपूर्ण दायित्व डॉ. भीमराव अंबेडकर के पास स्वयं चलकर आया। उन्होंने संविधान निर्माण में अपना खून-पसीना एक कर सामाजिक सुधार का संवैधानिक दीपक जला दिया, जो झिलमिल-झिलमिल आज भी जल रहा है।

रामबहादुर राय की यह पुस्तक भारतीय संविधान के ऐतिहासिक सच, तथ्य, कथ्य और यथार्थ का सजीव चित्रण करती है। संविधान की कल्पना, अवधारणा और उसका उलझा इतिहास इसमें समाहित है। घटनाएँ इतिहास नहीं

होतीं, उसके नायक इतिहास बनाते हैं। 1920 से महात्मा गांधी ने स्वाधीनता आंदोलन की मुख्यधारा का नेतृत्व किया। उन्होंने ही स्वराज्य को पुनर्परिभाषित किया। फिर संविधान की कल्पना को शब्दों में उतारा। उन्होंने हर मोड़ पर कांग्रेस को बौद्धिक, विधिक, राजनीतिक और नैतिक मार्गदर्शन दिया। संविधान के इतिहास से पता नहीं क्यों, इसे ओझल किया गया है। ग्रेनविल ऑस्टिन ने जो स्थापना दी, उसके विपरीत इस पुस्तक में महात्मा गांधी की नेतृत्वकारी भूमिका का प्रामाणिक विवरण है। रामबहादुर राय के अनुसार पंडित नेहरू बड़बोले नेता थे। खंडित चित्त से उनका व्यक्तित्व विरोधाभासी था। संविधान के इतिहास में वह दिखता है। इस पुस्तक में उसके तथ्य हैं कि कैसे उन्हें अपने कहे से बार-बार अनेक कदम पीछे हटाना पड़ा जब 1945 से 1947 के दौरान ब्रिटिश सरकार से समझौते हो रहे थे। इतिहास में एक पन्ना 'राजद्रोह धाराओं की वापसी' का भी है, जिसे राय साहब असंवैधानिक संविधान संशोधन कहते हैं। पंडित नेहरू ने यह कराया। यह अनकही कहानी भी रामबहादुर राय की इस पुस्तक में आयी है। रामबहादुर राय ने इस अनकही कहानी का वर्णन 'राजद्रोह की वापसी' शीर्षक अध्याय में विस्तार से किया है और बताया है कि 1951 में प्रधानमंत्री जवाहरलाल नेहरू ने संविधान में संशोधन कर मौलिक अधिकारों को किस तरह सीमित किया, अभिव्यक्ति की आजादी पर अंकुश लगाया और प्रेस की स्वतंत्रता को आहत किया। राय साहब लिखते हैं, "प्रधानमंत्री जवाहरलाल नेहरू ने लोकसभा में अपने भाषण से बताने और समझाने की कोशिश की कि संशोधन क्यों जरूरी है? मूल संविधान में वह पहला संशोधन था। दूसरे शब्दों में वह संविधान के पुनर्लेखन का प्रस्ताव था। कांग्रेस के एक राजनीतिक सम्मेलन में प्रधानमंत्री जवाहरलाल नेहरू ने प्रतिनिधियों से कहा था कि भारत के संविधान पर हम गर्व कर सकते हैं। उत्तर प्रदेश के फर्रुखाबाद में वह सम्मेलन 10 दिसंबर, 1949 को हुआ था। जहाँ 70 हजार से ज्यादा कांग्रेस के प्रतिनिधि एकत्र हुए थे। अचानक क्या हो गया कि उस संविधान को बदलने पर जवाहरलाल नेहरू अमादा हो गये। दो बड़े कारण बताये जा सकते हैं–पहला कि सरदार पटेल का निधन हो गया था। डॉ. श्यामा प्रसाद मुखर्जी और के.सी. नियोगी ने नेहरू-लियाकत समझौते के विरोध में मंत्रिमंडल से त्याग-पत्र दे दिया था। अर्थशास्त्री डॉ. मथाई आर्थिक नीतियों पर नेहरू से मतभेद के कारण

मंत्रिमंडल से इस्तीफा देकर सरकार से बाहर आ गये थे। इन घटनाओं से जवाहरलाल नेहरू सरकार और कांग्रेस में निरकुंश हो गये थे। दूसरा कि कांग्रेस में कोई ऐसा नहीं था, जो उन्हें पुनर्विचार के लिए सलाह देता और संविधान में परिवर्तन से विमुख करता।"[10]

दूसरी तरफ संविधान से प्राप्त मौलिक अधिकारों को लोग न्यायपालिका से अर्जित करने लगे थे। ब्रिटिश शासन के काले कानूनों को अदालतों में एक के बाद दूसरी और निरंतर चुनौतियाँ मिलने लगी थीं। संविधान के मौलिक अधिकारों में अनुच्छेद 15 नागरिक को समता का अधिकार देता है। धर्म, मूल, वंश, जाति आदि के आधार पर कोई भेदभाव नहीं किया जा सकता है। राय साहब लिखते हैं, "संविधान के लागू होते ही लोगों ने अपने अधिकारों के लिए ज्यादातर राज्यों में न्यायपालिका की शरण ली। नागरिक स्वतंत्रता और मौलिक अधिकार की राह संविधान से उनके लिए खुल गयी थी। मुकदमे पर मुकदमे दायर किये जाने लगे। 15 महीनों में बिहार, दिल्ली, उत्तर प्रदेश, मध्य प्रदेश, (जो उस समय सेंट्रल प्रोविंस और बरार कहलाता था), बंबई, मद्रास आदि में जहाँ-जहाँ लोगों ने अपने अधिकार के लिए रोड़ा बने कानूनों को चुनौती दी, वहाँ-वहाँ फैसला सरकार के खिलाफ गया और नागरिकों के हित में निर्णय आये। इन फैसलों से प्रधानमंत्री जवाहरलाल नेहरू की चुनावी राजनीति में पलीता लगने लगा। पहले उन्होंने मुख्यमंत्रियों को पत्र लिखे, उनसे बातें कीं। पश्चिम बंगाल के मुख्यमंत्री डॉ. विधान चंद्र राय को लिखे पत्रों में वे अपना मन खोलते हुए दिखते हैं। कुछ बातें उन्होंने कबूल कीं, जिसमें यह भी था कि संविधान अगर कांग्रेस की नीतियों के विपरीत जाता है तो उसे बदलकर अनुकूल बनाना है। उनके पत्रों में इस तरह के संकेत हैं। विचित्र बात है कि जिस संविधान को बड़े धूमधाम से कांग्रेस के नेताओं ने महान उपलब्धि बतायी थी, उसे वे अपनी सत्ता-राजनीति के रास्ते में बाधा समझने लगे। नेहरू ने एक फॉर्मूला खोजा। अपने चेहरे से उदार और लोकतांत्रिक मुखौटे को उतार फेंका। न्यायिक हस्तक्षेप को असंभव बनाने के लिए संविधान संशोधन को रामबाण की तरह देखा और हर संवैधानिक मर्यादा से बेपरवाह होकर अपने एजेंडे को मनवाया।"[11]

राय साहब के अनुसार संविधान संशोधन का प्रस्ताव लाकर अभिव्यक्ति की स्वतंत्रता को प्रतिबंधित करने के लिए अंग्रेजी जमाने के प्रावधान और

शब्दजाल को पुनः स्थापित किया गया, जैसे जनहित, राज्य की सुरक्षा और विदेशों से संबंध बिगड़ने जैसे अपरिभाषित शाब्दिक बहाने खोज निकाले गये। मूल संविधान नागरिक को मौलिक अधिकारों से संपन्न बनाता था। मूल संविधान में अभिव्यक्ति की स्वतंत्रता की सीमा निर्धारित की गयी थी। अभिव्यक्ति की स्वतंत्रता में किसी प्रकार अदालत की मानहानि, झूठे आरोप, किसी का अपमान और किसी को बदनाम करने जैसे कार्यों का निषेध था। नये परिवर्तन में ऐसे तीन आधार जोड़े गये, जो कभी परिभाषित नहीं किये जा सकते। राज्यतंत्र की मर्जी से वे प्रयोग किये जायेंगे। इससे सरकार को मनमानी करने की पूरी आजादी मिल गयी। इसी तरह आरक्षण के बारे में निर्णय करने का अधिकार संसद को प्राप्त हुआ। राय साहब लिखते हैं कि नेहरू के इस कदम का देशभर में विरोध शुरू हुआ। अखबारों ने संशोधन को अनुचित और अलोकतांत्रिक माना। नागपुर बार एसोसिएशन ने निंदा की। प्रेस, बौद्धिक जगत, व्यापारी, संविधानवेत्ता और वकीलों ने संशोधन के विरोध में शंखनाद किया। इनका विरोध अत्यंत मुखर था, जिससे पं. नेहरू के चेहरे पर चिंता की रेखाएँ उभरीं। संसद में विपक्ष सजग और समर्थ था, हालाँकि संख्या बल में कम था। संसदीय लोकतंत्र में संख्या बल ही काम करता है। विपक्ष ने मोर्चा संभाला। डॉ. श्यामा प्रसाद मुखर्जी, आचार्य जे.बी. कृपलानी, एच.वी. कामथ, नजरुद्दीन अहमद और पं. हृदयनाथ कुंजुरू के प्रश्नों का पं. नेहरू के पास कोई उत्तर नहीं था।[12]

रामबहादुर राय लिखते हैं कि उस समय सबसे बड़ा प्रश्न था कि 15 माह में ही संविधान को संशोधित करना क्या उचित है? संविधान को लागू हुए ज्यादा दिन नहीं बीते थे। लोकसभा भी अस्थायी थी। पहला आम चुनाव सन्निकट था। संविधान के भाग 20 में अनुच्छेद 368 है, जो संविधान संशोधन की प्रक्रिया का निर्धारण करता है। उस संशोधन ने एक गंभीर संवैधानिक प्रश्न खड़ा कर दिया। वह यह कि क्या अस्थायी लोकसभा को संविधान में संशोधन करने का अधिकार है? यह प्रश्न इसलिए महत्त्वपूर्ण था, क्योंकि संसद एक सदनी थी। राज्यसभा गठित नहीं हुई थी, जबकि संविधान संशोधन को दोनों सदनों से पारित होना चाहिए। क्या जवाहरलाल नेहरू इससे अनभिज्ञ थे? ऐसा मानने का कोई कारण नहीं है।[13]

संविधान संशोधन पर विचार के लिए एक प्रवर समिति बनायी गयी।

उसे सौंप दिया गया। हालांकि प्रवर समिति में कांग्रेस का बहमत था। उस समिति के अध्यक्ष स्वयं जवाहरलाल नेहरू थे। राय साहब के अनुसार संशोधन के खिलाफ जो प्रबल जनमत पैदा हुआ, उससे कांग्रेस के सांसद अप्रभावित नहीं रह सके। प्रवर समिति के कांग्रेसी सदस्यों पर भी मानसिक दबाव आया। प्रवर समिति को नया ड्राफ्ट बनाना पड़ा। प्रवर समिति की रिपोर्ट 25 मई को तैयार हुई, जो 18 पेज की थी, जिसमें 16 पेज विरोध में थे। शेष दो पेज में प्रवर समिति की रिपोर्ट सरकार के अनुकूल थी। प्रवर समिति में विपक्ष के पाँच सदस्य थे, जिनका नेतृत्व डॉ. श्यामा प्रसाद मुखर्जी और हृदयनाथ कंजरू कर रहे थे। इनका स्पष्ट मत था कि इतनी जल्दबाजी में संविधान संशोधन की कोई आवश्यकता नहीं है।[14]

राय साहब लिखते हैं कि अस्थायी लोकसभा में प्रधानमंत्री ने प्रवर समिति की रिपोर्ट प्रस्तुत की। यह 29 मई, 1951 की बात है। उस दिन प्रधानमंत्री जवाहरलाल नेहरू संविधान संशोधन के पक्ष में 70 मिनट बोले। वह संविधान संशोधन पारित हो गया। उसकी सर्वत्र निंदा होने लगी। राष्ट्रपति डॉ. राजेंद्र प्रसाद ऊहापोह में पड़ गये। उनके सामने विकट प्रश्न थे। वे संवैधानिक थे। दो बड़े प्रश्न थे—पहला कि क्या अस्थायी लोकसभा को संविधान संशोधन का अधिकार है? दूसरा प्रश्न था कि संविधान के अनुच्छेद 368 में संविधान संशोधन की जो प्रक्रिया है, उसका उल्लंघन किया जा सकता है? उस प्रक्रिया में दोनों सदनों के दो-तिहाई बहुमत से संशोधन हो सकता है। उस समय राज्यसभा गठित नहीं थी। संविधान सभा विसर्जित हो गयी थी। वही अस्थायी लोकसभा के रूप में काम कर रही थी। उसमें ही अध्यक्ष ने संविधान संशोधन पर 31 मई, 1951 को मत विभाजन कराया। 246 सदस्यों ने समर्थन में वोट डाला और 14 विरोध में थे। डॉ. राजेंद्र प्रसाद ने संविधानविद् अलादि कृष्णास्वामी अय्यर से सलाह माँगी। वे संविधान सभा के भी सदस्य थे। उनकी सलाह पर डॉ. राजेंद्र प्रसाद ने हस्ताक्षर कर दिये, जिससे 18 जून, 1951 को संविधान संशोधन लागू हो गया, जिससे प्रधानमंत्री जवाहरलाल नेहरू का तानाशाही चेहरा उजागर हुआ। देश ने देखा और अपना माथा पीट लिया। संविधान में एक काला अध्याय जुड़ गया। जिन अधिकारों को जवाहरलाल नेहरू ने छीना, उन्हें कभी वापस लौटाया नहीं गया। संविधान के ये अनुच्छेद तब

संशोधित किये गये - 15, 19, 85, 87, 174, 176, 341, 342, 376, अंतः स्थापित अनुच्छेद-31 (क), 31 (ख) और नौवीं अनुसूची संविधान में जोड़ी गयी। अनुच्छेद 19 में संशोधन कर 'युक्तियुक्त' परंतुक जो जोड़ा गया, उससे राजद्रोह की धारा वापस आ गयी, जो भारतीय दंड संहिता की धारा-124 और 153 ए है। आखिरकार पं. जवाहरलाल नेहरू लोकतंत्र पर प्रतिबंध को प्रारंभ करने में सफल हो गये। उन्होंने एक नयी प्रथा शुरू की। संसद से सुप्रीम कोर्ट के निर्णयों को पलटने के लिए भी वह संविधान संशोधन था। जिसे सुप्रीम कोर्ट ने अवैध घोषित किया था, उसे पं. नेहरू ने संसद से पारित कराकर बहाल कराया। इससे संविधान के मूल ढाँचे में परिवर्तन आ गया। संविधान संशोधन के तुरंत बाद सरकार ने प्रेस को नियंत्रित करने के लिए एक कानून बनाया। जवाहरलाल नेहरू ने संविधान में जो नौवीं अनुसूची जुड़वायी, वह ऐसी अनुसूची है, जो भारत सरकार को हर तरह के असंवैधानिक निर्णय का अधिकार देती है। जब संविधान संशोधन को सुप्रीम कोर्ट में चुनौती दी गयी तो सुप्रीम कोर्ट का फैसला संशोधन के पक्ष में आया। यह 5 अक्टूबर, 1951 की बात है। इस तरह सुप्रीम कोर्ट ने संविधान संशोधन को वैध ठहराया। जवाहरलाल नेहरू यही तो चाहते थे।[15]

यह प्रसंग भी पुस्तक में आया है कि डॉ. राजेंद्र प्रसाद ने संविधान सभा का भरोसा उन झंझावातों में भी विचलित होने नहीं दिया।

## संदर्भ

1. राय, रामबहादुर. (2022). भारतीय संविधान : अनकही कहानी. नयी दिल्ली : प्रभात प्रकाशन. पृष्ठ - 7-8
2. वही, पृष्ठ - 8-9
3. वही, पृष्ठ - 9
4. वही, पृष्ठ - 10
5. वही
6. वही, पृष्ठ - 10-11
7. वही, पृष्ठ - 11
8. वही, पृष्ठ - 14
9. वही, पृष्ठ - 15

10. राय, रामबहादुर. (2022). भारतीय संविधान : अनकही कहानी. नयी दिल्ली : प्रभात प्रकाशन. पृष्ठ-444

11. वही, पृष्ठ-445

12. वही, पृष्ठ-446

13. वही, पृष्ठ-452

14. वही, पृष्ठ-455

15. पृष्ठ-456-457

# निबंध-यात्रा के प्रकाश स्तंभ

विभिन्न पुस्तकों के पुरोकथन के रूप में या स्वतंत्र रूप से पत्र-पत्रिकाओं में लिखे गये रामबहादुर राय के निबंध हमें वह दृष्टि दे जाते हैं जिससे हम अब तक वंचित थे। वे विचार देते हैं, समझ देते हैं। उनसे नागरिक अंतर्दृष्टि प्राप्त कर सकते हैं। समाज, संस्कृति और राजनीति के प्रश्न रामबहादुर राय को हमेशा मथते रहे हैं। उन प्रश्नों को वे अपने निबंधों व आलेखों का विषय बनाते हैं। उनके निबंध हमसे आँख मिलाते हैं और हमारी आँख खोलते भी हैं।

'स्वराज, स्वराज्य और सुराज' शीर्षक शोधपरक निबंध में रामबहादुर राय इन तीनों शब्दों का सुचिंतित भाष्य प्रस्तुत करते हैं। कृष्णचंद्र भट्टाचार्य, बालगंगाधर तिलक, महात्मा गांधी, विवेकानंद और श्री अरविंद के स्वराज व स्वराज्य संबंधी विचारों का अवगाहन करते हुए रामबहादुर राय लिखते हैं, "स्वतंत्रता संग्राम में तीन शब्द चलन में आये। ये शब्द हैं, स्वराज, स्वराज्य और सुराज। अनेक विद्वान इन्हें स्वतंत्रता की सहायक धाराएँ मानते हैं। तीन दिशाओं से निकली ये धाराएँ जहाँ मिलती हैं, क्या वह स्वराज है, स्वराज्य है या स्वतंत्रता है? इन शब्दों में स्वतंत्रता की अवधारणाएँ छिपी हुई हैं। इनमें शिखर भी है और गहरी खंदक भी है। इतिहास का यह तथ्य है कि बंग-भंग से जो राष्ट्रीय जागरण हुआ, वह स्वराज की पूर्णांग चेतना थी।"[1] राय साहब का भाष्य है, "स्वराज का क्षितिज सांस्कृतिक है। वह चरित्र में सांस्कृतिक है। जिसमें पूरा जीवन समाया हुआ है। राज्य व्यवस्था उसका एक अंग मात्र है। लेकिन स्वराज्य में राजनीतिक अर्थ छिपा है। जिसका निहितार्थ सुराज में है। ब्रिटिश शासन से भारत की स्वतंत्रता का एक बड़ा प्रयोजन स्वराज था। वह

एक सपना था। जो दुःस्वप्न बन गया। क्योंकि स्वतंत्रता संग्राम के अंतिम चरण की राजनीतिक परिस्थितियों ने निर्णायक हस्तक्षेप कर दिया। इस कारण भारत को राजनीतिक स्वतंत्रता ही मिल सकी। वह स्वराज्य है। ब्रिटिश शासन ने अपनी विरासत में औपनिवेशिक ताना-बाना छोड़ा। उसे स्वराज के उपकरण में रूपांतरित किये बिना स्वराज का सपना पूरा नहीं हो सकता। स्वराज औपनिवेशिकता के विध्वंस से उत्पन्न खंडहर पर अपनी भव्य इमारत बना सकेगा? विडंबना यह है कि स्वतंत्र भारत ने स्वयं औपनिवेशिक बंधन को अपने गले का हार समझा।"[2]

रामबहादुर राय के मुताबिक स्वराज की कार्य योजना में सबसे बड़ी बाधा विचार के स्तर पर आधुनिकता, औपनिवेशिकता, सामाजिक लोकतंत्र का वैचारिक द्वंद्व है। इसमें भारतीय विचार के अनुरूप चिंतन और जरूरत पड़ने पर संश्लेषण के प्रयास होते रहे हैं। फिर भी यह मसला स्वतंत्रता से पहले जितना उलझा हुआ था, उतना ही आज भी है।[3]

राय साहब का निष्कर्ष है—स्वराज्य के केंद्र में साधारण नागरिक होना चाहिए। इस पर प्रश्नचिह्न बना हुआ है। इसका अर्थ यह हुआ कि स्वराज्य तो है, लेकिन साधारण नागरिक से सुराज बहुत दूर है। जहाँ तक स्वराज का प्रश्न है, उसकी यात्रा अत्यंत प्रखर है। रास्ते उबड़-खाबड़ हैं। अर्थात यात्रा जोखिमों से भरी है। जगह-जगह 'अंगुलिमाल' अपने शिकार के इंतजार में हैं। ऐसी विकट यात्रा का नेतृत्व कब मिलेगा? यह प्रश्न अब उत्तर में बदल रहा है। जो स्वराज चाहते हैं, वे यह अनुभव कर रहे हैं कि लंबे अंतराल के बाद एक जीवट नेतृत्व देश को मिल गया है। जीवट नेतृत्व की कुछ खास पहचान होती है। उसमें प्रगाढ़ता होती है, प्रखरता होती है, त्वरा होती है, तीव्रता होती है, परिवर्तन करने का निश्चय होता है, प्रतिकूलताओं को बदलने का संस्कार होता है, ऐसे नेतृत्व में क्रांतिकारिता की बेचैनी भी होती है। जिसमें अपने स्वभाव-स्वधर्म के लिए शुद्ध बुद्धि से उत्पन्न गहरी अभीप्सा पायी जाती है। ऐसा नेतृत्व जब हो, तो स्वराज का राष्ट्र बनाया जा सकता है। भारत स्वराज्य में है। स्वराज की यात्रा पर उसे कदम बढ़ाना है। यह भी याद रखना है कि आधुनिकता को स्वीकारें, लेकिन उसकी जड़ें देश की मिट्टी में हों। इसे देशज आधुनिकता कहना उचित होगा।[4]

'स्वाधीनता आंदोलन में मुसलमान' शीर्षक निबंध में रामबहादुर राय

ने स्वाधीनता आंदोलन को नये और सम्यक परिप्रेक्ष्य में देखा है। उन्होंने लिखा है, "स्वाधीनता आंदोलन में मुसलमानों की भूमिका का सिंहावलोकन करें तो पायेंगे कि उनका नेतृत्व जो लोग कर रहे थे, वे कम से कम पाँच रंगों में दिखते हैं, अर्थात उन्हें पाँच श्रेणियों में रखा जाना चाहिए। क्रांतिकारी, सर्वइस्लामवादी, कांग्रेसी, मुस्लिम लीगी और राष्ट्रवादी के विविध रंगों में वे पाये जाते हैं। क्रांतिकारी और राष्ट्रवादी की कोटि में जो थे, वे भारत-भूमि की मुक्ति को ही अपने जीवन का एक मात्र लक्ष्य समझते थे। तभी तो अशफाकउल्ला खाँ ने फाँसी का फंदा चूमा। भारत-प्रेम की भूमि पर राष्ट्रभक्ति का जो बीज अंकुरित हुआ, उससे दो पंखुड़ियाँ निकलीं, क्रांति और राष्ट्रीयता की। अन्य जो हैं, वे सत्ता की धारणाएँ हैं। दूसरे शब्दों में स्वाधीनता आंदोलन की मटमैली धाराएँ भी उन्हें कह सकते हैं।"[5]

राय साहब राजनीतिक इतिहास को लिखते हुए बहुत सारी चीजों को एक साथ पिरो देते हैं जिसके अर्थ मार्मिकता से खुलते हैं। वे लिखते हैं, "स्वाधीनता की भावना हिलोरें ले रही थी। तभी एक साजिश रची गयी। उसका दिन 16 अगस्त, 1946 है। उसका नाम है, 'सीधी कार्रवाई।' क्या यह गजब आश्चर्य की बात नहीं है कि जिसे एक शांतिपूर्ण और व्यवस्थित विरोध प्रदर्शन होना था, वह एक शैतानी कत्लेआम में बदल गया। पूरे देश में हाहाकार मचा। तब देश था, अखंड। उस समय हर नेता असहाय दिखा। इतना ही नहीं हुआ, भारत विभाजन की साजिश सफल हुई। क्या उसका सच एक दिन सामने आयेगा? अगर ऐसा हुआ, तो स्वाधीनता आंदोलन में मुसलमानों के सकारात्मक योगदान को अच्छी निगाह से देखने का एक सिलसिला शुरू होगा।"[6]

रामबहादुर राय ने इसकी गहरी छानबीन की कि भारत छोड़ो आंदोलन में राजनीतिक दलों, संगठनों और नेताओं की क्या भूमिका थी? उन्होंने तीन लेखों में राजनीतिक दलों, संगठनों और नेताओं की भूमिका का आकलन किया। पहला लेख 'जनसत्ता' के 24-09-1992 के अंक में 'उस निर्णायक संघर्ष में कौन कहाँ था' शीर्षक से छपा। उसमें रामबहादुर राय ने लिखा, "भारत छोड़ो के नारे से स्वाधीनता संग्राम का निर्णायक दौर शुरू हुआ। उसे अगस्त क्रांति भी कहा गया। नेताजी सुभाष चंद्र बोस ने अगस्त क्रांति को अहिंसक छापामार युद्ध की संज्ञा दी। पचास साल बाद उस दौर के नेताओं पर नजर दौड़ाने से अनेक रोचक

तथ्य उभरते हैं। कांग्रेस उस दौर की अगुआ पार्टी थी। किसी को उसकी तुलना मौजूदा कांग्रेस से भूल कर भी नहीं करनी चाहिए। असल में कोई तुलना की भी नहीं जा सकती। 1942 की कांग्रेस का नेतृत्व महात्मा गांधी कर रहे थे। सालों बाद उन्होंने कांग्रेस का सेनापतित्व स्वीकारा था। पंडित नेहरू, मौलाना आजाद, सरदार पटेल, राजेंद्र बाबू वगैरह उनके सहयोगी थे। कांग्रेस के नेताओं में भी अगस्त क्रांति पर दुविधा थी। एक जमात उन नेताओं की है जो महात्मा गांधी से किसी न किसी सवाल पर असहमत होकर कांग्रेस के बाहर चले गये। अगस्त क्रांति के दौरान दृष्टिकोण अलग होते हुए भी वे एलान कर रहे थे कि यह आजादी के लिए आखिरी लड़ाई है। वे अत्यंत सावधान थे। उन्हें भावी इतिहास की चिंता थी। नेताजी सुभाषचंद्र बोस और डाक्टर श्यामा प्रसाद मुखर्जी उस जमात के अगुआ थे। नेताजी और डॉ. मुखर्जी में भी फर्क था। नेताजी विदेश में थे। वे आजाद हिंद फौज का नेतृत्व कर रहे थे। भारत में फारवर्ड ब्लाक को उनका नेतृत्व प्राप्त था। डॉ. मुखर्जी हिंदू महासभा के मंच पर थे। उनके दृष्टिकोण में भी भारी अंतर था। डॉ. मुखर्जी जापानी हमले से चिंतित थे। उसे (अगर होता तो) नाकाम करने के लिए बंगाल में गृह सेना बनाने पर वे तुले थे। नेताजी जर्मनी से अपने देशवासियों को भरोसा दिला रहे थे कि हमें जापान पर भरोसा करना चाहिए।"[7]

राय साहब लिखते हैं कि महात्मा गांधी ने तीसरी राह ली थी। वे भारत की आजादी के लिए भारतीयों की आत्मा को जगा रहे थे। जापान के मंडराते खतरे पर उन्होंने सविनय अवज्ञा का सहारा लेने की चेतावनी दी थी। नेताजी के रास्ते से असहमत होने वाले भी उनकी खरी देश भक्ति में खोट नहीं ढूँढ़ पायेंगे। भारत छोड़ो आंदोलन के दौरान 31 अगस्त, 1942 को जर्मनी से आजाद हिंद रेडियो से उनका ओजस्वी भाषण आया। उसमें वे शुरुआत में जानकारी देते हैं कि बीते दो हफ्ते में अंग्रेजों के दुष्प्रचार के बावजूद किस तरह दुनिया भर में अगस्त क्रांति की सफलता के डंके बज रहे हैं और लोग उम्मीद से उसे सुन रहे हैं। वे दोहराते हैं कि ब्रिटिश साम्राज्यवाद के दुश्मन हमारे मित्र हैं। 'आप यकीन करो।' आखिर में उनकी अपील है। वे अगस्त क्रांति को कामयाब बनाने के बारह सुझाव देते हैं।[8]

ब्रिटिश साम्राज्य का सूरज हमेशा के लिए अस्ताचल की ओर तेजी से

जा रहा है, इसे नेताजी की ओर से पूर्व सूचना मानिये जो उन्होंने 31 अगस्त के रेडियो संदेश में जिन्ना और सावरकर को दी। वे उन्हें एक ही धरातल पर रख कर कह रहे थे कि अंग्रेजों से सुलह करने की मत सोचो। अगर वे यह सलाह मान लेते तो भारत छोड़ो आंदोलन का असर कई गुना अधिक होता। आजादी उसी दम आ सकती थी। नेताजी की भविष्य दृष्टि साफ थी। उसी भाषण में वे कहते हैं कि आजाद भारत में उन्हें सम्मान का स्थान मिलेगा जो लड़ रहे हैं। वे लोग नकारा हो जायेंगे जो अंग्रेज साम्राज्य के पिट्ठू बन गये हैं। उनकी अपील का दायरा बड़ा था। राय साहब के अनुसार कांग्रेस से एक अर्से तक जुड़े रहे दो बड़े नेताओं—इ.वी. रामास्वामी नायकर और मानवेंद्र नाथ राय (उनका यह बदला हुआ नाम है। उनका मूल नाम नरेंद्रनाथ भट्टाचार्य था) की राजनीति में गांधी विरोध का जहर फैल गया था। वे जलन के कारण अंग्रेजों की गोद में जा बैठे थे।[9]

'जनसत्ता' के 25-09-1992 के अंक में 'सावरकर, मुखर्जी और डॉ. अंबेडकर' शीर्षक लेख में रामबहादुर राय ने लिखा कि विश्व युद्ध के दौरान दूसरी बार जुलाई 1942 में वायसराय की काउंसिल में छह लोगों को मनोनीत किया गया। अंबेडकर उनमें एक थे। 27 जुलाई, 1942 को उन्होंने 'टाइम्स आफ इंडिया' को एक इंटरव्यू दिया। उन्होंने महात्मा गांधी को गैरजिम्मेदार नेता बताया। उनसे कांग्रेस की इज्जत गिर रही है। 'एक बूढ़ा आदमी जल्दी में है।' डॉ. अंबेडकर की इस टिप्पणी की काफी आलोचना हुई। उन पर आरोप लगा कि वे वायसराय काउंसिल में मनोनयन का एहसान चुकाने के लिए ब्रिटिश सरकार की नीतियों की हिमायत कर रहे हैं।[10]

डॉ. श्यामा प्रसाद मुखर्जी हिंदू महासभा के नेता थे। कम्युनल एवार्ड पर कांग्रेस के रुख ने उन्हें झकझोर दिया था। जेल से वीर सावरकर के रिहा होने के बाद तत्कालीन राजनीति में एक नयी संभावना उभरी। पूना में एक अगस्त, 1937 को सावरकर ने घोषणा की कि वे लोकमान्य बाल गंगाधर तिलक की डेमोक्रेटिक स्वराज पार्टी में शरीक हो रहे हैं। थोड़े दिनों बाद ही सावरकर ने उसे छोड़ दिया। वे वहाँ गांधीवाद के विरोध में गये थे। तिलक के अनुयायियों की वह पार्टी गांधीवाद के विरोध में जितनी थी, उससे ज्यादा वह सावरकर के सामाजिक सुधारों के भी खिलाफ थी। डेमोक्रेटिक स्वराज पार्टी के नेताओं से

सावरकर का मतभेद पहले दिन से शुरू हो गया था। उसके बाद उन्होंने सोच समझ कर हिंदू महासभा को अपना मंच बनाया।[11]

राय साहब लिखते हैं कि वीर सावरकर का मत था कि कांग्रेस की राष्ट्रीयता मिलावटी है। वह मुस्लिम तुष्टीकरण के लिए राष्ट्रीय एकता को भी खतरे में डाल सकती है। अपनी लंबी नजरबंदी के बाद वीर सावरकर ने जब हिंदू महासभा को अपनी राजनीति के लिए चुना तो उसके बाद वे देश के हर हिस्से में गये। डॉ. मुखर्जी उनसे मिले। बंगाल की विशेष परिस्थिति थी। डॉ. मुखर्जी का कांग्रेस से मोहभंग हो गया था। मुस्लिम लीग की चुनौती के लिए उनको एक मंच की तलाश थी। वीर सावरकर से बातचीत के बाद डॉ. मुखर्जी ने हिंदू महासभा में शामिल होने का फैसला किया। हिंदू महासभा से भिन्न डॉ. मुखर्जी भारत छोड़ो आंदोलन के पक्षधर थे। वे एक हद तक महात्मा गांधी के आह्वान से सहमत थे। भारत छोड़ो आंदोलन के नारे से काफी पहले 7 मार्च 1942 को डॉ. मुखर्जी ने बंगाल के गवर्नर जॉन हरबर्ट को पत्र लिखा जो उनके इस्तीफे की भूमिका बनाता है। वह शुरुआत थी। उसके बाद वायसराय को उन्होंने पत्र लिखे। उनके पत्रों की पुस्तिका छपी, जिसे अंग्रेज सरकार ने जब्त कर लिया।[12]

'जनसत्ता' के 26-09-1992 के अंक में 'आंदोलन की तीन धाराओं का प्रवाह' शीर्षक लेख में रामबहादुर राय ने लिखा, "फोर्ड क्रिप्स की योजना भारत विभाजन की भूमिका थी। क्रिप्स ने तमाम नेताओं से भेंट की। उनसे बातचीत में उन्होंने महसूस किया कि श्यामा प्रसाद मुखर्जी कांग्रेस दृष्टिकोण पेश कर रहे हैं। उन्हें आश्चर्य हुआ। क्या आपकी पार्टी और कांग्रेस में मतभेद नहीं हैं, क्रिप्स का सवाल था। डॉ. मुखर्जी ने जवाब दिया—मतभेद हैं। लेकिन हमारी मंजिल एक है। क्रिप्स की योजना में राज्यों को आत्मनिर्णय के अधिकार थे। यह भारत के बँटवारे का आधार बनीं। क्रिप्स मिशन विफल हो गया था। कांग्रेस के अगले कदम का साफ संकेत वर्धा बैठक से बाहर आया था। कांग्रेस कार्यसमिति ने 6 जुलाई को वर्धा बैठक में माना कि ब्रिटिश फौज भारत की रक्षा करे, लेकिन उसने भारत छोड़ो नारे का भी अनुमोदन किया। सबसे पहले महात्मा गांधी ने अप्रैल, 1942 में 'हरिजन' में भारत छोड़ो का नारा दिया था। 6 अगस्त, 1942 को हिंदू महासभा की कार्यकारिणी की बैठक लखनऊ में हुई। डॉ. मुखर्जी ने

भरसक कोशिश की कि हिंदू महासभा आजादी की लड़ाई के निर्णायक दौर में कांग्रेस का साथ दे। वे वीर सावरकर वगैरह को सहमत नहीं करा सके। कलकत्ता लौटने से पहले डॉ. मुखर्जी ने इलाहाबाद स्टेशन पर महात्मा गांधी से भेंट की। वे बंबई जा रहे थे। अगस्त क्रांति के बारे में महात्मा गांधी की अपनी योजना थी। वे उसकी तैयारी 22 सालों से कर रहे थे। कांग्रेस ने उन्हें अपना सेनापति बनाया। लेकिन कांग्रेस से बाहर जिन थोड़े से लोगों को महात्मा गांधी ने अपनी योजना में रखा, उनमें डॉ. मुखर्जी भी थे। हिंदू महासभा के रुख को जानने के बाद उन्होंने डॉ. मुखर्जी को सलाह दी थी कि वे अपने ढंग से आंदोलन की मदद करें। श्यामा प्रसाद मुखर्जी के जीवनीकार प्रो. बलराज मधोक ने लिखा है, कलकत्ता लौटने से पहले डॉ. मुखर्जी ने इलाहाबाद स्टेशन पर महात्मा गांधी से भेंट की तो उन्होंने डॉ. मुखर्जी को सुझाया कि वे आंदोलन में भाग न लें ताकि जब कांग्रेस नेतृत्व सीखचों के अंदर होगा तब देश का नेतृत्व करने वाला बाहर कोई तो होगा।

डॉ. मुखर्जी ने आखिरकार 16 नवंबर को इस्तीफा दिया। इस दौरान वे मंत्री हो कर सरकार से लड़ रहे थे। दूसरी तरफ उन्होंने तमाम क्रांतिकारियों की हर तरह से मदद की। उनमें एक जे.पी. भी थे। डॉ. मुखर्जी ने अपने इस्तीफे के दो कारण गिनाये। पहला जैसा कि मैंने आपसे 9 अगस्त को निवेदन किया था कि मैं सरकार के रवैये से असहमत हूँ। दूसरे कारण का बंगाल से नाता था। उन्होंने गवर्नर पर प्रमाण सहित आरोप लगाया कि वे हस्तक्षेप कर प्रांतीय स्वशासन की अवधारणा को निरर्थक बना रहे थे। मिदनापुर के तूफान पीड़ितों को राहत देने के बजाय अंग्रेज सरकार के अफसर उन्हें सजा दे रहे थे। यह देख डॉ. मुखर्जी उनकी मदद में दौड़े। 1942 में बंगाल में अकाल पड़ा। अब साबित हो गया है कि सरकार ने उस राज्य को नेताजी सुभाषचंद्र बोस से बदला लेने के लिए अकाल की मौत में झोंका। वह सरकार का रचा अकाल था।[13]

असली सवाल है कि क्या श्यामा प्रसाद मुखर्जी भारत छोड़ो आंदोलन के खिलाफ थे? इसके प्रमाण नहीं हैं। इस सवाल पर वे हिंदू महासभा के दृष्टिकोण से भी असहमत थे। दूसरा सवाल यह है कि भारत छोड़ो आंदोलन में राष्ट्रीय नेताओं, दलों और संस्थाओं की भूमिका की कसौटी क्या हो? इस बारे में कोई दो राय नहीं होनी चाहिए। मूल्यांकन की एक ही कसौटी होगी कि

कौन उस दौर में अंग्रेजी साम्राज्य के साथ था और कौन अपने-अपने तरीके से उसे भारत छोड़ने के लिए मजबूर कर रहा था? इस कसौटी पर डॉ. मुखर्जी अंग्रेजों के खिलाफ थे। डॉ. मुखर्जी पर एक नैतिक लांछन लग सकता है कि वे फजलुल हक सरकार से अलग क्यों नहीं हो गये क्योंकि बंगाल में उन दिनों जो भी दमनचक्र चलाया गया, उसके भागीदार वे भी थे, भले ही उन्होंने हर मौके पर अपनी असहमति प्रकट कर दी हो।[14]

उस दौर में आजादी के आंदोलन के तीन रूप थे। वे अपने-अपने दृष्टिकोण से चलाये जा रहे थे। पहला कांग्रेस यानी महात्मा गांधी के नेतृत्व में आजादी का अहिंसात्मक आंदोलन था। दूसरी क्रांतिकारी धारा थी जिसका प्रतिनिधित्व नेताजी और वीर सावरकर अपने-अपने ढंग से कर रहे थे। तीसरी धारा राष्ट्रीय स्वयंसेवक संघ की थी। कांग्रेस मुख्यधारा थी। महात्मा गांधी ने अंग्रेजों को भारत छोड़ने के लिए आदेश देकर एक नैतिक संदेश अपने देशवासियों को दिया कि वे 9 अगस्त, 1942 से खुद को आजाद मानें। वे आजादी के लिए जियें और जरूरत पड़े तो मौत को गले लगायें। इसके जरिये उन्होंने दुनिया को बताया कि अंग्रेज साम्राज्य का आधार खत्म हो गया है। कोई साम्राज्य तभी तक शासन कर सकता है जब तक लोग उसकी सत्ता को कबूल करते हैं।[15]

राष्ट्रीय स्वयंसेवक संघ इससे भिन्न धरातल पर खड़ा था। उसके संस्थापक केशव बलिराम हेडगेवार का 1940 में निधन हो गया था। राष्ट्रीय स्वयंसेवक संघ उस दौर में 17 साल का था। विश्व युद्ध छिड़ गया था। संघ के सरसंघ चालक का आह्वान था कि भारत माता की वेदी पर बलिदान में ही जीवन की सार्थकता है। संघ के सरकार्यवाह रहे एच.वी. शेषाद्रि की किताब 'आरएसएस इन ऐक्शन' में 1942 का प्रसंग है। उसमें लिखा है कि भारत छोड़ो आंदोलन के आह्वान से पहले कांग्रेस ने अन्य संगठनों और देशभक्त समूहों से बात नहीं की। उसने संघ से भी संपर्क नहीं किया फिर भी संघ के स्वयंसेवकों ने आंदोलन में भरपूर हिस्सा लिया। विदर्भ के मशहूर आस्थी-चिमूर विद्रोह में संघ के स्वयंसेवक ही थे। दिल्ली-मुजफ्फरनगर रेल लाइन को दिल्ली के स्वयंसेवकों ने उखाड़ा था। सतारा में समानांतर सरकार (जिसे पत्री सरकार भी कहा जाता है क्योंकि सरकार के प्रतीक नाना पाटील पेड़ पर टीन की पत्री ठोंक देते थे।

अंग्रेज हुकूमत पत्री हटाने में परेशान रहती थी) कायम करने वाले नाना पाटील को उनके भूमिगत जीवन में औंध के संघचालक श्रीपाद दामोदर सातवलेकर के घर में शरण मिली। साने गुरुजी पुणे के संघचालक यादव साहब देशमुख के घर में रहकर सरकार से बच सके। दिल्ली में लाला हंसराज के यहाँ जे.पी. और अरुणा आसफ अली ठहरे। संघ संगठन के तौर पर तटस्थ रहा।[16]

राय साहब लिखते हैं कि संघ और हिंदू महासभा ने हिंदुओं की धुरी पर अपनी भूमिका तय की थी। लेकिन देश के बंटवारे ने हिंदू चिंता को राष्ट्र की चिंता साबित किया। किसी भी देश में बहुसंख्यक राष्ट्र होता है। कांग्रेस इस सत्य से इंकार करती रही है। इसी धरातल पर संघ और हिंदू महासभा उसके सामने खड़े हो जाते हैं। एक बात निर्विवाद है कि उनके लिए राष्ट्र सर्वोपरि रहा और है। कम्युनिस्टों के बारे में यह नहीं कहा जा सकता।[17]

अगस्त क्रांति कांग्रेस के अंग्रेज सरकार से असहयोग आंदोलन का नया रूप था। आजादी की लड़ाई का वह निर्णायक दौर साबित हुआ। भारत पर तब जापानी हमला मंडरा रहा था। विश्व युद्ध तीसरे साल में था। कांग्रेस ने तीन साल के इंतजार के बाद आजादी को असली मुद्दा बनाया। महात्मा गांधी के नारे से शुरू में जवाहरलाल नेहरू सहमत नहीं थे। डॉ. राजेंद्र प्रसाद और सरदार पटेल वगैरह ने कांग्रेस नेतृत्व को भारत छोड़ो आंदोलन के लिए सहमत कराया। 9 अगस्त को कांग्रेस का नेतृत्व जेल में चला गया। महात्मा गांधी और सरदार पटेल के संदेश की अपने ढंग से व्याख्या कर समाजवादी नेतृत्व ने आंदोलन की बागडोर संभाली। डॉ. श्यामा प्रसाद मुखर्जी ने आजादी के लिए मंत्री पद छोड़ा। हिंदू महासभा के ही ज्वाला प्रसाद श्रीवास्तव ने इसके उलटा वायसराय काउंसिल में अपने मनोनयन को मंजूर किया। वे आखिर तक उसमें बने रहे हालांकि उनकी आत्मकथा में वर्णन है कि वे नेताजी सुभाषचंद्र बोस के निर्देश से वहाँ थे। हिंदू महासभा के प्रधान वीर सावरकर के जीवन में 1942 से काला अध्याय जुड़ना शुरू हुआ। उनके जीवन की क्रांतिकारी आग बुझ गयी थी। वे उस दौर में महात्मा गांधी के विरोध में खड़े थे। उन्हें डॉक्टर भीमराव अंबेडकर के नजदीक कहा जा सकता है।[18]

जिस महात्मा गांधी के विरुद्ध खड़ा होने पर रामबहादुर राय सावरकर और अंबेडकर की खबर लेते हैं, उसी गांधी के बारे में वे लिखते हैं—ऐसा क्या

है कि पूरी दुनिया गांधीजी में आज भी रुचि ले रही है? देश-दुनिया की बड़ी समस्याओं के समाधान के लिए उनके विचारों की ओर उम्मीद से देखा जा रहा है। कुछ तो है। 'राजनीतिज्ञ गांधी' शीर्षक निबंध में रामबहादुर राय लिखते हैं—गांधी विचार में नवीनता अगर नहीं होती तो 71 साल बाद भी उन पर अध्ययन का सतत क्रम बना नहीं रहता। उनके विश्वव्यापी महत्त्व को इस तथ्य से भी समझा जा सकता है कि करीब सौ देशों में उनके चित्र वाले 250 से ज्यादा डाक टिकट जारी हुए हैं।[19]

राय साहब लिखते हैं कि मूल प्रश्न यही है कि किस तरह और विचार की वह थाती क्या थी जिससे महात्मा गांधी का व्यक्तित्व बना। इसे जो समझ लेगा वह जान सकेगा कि मोहन दास कैसे महात्मा गांधी बने। इसे समझने-समझाने का सही परिप्रेक्ष्य में प्रयास कम ही हुआ है। गांधीजी को एक खाँचे में बैठाने की कोशिशें ज्यादा हुई हैं। उन्हें नये सिरे से समझने की जरूरत है। तभी अपने आस-पास की दुनिया के बारे में सही समझ पैदा होगी। सही समझ जिसे हो जाती है वह स्वयं को उपलब्ध हो जाता है। यही गांधी के साथ हुआ। उस महात्मा गांधी का साक्षात दर्शन भी स्वयं को उपलब्ध व्यक्ति कर सकेगा। उनसे तदाकार हो सकेगा।

रामबहादुर राय के अनुसार मोहन दास गांधी प्रस्थान के व्यक्ति हैं। महात्मा गांधी मंजिल हैं। यही इनमें अंतर है। इस दृष्टि से मोहन दास गांधी हमेशा प्रासंगिक रहेंगे। लेकिन महात्मा गांधी तो हमेशा ही अकादमिक अध्ययन के विषय माने जायेंगे। पहले को जानना उनके साथ यात्रा करना है। दूसरे की व्याख्या संभव है, उनके साथ यात्रा नहीं। मोहन दास गांधी प्रेरक हैं। उनसे प्रेरणा प्राप्त की जा सकती है। लेकिन महात्मा गांधी को विभिन्न व्याख्याओं से जाना जा सकता है। मोहन दास को जीवन में उतारना संभव है।[20]

राय साहब लिखते हैं कि दक्षिण अफ्रीका में ही गांधीजी ने सत्याग्रह को खोजा और पाया। लोगों को प्रेरित किया कि वे अपने सत्य का आग्रह बनाये रखें। इसके लिए जो भी कष्ट सहना पड़े उसे सहें। लेकिन हिंसा पर न उतरें। दक्षिण अफ्रीका में ही मोहन दास महात्मा गांधी बने। इसके लिए उन्होंने बीस साल तपस्या की। उसी काल में उन्होंने अपने सत्याग्रह दर्शन को विकसित किया। एक बार उनका मनोबल गिराने के लिए खतरनाक अपराधियों के साथ

जेल में रखा गया। अपने मन को शांत रखने के लिए गांधीजी सारी रात गीता के श्लोक बोलते रहे। वहाँ प्राप्त सत्याग्रह और अहिंसा को ही उन्होंने भारत के स्वाधीनता संग्राम का मुख्य अस्त्र बनाया। उनकी सामाजिक सक्रियता तो लंदन में बैरिस्टरी की पढ़ाई पढ़ते हुए ही आरंभ हो गयी थी। शाकाहार आंदोलन में उन्होंने बढ़-चढ़कर भाग लिया था। उन युवा समूहों के भी संपर्क में आये थे जो भारत में ब्रिटिश राज के विरोधी थे। लेकिन वास्तव में उनका राजनैतिक जीवन दक्षिण अफ्रीका से ही आरंभ हुआ। उनके इस राजनैतिक जीवन का आधार प्रचलित राजनैतिक विचार नहीं थे, बल्कि सभ्यतागत धारणाएँ थीं। वे चाहते थे कि भारत के लोग ब्रिटिश शासन के दौरान यूरोपीय सभ्यता के अपने ऊपर पड़े प्रभावों को पोंछ डालें। उनके लिए स्वाधीनता का यही अर्थ था।[21]

गांधीजी ने जो राजनैतिक जीवन अपनाया और प्रयोग किये उसका आधार भारत की सभ्यतागत धारणाएँ थीं। उन्हें ही वे आत्मसात कर बड़े राजनैतिक नेताओं को गलत साबित कर सके। भारतीय सभ्यता स्वार्थों के समाहार के लिए नहीं, आचरण की शुद्धि के लिए नियम बनाती है। इसलिए वह मनुष्य को उन्नयन की ओर ले जाती है। उसे आत्मबल प्रदान करती है। यह आत्मबल ही गांधी जी के सत्याग्रह का आधार बना था। वे मानते थे कि आत्मबल से बड़ी से बड़ी हिंसक शक्ति को परास्त किया जा सकता है। उनके आश्रम जीवन का लक्ष्य यही आत्मबल पाना था। उन्होंने स्वयं को साक्षी माना। अपने मन की गवाही से गांधीजी ने अहिंसा को भारत के स्वाधीनता संग्राम का अस्त्र बनाया। अहिंसा को स्वाधीनता संग्राम के साधन के रूप में अपना कर गांधीजी ने असहाय और असमर्थ हुए साधारण भारतीयों को समर्थ बना दिया। अहिंसा ने उन्हें आंतरिक शक्ति दी, नैतिक बल दिया और ब्रिटिश बर्बरता के भय से मुक्त कर दिया।[22]

राय साहब याद दिलाते हैं कि महात्मा गांधी में वैचारिक स्पष्टता, यथार्थ दृष्टि और दृढ़ता उस समय भी बनी रही जब उनके सहयोगी विचलित दिखते थे। दूसरे विश्व युद्ध में कांग्रेस के ज्यादातर नेता भारत पर जापान के नियंत्रण की आशंका से ग्रस्त थे। गांधीजी ही थे जो भविष्य को स्पष्ट देख रहे थे। इसलिए अविचलित थे। उन्हें नेहरू सहित उनके मित्रों को समझाने में बहुत समय लगा। गांधीजी ने अहिंसा को कैसे एक राजनीतिक अस्त्र बनाया इसे उस

दौर की घटनाओं से जाना जा सकता है। गांधीजी को यह स्पष्ट दिखायी दे रहा था कि भारत की स्वाधीनता के लिए दबाव बनाने का यही समय है। इसलिए उन्होंने ब्रिटिश सरकार से बातचीत की कमान भी अपने हाथ में ले ली। ब्रिटेन ने भारत को भी युद्ध में घसीट लिया था। अहिंसक विरोध स्वरूप उन्होंने व्यक्तिगत सत्याग्रह शुरू कराया। विनोबा भावे को पहला सत्याग्रही चुना, नेहरू को नहीं जबकि वे इसके लिए लालायित थे। कांग्रेस नेतृत्व की उलझन लंबी चली। करीब दो साल। कांग्रेस के नेता तरह-तरह की आशंकाओं में फँसे होने के कारण तत्काल कोई बड़ा आंदोलन छेड़ने के पक्षधर नहीं थे। गांधीजी अहिंसा पर अटल थे। लेकिन अध्यक्ष मौलाना आजाद ने कांग्रेस की एक बैठक में गांधीजी के सामने ही कहा - 'कांग्रेस विशुद्ध अहिंसा की शर्तों को, जो शायद किसी महात्मा के लिए ही संभव है, पूरा न कर सकेगी।' गांधीजी को यह बात तीर की तरह चुभी। वे बोले। अपने भाषण में उन्होंने स्पष्ट किया कि अहिंसा का उनके लिए अर्थ क्या है। यह बात 15 जनवरी, 1942 की है। जिसमें उन्होंने कहा कि 'मैं राजनीतिक बुद्धिमानी की बात कहता हूँ। यह राजनीतिक अंतर्दृष्टि है। भूतकाल में इससे हमें लाभ हुआ है, इसने हमें स्वतंत्रता के कई सोपान लांघने में सहायता दी है और मैं एक राजनीतिज्ञ की हैसियत से आपको सुझाव देता हूँ कि इसे त्यागने का विचार करना गंभीर भूल होगी। राजनीतिज्ञ की हैसियत से ही मैं कांग्रेस को इन वर्षों में अपने साथ रख सका हूँ। नयी होने के कारण ही मेरी प्रणाली को धार्मिक बताना मेरे प्रति अन्याय होगा।'[23]

राय साहब लिखते हैं कि 'भारत का स्वराज और महात्मा गांधी' पुस्तक के लेखक बनवारी ने एक बड़े ऐतिहासिक भ्रम का निवारण किया है कि गांधीजी ने जवाहरलाल नेहरू को अपना राजनीतिक उत्तराधिकारी बनाने की बात कही थी। गांधीजी के इस कथन का यह अर्थ लगाया जाता रहा है कि उन्होंने स्वतंत्र भारत की सरकार का नेतृत्व करने के लिए जवाहरलाल को चुना था। लेकिन जिस बैठक में यह बात कही गयी थी उसमें ऐसा कोई प्रसंग ही नहीं था। अपने इसी भाषण में गांधीजी ने यह भी कहा था कि मेरे जीवनकाल में जवाहरलाल सदा मेरा विरोध करते रहे हैं लेकिन मेरी मृत्यु के बाद वे मेरी ही भाषा बोलेंगे।[24]

महात्मा गांधी ने अपने जीवन के आखिरी दिनों में जो सोचा, जो

सलाह दी और जो-जो योजनाएँ बनायीं उनमें ही स्वाधीन भारत के महात्मा गांधी का दर्शन करना चाहिए। सबसे पहले उन्होंने कांग्रेस के भविष्य के बारे में विचार करना आरंभ किया। कांग्रेस देश को स्वाधीनता दिलाने के लिए बनायी गयी थी। यह दायित्व अब पूरा हो गया था। इसलिए गांधीजी चाहते थे कि अब कांग्रेस को भंग कर दिया जाना चाहिए। वे देश के जीवन में सरकार की केंद्रीय भूमिका नहीं देखते थे। वे चाहते थे कि राज्य केंद्रित राजनीति को वैचारिक दलों के लिए छोड़ दिया जाये। गांधीजी ने 29 जनवरी, 1948 की रात को अपनी वसीयत लिखी। जिसमें कांग्रेस को भंग करने के अलावा अखिल भारत चरखा संघ, अखिल भारत ग्रामोद्योग संघ, हिंदुस्तानी तालीमी संघ, हरिजन सेवक संघ और गोसेवा संघ बनाने का विचार था। इन संगठनों के कार्य की रूपरेखा भी उन्होंने दी। स्वतंत्र भारत अपने राष्ट्रपिता को महज साढ़े पाँच महीने-169 दिन-सुरक्षित रख पाया। एक निष्ठुर और पैशाचिक कृत्य ने गांधीजी को उठा लिया। वह उनका बलिदान था। भारत पर बज्रपात था। उसे कभी भुलाया नहीं जाना चाहिए। महात्मा गांधी को उनके कार्यों और भावी योजनाओं से याद किया जाना चाहिए।[25]

रामबहादुर राय ने 'फिर खोजें पूरे गांधी को' शीर्षक लेख की शुरुआत 1948 में सेवाग्राम में हुए रचनात्मक कार्यकर्ता सम्मेलन में नेहरू को गांधी का उत्तराधिकारी घोषित करने के संदर्भ से की है। श्री राय ने लिखा है कि रचनात्मक कार्यकर्ता सम्मेलन की संपादित रिपोर्ट पढ़ने से मन में यह बात बैठती जाती है कि गांधी को उनके सहयोगियों ने अपने-अपने नजरिये से देखा और दिखाया जो एकांगी था। पूरे गांधी को समझना और समझाना तब अगर कठिन हो गया तो वह काम इस दौर में भगीरथ प्रयास की माँग करता है तभी स्वराज्य के लिए मर मिटने वालों को तारा जा सकेगा। अनेक ने जो तब चेतावनी दी थी और जो-जो मुद्दे उठाये थे वे संतोष पैदा करते हैं। इस रूप में कि वे सजग थे। उनमें एक जे.सी. कुमारप्पा भी थे। वे संभवतः अकेले व्यक्ति थे जो सरकारी ताम-झाम से खिन्न होकर आश्रम से उस दिन चले गये जिस दिन जवाहरलाल नेहरू आये। उनकी कल्पना का संगठन नहीं बना। खादी और ग्रामोद्योग के लिए जैसा वे सोचते थे वैसा ताना-बाना भी नहीं बन पाया।[26]

रामबहादुर राय गांधी के अधूरे कार्य को आत्मसात करने की जरूरत

बताते हैं। यही बात वे दीन दयाल उपाध्याय के बारे में भी कहते हैं। रामबहादुर राय ने लिखा है, ''संविधान निर्माण की प्रक्रिया पर पं. दीनदयाल उपाध्याय ने जो-जो सवाल उठाये, वे आज भी अपनी जगह कायम हैं, जैसे भारतीयता का अभाव और ग्राम पंचायतों की अवहेलना आदि। जब संविधान बन गया तो उन्होंने लिखा कि इस संविधान का क्या करें। संविधान की कमियों को उन्होंने गिनाया और फिर उपाय सुझाये कि संविधान का आमूल परिष्कार होना चाहिए। 1997 में अटल बिहारी वाजपेयी ने एक स्मारक बयान दिया था। और यह सवाल उठाया था कि क्या यह आश्चर्य की बात नहीं है कि जब भारत के संविधान का निर्माण हो रहा था तो शासन की विविध पद्धतियों का सांगोपांग अध्ययन और विवेचन करके हमने किसी एक पद्धति का चुनाव करने की जरूरत नहीं समझी। यहाँ तक कि संविधान के निर्माताओं में इस बात को लेकर भी कोई गंभीर बहस नहीं छिड़ी कि स्वतंत्र देश ब्रिटेन की संसदीय प्रणाली का अनुकरण करे या अमेरिका की राष्ट्रपति प्रणाली का अवलंबन करे या किसी तीसरी प्रणाली का अनुसंधान कर भारत की अपेक्षाओं और आवश्यकताओं के अनुरूप अपने संविधान का गठन करे। इसका संबंध मूलतः पं. दीनदयाल उपाध्याय की संवैधानिक चिंता से ही है। पं. दीनदयाल उपाध्याय ने मुसलिम समस्या, राष्ट्रवाद की परिकल्पना, इतिहास दृष्टि, संविधान और उस समय के प्रश्नों को उठाया और एक वैकल्पिक दृष्टि दी। उन्होंने जो प्रश्न उठाये, वे देश की पहचान, परंपरा और सभ्यतामूलक थे। भारत के संविधान में इन बातों की अनदेखी की गयी है। इस कारण राष्ट्र की आकांक्षा और सपने धरे रह गये हैं। सवाल यह है कि पं. दीनदयाल उपाध्याय ने संविधान के परिष्कार का जो अमूल्य सुझाव दिया, उस पर अमल कैसे हो? यह युग का यक्ष प्रश्न है।''[27]

रामबहादुर राय ने दीन दयाल उपाध्याय के अवसान पर लंबा शोधपरक निबंध लिखा है। उनके ही शब्दों में, ''पंडित दीनदयाल उपाध्याय की हत्या एक अबूझ पहेली बनी हुई है। वह शायद ही हल की जा सके। अब तो हाल यह है कि उसे अतीत का एक विस्मृत और दुःखद अध्याय मान लिया गया है। सबसे बड़ी भूल यही है। उस हत्या का रहस्य उनके एक लेख से और अधिक गहरा हो जाता है। 'प्रेग नगर का खूनी खेल।' यह वह लेख है, जिसे पंडित दीनदयाल उपाध्याय ने लिखा था, अपनी हत्या से सात साल पहले। वह लेख 'पाञ्चजन्य'

में 20 फरवरी, 1961 को छपा है। क्या विचित्र दुर्योग है! उनकी हत्या भी सात साल बाद उसी महीने में हुई। उस लेख का आमुख इन शब्दों में था- 'प्रेग नगर चेकोस्लोवाकिया में स्थित है। यद्यपि यह कांगो से हजारों मील दूर है, परंतु सोवियत संघ के गुप्तचर विभाग द्वारा स्थापित वह खूनी स्कूल यहीं पर चालू किया गया, जिसमें प्रशिक्षण प्राप्त युवकों ने कांगो में अराजकता निर्माण कर दी। पाठकों की जानकारी के लिए प्रस्तुत पंक्तियों में उस स्कूल की अविस्मरणीय कहानी दी जा रही है।' इस तरह संपादक ने लेख के बारे में सूचना दी। उस लेख में तथ्यों सहित वर्णन था कि किस तरह कम्युनिस्ट अपने राजनीतिक मंसूबे को पूरा करने के लिए हत्या के तौर-तरीकों की ट्रेनिंग का बाकायदे स्कूल चला रहे हैं। वह लेख एक चेतावनी थी, उनके लिए जो कम्युनिस्ट खेल को जानना और विफल करना चाहते थे। क्या उस चेतावनी को सरकार, समाज और बौद्धिक वर्ग ने सुना? ऐसा नहीं लगता।[28]

अगर सुना होता तो पंडित दीनदयाल उपाध्याय की हत्या का षड्यंत्र सफल नहीं होता। विडंबना देखिये कि अदालत, जाँच आयोग और सी.बी.आई. ने अपने-अपने स्तर पर हत्या के रहस्य को खोलने के आधे-अधूरे प्रयास किये और जो बताया, वह किसी के गले नहीं उतरता। पंडित दीनदयाल उपाध्याय के सहयोगी रहे नानाजी देशमुख ने उनकी हत्या के पाँच साल बाद लिखा—'आज हम दीनदयाल उपाध्याय की 55वीं जयंती मना रहे हैं, परंतु हमारी आँखों में आँसू हैं। पंडितजी की न केवल हत्या की गयी, अपितु उनके हत्यारों का पता भी न लगाया जा सका। न तो सी.बी.आई. और न चंद्रचूड़ जाँच आयोग ही यह बता सके कि दीनदयालजी की किसने हत्या की और क्यों? ऐसा लगता है कि इस डर से कि सरकार के लिए इसके राजनीतिक परिणाम अच्छे नहीं होंगे, वह चाहती ही नहीं थी कि हत्यारे तथा संरक्षक पकड़े जायें।'[29]

रामबहादुर राय लिखते हैं कि इस कथन में ही पूरी कहानी समायी हुई है। इसे समझने पर हर बात साफ हो जाती है। पंडित दीनदयाल उपाध्याय को माननेवाले अनुभव करते हैं कि हत्या का राज छिपाया गया। उसे दुर्घटना का दुःखद नतीजा साबित करने के लिए सरकार ने तीर और तुक्के बेतुके ढँग से जुड़वाये। हालाँकि केंद्र की इंदिरा गांधी सरकार उसमें पूरी तरह सफल नहीं हुई। रामबहादुर राय ने हत्या से जुड़ी घटनाओं का क्रमवार विवरण दिया है। राय

साहब के अनुसार अदालत की भाँति आयोग ने भी निर्णय सुनाने में रुचि ली, न्याय में नहीं। राय साहब ने इसका मार्मिक वर्णन किया है कि भरत ने हत्या करने का अपना अपराध कबूल किया किंतु भरत और राम अवध को हत्या के आरोप से बरी कर दिया गया। जेल में इन हत्यारों ने रामबहादुर राय से भी भेंट के दौरान स्वीकार किया—हमसे महापाप हो गया।

विपक्ष जब यह आरोप लगा रहा था कि मोदी सरकार संविधान और संवैधानिक संस्थाओं को तहस-नहस कर रही है, उसी समय रामबहादुर राय ने 'नये भारत का सामवेद' पुस्तक के पुरोकथन में पूछा, "संविधान और बाबा साहब अंबेडकर पर फोकस का दौर कब शुरू हुआ? क्या यह भी जानते हैं कि संविधान का मर्म कहाँ छिपा था? उसे किस प्रधानमंत्री ने पहली बार हर भारतीय को समझाया? अब यह न तो रहस्य है और न ही कोई पहेली। इसे हर सचेत नागरिक जानने लगा है। जिससे संविधान केंद्रित नयी सकारात्मकता पैदा हुई है। लेकिन विपक्ष ऐसे शब्दबाण चला रहा है, जिनसे बहुत सारे प्रश्न पैदा होते हैं। बहुत सारी पहेलियाँ निकलती हैं। अनेक तरह के भ्रम निर्मित करने की राजनीतिक कुचालें चली जा रही हैं।"[30] ऐसे समय में प्रधानमंत्री नरेंद्र मोदी के संविधान संबंधी भाषणों के संकलन 'नये भारत का सामवेद' पुस्तक स्वयं सच को अपने अक्षरों में उद्घाटित करती है। प्रश्नों, पहेलियों और भ्रम के कुहासे को दूर करती है।

रामबहादुर राय के शब्दों में यह पुस्तक संविधान संबंधी राजनीतिक भ्रम निर्माण के प्रयासों का निवारण करती है। इस पुस्तक में भारत की आत्मा की पुकार है। संविधान की सामर्थ्य को प्रकट करने का आह्वान है। इनमें एक सदिच्छा है। वह यह कि संविधान से जन-जीवन में आनंद का उत्सव निकले। यह संभव होगा तभी, जब संविधान को हर नागरिक समझे और जाने। इस पुस्तक से पाठक जान सकेंगे कि विपक्ष के बोलों में कितनी सच्चाई है? इसके लिए तर्क नहीं, प्रधानमंत्री के भाषण के स्वर, भावना और तथ्य ही प्रमाण हो सकते हैं, जो इस पुस्तक में हैं। रामबहादुर राय पुरोकथन में लिखते हैं, "इसे सबको जानना भी चाहिए कि प्रधानमंत्री नरेंद्र मोदी ने संविधान को सरकार का 'धर्मग्रंथ' घोषित किया है। क्या किसी ने ऐसा पहले कभी कहा? इस पुस्तक का एक संदेश है। वह संदेश प्रधानमंत्री नरेंद्र मोदी के संविधान संबंधी संबोधनों

से भी निकलता है कि संविधान को जानो, फिर मानो। इस संदेश में एक आत्मविश्वास का तत्त्व भी है।[31]

राय साहब लिखते हैं कि प्रधानमंत्री नरेंद्र मोदी ने संविधान दिवस की घोषणा कर पूरे देश को अपने नये अंदाज से सचमुच चकित कर दिया। इस पुस्तक में संविधान के ज्यादातर आयाम आ गये हैं। यह समय विशेष है। इसकी एक खास पहचान है। उसमें से एक आजादी के अमृत महोत्सव का एक बड़े अभियान के रूप में संपन्न होना भी है। 31 अक्टूबर, 2023 को 'मेरी माटी-मेरा देश' अभियान पूरा हुआ। इंडिया गेट के पास जहाँ देश के लिए बलिदानियों की याद में राष्ट्रीय समर स्मारक है, वहाँ प्रधानमंत्री नरेंद्र मोदी ने एक अमृत वाटिका की नींव रखी है।

संविधान का अमृत महोत्सव मनाया जाना है। लेकिन संविधान सभा के पहले दिन का जब अमृत महोत्सव आया, तो इसे प्रधानमंत्री नरेंद्र मोदी ने याद रखा। उस दिन उन्होंने एक ट्वीट किया। वे हर महत्त्वपूर्ण अवसर को याद करना अपना कर्तव्य समझते हैं। फिर भी यह याद रखना और देशवासियों को बताना कि आज से 75 साल पहले हमारी संविधान सभा की पहली बैठक हुई थी। यह याद दिलाकर उन्होंने युवा पीढ़ी से अपील की कि संविधान सभा की कार्यवाही के बारे में जानने का प्रयास करें। संविधान के प्रति गहरी निष्ठा न हो, तो ऐसा सहज उद्‌गार प्रकट नहीं हो सकता। इस पुस्तक के हर पन्ने पर संवैधानिक संस्कृति का ऐसा ही सकारात्मक अभिप्राय पढ़ने को मिलता है। अभिप्राय को समझना पड़ता है। अर्थ शाब्दिक होता है। इस पुस्तक का यह एक आयाम है।[32]

राय साहब लिखते हैं कि संसद के नये भवन के गर्भगृह में संविधान की मूल प्रति की रिप्लिका रखना भी प्रधानमंत्री नरेंद्र मोदी की इसी भावना और प्रेरणा का परिणाम है, जो हमारे सांसदों को संविधान के प्रति निष्ठा का बोध कराता रहेगा। संविधान के जितने सारे आयाम हो सकते हैं और जिनका संबंध भारत के पुनरोत्थान से है, वे सभी आयाम इस पुस्तक में सूत्ररूप में उपलब्ध हैं। इन सूत्रों से संविधान को जानने और फिर मन से मानने की पगडंडी मिल जाती है। इसे पढ़ते हुए हर पाठक को यह समझने और उस पर सोचने का अवसर मिलेगा कि वह कैसे एक सचेत और सार्थक नागरिक बन सकता है।

हमारा संविधान नागरिक केंद्रित है। इस पर शुरू से ही प्रश्न भी बने हुए हैं। भारत का समाज परिवार-आधारित है। संविधान में परिवार का स्थान नहीं है, नागरिक का है। इसलिए एक विवाद भी बना हुआ है। लेकिन उस विवाद को वितंडा का रूप अगर दिया जाता है, तो संभव है कि एक कलह का वातावरण बने। संभवतः इसे ही भलीभाँति समझकर अपनी सूझबूझ से प्रधानमंत्री नरेंद्र मोदी के संबोधन में देश का हर नागरिक होता है। उनके लिए भारत उनका परिवार है। इस तरह भारत का हर नागरिक उनके परिवार का एक सदस्य है। नागरिक के अधिकार संविधान में वर्णित हैं। उसमें कर्तव्य भी शामिल किया गया है। जिस समय कर्तव्य का अंश जुड़ा, वह असामान्य था। लेकिन कर्म और कर्तव्य के देश के निर्माण में महत्त्व को प्रधानमंत्री नरेंद्र मोदी अपने आचरण से स्थापित करते हैं। इसलिए उचित समय पर उन्होंने राजपथ को 'कर्तव्यपथ' में रूपांतरित किया। इससे नागरिकता को नया अर्थ मिला, जो प्रेरक है।[33]

रामबहादुर राय के चिंतन का फलक एक साथ सूक्ष्म और विराट दोनों को कैसे समाहित किये रहता है, इसे 'संस्कृति का पाँचवाँ अध्याय' शीर्षक पुस्तक के पुरोकथन में पढ़ा और समझा जा सकता है। यह पुस्तक प्रधानमंत्री नरेंद्र मोदी के 2015 से अब तक दिये गये संस्कृति विषयक प्रमुख भाषणों का संकलन है। पुरोकथन में राय साहब लिखते हैं, ''भारतीय संस्कृति सनातन है। हजारों साल के इतिहास में इसके अपने अनेक चरण रहे हैं। जिसमें उतार-चढ़ाव जो दिखते हैं वे हैं अनगिनत, परंतु वे परिस्थितिवश थे। फिर भी भारतीय संस्कृति की मूलभूत सांस्कृतिक एकता की निरंतरता अविराम बनी रही है। इस पुस्तक में भारतीय संस्कृति का वह पाँचवाँ अध्याय है, जो अभी लिखा जा रहा है। उसकी प्रक्रिया 2015 से प्रारंभ हो गयी है। इसीलिए इस पुस्तक की शुरुआत प्रधानमंत्री नरेंद्र मोदी के उस भाषण अंश से हुई है जिसे उन्होंने लालकिले की प्राचीर से दिया था। उसके महत्त्वपूर्ण सांस्कृतिक अंश से यह पुस्तक प्रारंभ हो रही है। भारतीय संस्कृति के विराट परिप्रेक्ष्य में प्रधानमंत्री नरेंद्र मोदी के भाषणों को पढ़ने की जरूरत इस पुस्तक से शुरू होती है। इसमें संस्कृति के पाँचवें अध्याय की एक रूपरेखा है। इससे भारत का आत्मविश्वास बढ़ा है। दुनिया में भारत का सम्मान अपेक्षाकृत ऊँचा हुआ है। इससे तो सभी सहमत हैं कि इस समय भारतीय संस्कृति अपने उत्थान के प्रशंसनीय चरण में है। संस्कृति-समाज

जीवन की लोक यात्रा में आज ऊँची पालकी पर है।[34]

रामबहादुर राय के अनुसार भारतीय संस्कृति के पुनरोत्थान का यह नया चरण है। इसे आज विश्व स्तर पर स्वीकार किया जा रहा है। तो प्रश्न है, इस सांस्कृतिक पुनरोत्थान के नये चरण की विशेषताएँ क्या हैं? यह प्रश्न बहुत स्वाभाविक है, क्यों? क्योंकि संस्कृति पर जितना अधिक, विविध और व्यापक विमर्श इस समय चल रहा है, उतना स्वतंत्र भारत में पहले कभी नहीं था। यह संस्कृति मंथन का एक लक्षण है। जिससे यह प्रकट होता है कि इस समय भारत सांस्कृतिक पुनरोत्थान के सबसे प्राणवंत कार्यान्वयन चरण में है। जितना मंथन, उतना अमृत।[35]

बहुत वर्षों बाद भारतीय जन-जीवन में इसे सघनता से अनुभव किया जा रहा है। यह पुस्तक उस अनुभव को सुरीला स्वर देती है। जो भारतीय संस्कृति की अविच्छिन्न गाथा का गान है। युवा पीढ़ी इसे बिग बास्केट कहेगी। एक चित्रकार इसमें भारतीय जन-जीवन के सांस्कृतिक अरुणोदय के चित्र की सूझ पा सकता है।

राय साहब लिखते हैं कि इस पुस्तक की अपनी विशेषताएँ हैं। वही सांस्कृतिक पुनरोत्थान के इस नये चरण की भी विशेषताएँ हैं। वे क्या हैं? पहली बार भारत का कोई प्रधानमंत्री निरंतर भारतीय संस्कृति की मौलिक विशेषताओं को पूरी आस्था से देश-दुनिया को समझा रहा है। यह एक बड़ा सुखद अचंभा है। संसदीय राजनीति में क्या पहले कभी भारत में ऐसा हुआ है! ऐसा सुखद अचंभा श्री नरेंद्र मोदी ही दे सकते हैं। क्योंकि उनमें साधक बुद्धि है। आस्तिक चित्त है। इनके समन्वय की उपज स्वरूप उनके ऊँचे मनोभाव के उद्गार हैं। जिसमें 'मैं निमित्त हूँ' की भावना है। यही वे मौलिक विशेषताएँ हैं, जो प्रधानमंत्री नरेंद्र मोदी के भाषणों से इस पुस्तक में प्रकट हो रही हैं। इसमें सहज बोध और शास्त्र बोध का बढ़िया मेल है।

वे विशेषताएँ हैं : पहली, जीवन-जगत संबंधी भारत के मौलिक विचारों में प्रधानमंत्री नरेंद्र मोदी की अक्षरशः पूरी आस्था है। उसका प्रभाव समाज के हर क्षेत्र में पड़ा है। सत्ता राजनीति भी इससे अछूती नहीं है। यह प्रभाव सकारात्मक है। इसका पहले सर्वथा अभाव था। अगर कुछ और कभी संस्कृति की बात होती भी थी तो वह संकुचित और सीमित होती थी। उसमें

पहले दुविधा ज्यादा रहती थी। लज्जापन का भाव रहता था। दूसरी, जन-जीवन में सर्वधर्म समभाव अपना उचित स्थान बनाने लगा है। तीसरी, संस्कृति के विभिन्न रूपों, प्रकारों और गतिछंदों की शक्ति के प्रति पूरी सामाजिक सजगता पैदा हुई है। जिससे चली आ रही दिशाहीनता धीरे-धीरे दूर होती जायेगी। चौथी, भारतीय संस्कृति के लक्ष्य को देश-दुनिया में साकार करने के लिए प्रेरणा और उत्साह का वातावरण बना है। पाँचवीं, संसदीय राजनीति का गुणा-भाग बदलने लगा है। चिरपरिचित चेहरे अपना सेकुलर मुखौटा उतारने लगे हैं। उपासना स्थलों की ओर जाते-आते दिखना अब उनका नया व्यवसाय हो गया है। छठवीं, यह प्रधानमंत्री नरेंद्र मोदी की सांस्कृतिक निष्ठा और आस्थापूर्वक नये तीर्थों के निर्माण का अकल्पनीय प्रभाव है कि भारत और विश्व में सनातन धर्म सत्य के पुनः स्थापित होने की प्रक्रिया प्रारंभ हो गयी है। इससे प्रधानमंत्री नरेंद्र मोदी विरोधी जो नरेटिव (मनगढ़ंत किस्से) चलाये जा रहे थे, वे अपनी अंतिम साँसें गिनने लगे हैं। इसलिए भी कि उन्हीं का अनुसरण करने की विरोधियों में होड़ लगी है। सातवीं, सात दशक के बाद अंधेरे में रोशनी की एक किरण फूटी है। यह नये तीर्थों के निर्माण से संभव हो रहा है। आठवीं, संसदीय राजनीति में सांस्कृतिक चेतना का पुनरोदय घने बादलों को चीरकर हुआ है। नवीं, ऐसी सांस्कृतिक चेतना अत्यंत व्यापक है। जिसमें भारतीयता के नये भूगोल रचने की क्षमता है। इस चरण की ये विशेषताएँ सवर्था मौलिक हैं। इसीलिए यह चरण जीवंत और प्राणवंत है।[36]

रामबहादुर राय ने इस पुरोकथन में विस्तार से बताया है कि सांस्कृतिक पुनरोत्थान का भारत में ऐतिहासिक क्रम क्या रहा है। रामबहादुर राय भारत के हजारों वर्षों के सांस्कृतिक इतिहास के महान तत्त्वों से लेकर आधुनिक काल के राजा राममोहन राय, रामकृष्ण परमहंस, स्वामी विवेकानंद, श्री अरविंद, रवींद्रनाथ ठाकुर, आनंद कुमार स्वामी, वासुदेव शरण अग्रवाल, रामधारी सिंह दिनकर, दामोदर धर्मानंद कौसंबी, आचार्य मिथिलेश नंदिनी शरण, डॉ. देवराज, पृथ्वी कुमार अग्रवाल, रंगाहरि के संस्कृति चिंतन का गंभीर अनुशीलन करते हुए प्रश्न करते हैं कि क्या देश ने सही राह चुन ली है? राय साहब के अनुसार इस प्रश्न का उत्तर 'संस्कृत का पाँचवाँ अध्याय' पुस्तक में है। पुस्तक में प्रधानमंत्री के संस्कृति विषयक 34 भाषण संकलित हैं। प्रधानमंत्री नरेंद्र मोदी ने एक विशद

सांस्कृतिक पहल की है। इसे भगीरथ प्रयत्न कहेंगे। पुराण की भाषा में सगर के साठ हजार पुत्र जिससे अपना जीवन पा सके। आज वे एक सौ चालीस करोड़ हैं। इस मोदी युग में जो सांस्कृतिक पुनरोदय हो रहा है, उसका संबंध भारत में सांस्कृतिक पुनरोत्थान के क्रमिक विकास से भी है। आधुनिक भारत में ब्रिटिश साम्राज्यवाद के विरुद्ध जो पहला संघर्ष छिड़ा, वह सांस्कृतिक था। यह वह समय था जब सामाजिक-धार्मिक आंदोलन से राष्ट्रीयता का स्वर निकला।

समाज को बेहतर बनाने के उपकरण के रूप में रामबहादुर राय का ध्यान पंचायती राज पर जाता है। 'पंचायत राज के लिए पुनः संविधान संशोध ान की अनिवार्यता' शीर्षक निबंध में वे लिखते हैं, ''भारत में पंचायत राज की प्रबल आकांक्षा शुरू से ही रही है। स्वतंत्रता से पहले जन-मन में पंचायत राज के सागर से मिलन का एक ऐतिहासिक सुनहरा सपना पल रहा था और स्वतंत्र भारत को मिली, आश्वासन की एक बूँद। उसे देश ने संभाल लिया। लेकिन जड़ता नहीं टूटी। अफसोस की बात है, पंचायत के विषय को मृग मरीचिका बना दिया गया है। यथार्थ में जब पंचायत प्रणाली जन-जीवन में उतरेगी, तो वह सपना साकार होगा, जो स्वतंत्रता संग्राम में मूल तत्त्व था। तो क्या होगा? ग्रामीण गणराज्य की स्थापना होगी। भारत आत्मनिर्भर होगा। संपन्न होगा, समृद्ध होगा और वह अपने सभी आयामों में प्रकट होगा। वह सुसंस्कृत होगा। लोकतांत्रिकता का उसमें निखार होगा। आज भारत इस ओर अथक रीति से अग्रसर है। राज्य व्यवस्था की पुनर्रचना अगर इस समय की जा सके और ग्रामीण गणराज्य अर्थात पंचायत राज को पूरी तरह कायम किया जा सके, तो भारत बाजार की वैश्विक प्रेत-बाधा से परे होगा। परिणाम स्वरूप वह विश्व-मित्र होगा।[37]

राय साहब समय के विराट अंतरालों को पहचान लेते हैं, वे थिर हुई पहचानों को इस तरह उलटते-पलटते हैं कि हमें उनकी यथार्थ स्थिति का पता चल जाता है। उदाहरण के लिए स्वतंत्र भारत की राज्य व्यवस्था में पंचायत पर जारी दुविधा के प्रश्न पर राय साहब के विचार को देखा जा सकता है। वे मानते हैं कि शुरू से यह दुविधा वैसी ही रही है जैसे कर्मक्षेत्र के महाभारत में अर्जुन पर छा गयी थी। इसके दो प्रमुख कारण दिखते हैं। पहला ऐतिहासिक है यानी औपनिवेशिक है। दूसरा कारण वैचारिक अस्पष्टता है। इसकी शुरुआत संविधान

सभा में ही हो गयी थी। पहले कारण ने दूसरे को प्रभावित किया। इसका अर्थ है कि स्वाधीनता संग्राम की वचनबद्धता पृष्ठभूमि में चली गयी क्योंकि शासनतंत्र के जो सूत्रधार थे, वे पंचायत के महत्त्व को समझने से ही इंकार कर रहे थे। मेरा आशय छोटे-बड़े बाबुओं से है। संविधान सभा के जो चेहरे थे, यानी राजनीतिक नेतृत्व, वे सूत्रधारों के सामने लाचार थे। यही वह टकराव था जो कमोबेश आज भी बना हुआ है। यह सतह पर दिखता नहीं है। इसे कार्य-कारण संबंधों में उतर कर ही देखना संभव है। इसके प्रमाण खोजने दूर जाने की जरूरत नहीं है। सत्तारूढ़ राजनीतिक नेतृत्व के सार्वजनिक कथन और पंचायत के लिए बनी संवैधानिक व्यवस्थाओं में जो न पटने वाली चौड़ी खाई है, उसे जानने की जरूरत है। राजनीतिक नेतृत्व पंचायत को महत्त्वपूर्ण स्थान मिले, इसकी समय-समय पर घोषणाएँ करता है। लेकिन वे शासनतंत्र के मायाजाल में उलझ कर रह जाती हैं। कानूनी और आचरण की पुरानी लकीरों पर चलने की न बदलने वाली आदतें ही मायाजाल हैं।[38]

इसी आलेख में राय साहब पूछते हैं, "73वें संविधान संशोधन से पंचायत राज कायम हुआ है, निर्वाचित पंचायतें अस्तित्व में हैं लेकिन क्या इस प्रक्रिया में सत्ता के सारे अधिकार और कर्तव्य गाँव वासियों के हाथों में आ गये हैं जिनके वे अधिकारी हैं? ऐसा अब तक संभव नहीं हो सका है। ग्रामीण गणराज्य या ग्राम स्वराज का लक्ष्य प्राप्त नहीं हो सका है।"[39] संविधान से जो राज्य व्यवस्था निकली, उससे ग्राम स्वराज की राह पर चलने की आशा थी किंतु वह धूमिल क्यों हुई, इसके कारणों का राय साहब विस्तार से वर्णन करते हैं।

सुप्रीम कोर्ट और हाईकोर्ट में जजों की नियुक्ति पर लंबे अर्से से जारी विवाद पर राय साहब दो टूक राय जाहिर करते हैं। इस विवाद के कई पक्ष हैं। सुप्रीम कोर्ट का कालेजियम एक पक्ष है। एक पक्ष है, भारत सरकार। एक पक्ष है नेता, वकील, सामाजिक कार्यकर्ता और लेखक-बुद्धिजीवी और कम महत्त्वपूर्ण पक्ष संसद भी नहीं है। राय साहब इस गंभीर विवाद का इतिहास बताते हुए संविधान के दिशा निर्देश का प्रश्न उठाते हैं। प्रश्न उठाने का ठोस आधार है। राष्ट्रपति कालेजियम की सिफारिश पर जजों की नियुक्ति 1993 से कर रहे हैं। इससे संवैधानिक व्यवस्था को बड़ा नुकसान पहुँचा है। संविधान में व्यवस्था है कि राष्ट्रपति को सहायता और सलाह देने के लिए एक मंत्रिपरिषद होगी। इस

कालेजियम प्रणाली ने संविधान की व्यवस्था को पूरी तरह बदल दिया है। अब प्रक्रिया पलट गयी है। सुप्रीम कोर्ट के चीफ जस्टिस कालेजियम के प्रधान होते हैं। कालेजियम ही प्रक्रिया प्रारंभ करता है। वहाँ से नाम राष्ट्रपति को भेजे जाते हैं। नाम भेजे जाने से पहले परामर्श की कोई प्रक्रिया नहीं अपनायी जाती। इस प्रक्रिया में प्रधानमंत्री और राष्ट्रपति की भूमिका नगण्य हो गयी है, जो पहले निर्णायक थी। 'दूसरा राष्ट्रीय न्यायिक नियुक्ति आयोग जरूरी' शीर्षक आलेख में रामबहादुर राय लिखते हैं, "संविधान का दिशा निर्देश स्पष्ट है। वह परामर्श की व्यवस्था देता है। सुप्रीम कोर्ट सहमति की पक्षधर है। अब सहमति ने सुप्रीम कोर्ट के वीटो पावर का रूप ले लिया है। इसलिए वह कालेजियम प्रणाली पर अड़ा हुआ है। लेकिन इससे अनेक संवैधानिक विकृतियाँ पैदा हुई हैं।"[40]

रामबहादुर राय के इस मत से किसी की असहमति नहीं हो सकती कि संविधान में शक्तियों का जहाँ विभाजन स्पष्ट है, वहीं एक संतुलन भी बनाया गया है। संविधान ने शक्तियों का सृजन किया है और उनमें संतुलन रहे, इसके प्रावधान किये हैं। भारतीय मानस इस शक्ति संतुलन से बखूबी परिचित है। सच तो यह है कि यह हमारे रक्त प्रवाह जैसा है और चेतना का अंग है। संविधान से एक शक्ति निकली, जिसे कार्यपालिका नाम मिला हुआ है। जिसे हम कार्यपालिका कहते हैं, जिसे कार्यपालिका जानते हैं और जिसे कार्यपालिका के रूप में हम पहचानते हैं, उसका व्यक्तित्व क्या है? इस पर विचार करेंगे, तो साफ हो जायेगा कि संसदीय प्रणाली में निर्वाचित प्रतिनिधियों से कार्यपालिका का शिखर निर्मित होता है। लेकिन मात्र शिखर ही कार्यपालिका नहीं है। फिर उसका आधार कहाँ है, इसका उत्तर 'राजधर्म के प्रश्न' शीर्षक निबंध में राय साहब इस तरह देते हैं, "संविधान आधार भित्ति प्रदान करता है। एक संवैधानिक व्यवस्था बनाता है। जिसमें उन सिद्धांतों का उल्लेख रहता है जिन्हें व्यवहार में लाया जाना है। एक अर्थ में संविधान स्वयं एक सिद्धांत है। एक शास्त्र भी है। लेकिन संविधान उस रूप में शास्त्र नहीं है, जिस रूप में हम शास्त्र के वचन को जानते हैं। शास्त्र पर कुछ धर्मों में टीका संभव है, लेकिन कुछ में टीका निहायत वर्जित है। संविधान एक ऐसा शास्त्र है जिसकी टीका पर टीका होती रहती है।"[41]

## संदर्भ


1. मंथन, जनवरी-मार्च 2024
2. वही
3. वही
4. वही
5. मंथन, अक्टूबर - दिसंबर 2023
6. वही
7. जनसत्ता 24.09.1992
8. वही
9. वही
10. जनसत्ता, 25.09.1992
11. वही
12. वही
13. जनसत्ता, 26.09.1992
14. वही
15. वही
16. वही
17. वही
18. वही
19. नवोत्थान, जून 2019
20. वही
21. वही
22. वही
23. वही
24. वही
25. वही
26. यथावत, 1-15 अक्टूबर 2014
27. शर्मा, महेशचंद्र. (सं.). (2016). दीनदयाल उपाध्याय सम्पूर्ण वाङ्मय. खंड - 1 में संकलित रामबहादुर राय का लेख 'वह काल (1934-50) आशाओं का अधंकार में लोप'. नयी दिल्ली : प्रभात प्रकाशन. पृष्ठ - 53
28. शर्मा, महेशचंद्र. (सं.). (2016). दीनदयाल उपाध्याय सम्पूर्ण वाङ्मय. खंड - 15 में संकलित रामबहादुर राय का लेख 'अवसान'. नयी दिल्ली : प्रभात प्रकाशन. पृष्ठ - 21

29. शर्मा, महेशचंद्र. (सं.). (2016). दीनदयाल उपाध्याय सम्पूर्ण वाङ्मय. खंड - 15 में संकलित रामबहादुर राय का लेख 'अवसान'. नयी दिल्ली : प्रभात प्रकाशन. पृष्ठ - 22
30. ओझा, प्रभात. (संयोजन). (2023). नये भारत का सामवेद - नरेंद्र मोदी के संविधान संबंधी उद्‌बोधन में रामबहादुर राय का पुरोकथन. पृष्ठ - 6
31. वही, पृष्ठ - 7
32. वही, पृष्ठ - 9
33. वही
34. ओझा, प्रभात. (संयोजन). (2025). संस्कृति का पाँचवाँ अध्याय - नरेंद्र मोदी के संस्कृति संबंधी उद्‌बोधन में रामबहादुर राय का पुरोकथन. पृष्ठ - 5
35. वही
36. वही, पृष्ठ - 6-7
37. मंथन, अक्टूबर-दिसंबर 2024
38. वही
39. वही
40. मंथन, जुलाई-सितंबर 2024
41. मंथन, अप्रैल-जून 2024

# रामबहादुर राय से बातचीत

**कृपाशंकर चौबेः** मैं बातचीत शुरू करना चाहता हूँ 'रहबरी के सवाल' से क्योंकि वह आपकी पहली पुस्तक है। वह पुस्तक कैसे बनी?

**रामबहादुर रायः** यह 2004 की बात है। उन दिनों 'जनसत्ता' में मेरे पास काम ज्यादा नहीं था। दूसरा कि, चंद्रशेखर जी से हम लोगों ने एक बार लंबी बातचीत की थी—चंद्रशेखर से संवाद। तो मुझे यह लगा कि हम चंद्रशेखर जी से एक बार बात करें जिसमें वे अपने जीवन को फिर से लौट कर देखें और बतायें कि जो बातें वे पहले सोचते थे, उसके बारे में अब उनके विचार क्या हैं? तो एक दिन मैं उनके पास गया। मैंने उनसे कहा कि हमारा यह विचार है कि आप जब से राजनीति में हैं, तब से अब तक, एक बार अपने जीवन को फिर से देखें। हम आपसे सवाल पूछेंगे, आप जो बतायेंगे, चूँकि आपको पहले से ही हमारे बारे में अनुभव है कि आपकी बातों को हम तोड़े-मरोड़ेंगे नहीं। प्रामाणिकता रहेगी। आप इसके लिए तैयार हों तो हम लोग समय और दिन तय करें।

चंद्रशेखर जी ने तुरंत हाँ किया। चंद्रशेखर जी में समझ बहुत गहरी थी। हमारी बात को उन्होंने सुना और उसके तुरंत बाद उन्होंने कहा कि ये बातचीत यहाँ नहीं हो सकती। क्योंकि यहाँ लोग आते-जाते रहते हैं और लोगों के आने-जाने के बाद उस बातचीत में व्यवधान होगा। इसलिए इसको हम दूसरी जगह रखेंगे, कहाँ रखेंगे यह सोचकर या बात करके बताता हूँ। रवींद्र जैन का अभी कुछ दिन पहले देहावसान हुआ है, उनकी एक दवा कंपनी थी, वे चंद्रशेखर जी के यहाँ आते-जाते थे। उन्होंने रवींद्र जैन के फार्म हाउस को तय किया इस बातचीत के लिए। छत्तरपुर के पास वह है। वे वहाँ सुबह 9.30 बजे आ जाते थे।

**कृपाशंकर चौबेः** आपकी योजना क्या थी?

**रामबहादुर रायः** हमारी योजना यह थी कि राजनीति, साहित्य, संस्कृति एवं कला के जो दिल्ली में प्रमुख लोग हैं, वे चंद्रशेखर जी के साथ बैठकर बात करें। मुझे संयोजन करना था। चंद्रशेखर जी उसके लिए तैयार हो गये। हम चाहते थे कि उसमें प्रभाष जी बैठें, डॉ. नामवर सिंह जी बैठें, डॉ. केदारनाथ सिंह जी बैठें, इस तरह से लोग रहें। राजनीति से विश्वनाथ प्रताप सिंह जी रहें। सभी मुद्दों पर हम बातचीत करना चाहते थे परंतु, वह कई कारणों से नहीं संभव हुआ। तब मैंने देवदत्त जी से कहा और हम दोनों ने तय किया कि योजना के अनुसार यदि वे लोग तैयार नहीं होते हैं तो कोई बात नहीं, हम लोग बातचीत करेंगे।

**कृपाशंकर चौबेः** किन मुद्दों पर आप बातचीत करना चाहते थे?

**रामबहादुर रायः** चंद्रशेखर जी के राजनीतिक-सामाजिक जीवन के अनुभवों को संवाद के जरिये संग्रहित करने का विचार था। चंद्रशेखर जी की इसमें गहरी दिलचस्पी भी थी। तो हम यह चाहते थे कि उनके जो हमउम्र हैं, या कम उम्र के हैं लेकिन उनको क्षेत्र का अनुभव है, वे लोग समाज के बारे में, राजनीति के बारे में, संस्कृति के बारे में, चंद्रशेखर जी से सवाल पूछेंगे, चंद्रशेखर जी उसका जवाब देंगे और इस तरह से सबकी बातचीत किताब के रूप में आयेगी। तो कई कारणों से यह नहीं हो पाया। चंद्रशेखर जी के बारे में उन लोगों ने जो भी धारणा बना ली हो, और जो भी हो, अन्यमनस्कता हो। तो हमने बातचीत का सिलसिला चलाया। मेरा ऐसा ख्याल है 10 या 12 दिन हम लोग दो-ढाई घंटे-तीन घंटे चंद्रशेखर जी से बात करते थे और उस बातचीत को रिकॉर्ड किया। कैसेट भी बना। उस बातचीत में समय-समय पर संतोष भारतीय भी शामिल हुए। संतोष भारतीय ने उसकी रिकार्डिंग भी की। उन्होंने उसका कुछ इस्तेमाल किया या नहीं, यह मुझे नहीं मालूम लेकिन हमने जो इसकी रिकार्डिंग की थी, उसको उतार कर यह किताब बनी।

**कृपाशंकर चौबेः** पुस्तक का जो पहला अध्याय है 'राजनीति के सोपान', उसमें आप पहला प्रश्न चंद्रशेखर जी से समाजवादी समाज बनाने के उनके सपने के बारे में पूछते हैं। मेरा ख्याल है जितनी राजनीतिक विचारधाराएँ हैं इस देश में, उन सबका समुच्चय देखना हो तो स्वयं आपके व्यक्तित्व में यह हम देखते हैं। वह पहला समाजवादी स्वप्न का प्रश्न हो, उसके पहले आप जे.पी. के सान्निध्य

में रहे, जे.पी. आपको बहुत स्नेह करते थे। उनके कहने पर ही आप बांग्लादेश गये थे, तो चंद्रशेखर जी भी एक समाजवादी समाज का सपना देखते थे। वह जो पहला प्रश्न था 'राजनीति के सोपान' में है। वही प्रश्न आपने क्यों किया? क्या आपके मन में आज भी यही धारणा है कि इस देश का भला, इस देश का सपना उस समाजवादी समाज में फलीभूत हो सकता है?

**रामबहादुर रायः** चंद्रशेखर जी ने जब राजनीति में प्रवेश किया तो आचार्य नरेंद्र देव के कहने पर किया। आचार्य नरेंद्र देव ने उन्हें सक्रिय राजनीति में जाने के लिए प्रेरित किया। चंद्रशेखर जी पी-एच.डी. करने के लिए आचार्य नरेंद्र देव से मिले थे। अपने विद्यार्थी जीवन में चंद्रशेखर जी राजनीति में सक्रिय थे। राजनीतिक रूप से जागरूक थे। लेकिन किसी संगठन बगैरह से नहीं जुड़े थे। राजनीति विज्ञान में उन्होंने एम.ए. किया था और पी-एच.डी. करना चाहते थे। परंतु, आचार्य नरेंद्र देव ने उनसे कहा कि सक्रिय राजनीति में जाओ। तो चंद्रशेखर जी को राजनीति में सक्रिय होने की प्रेरणा आचार्य नरेंद्र देव जी से मिली और राज्यसभा में जाने का अवसर उनको आजमगढ़ के समाजवादी नेता विश्राम राय ने दिया। टिकट विश्राम राय को मिला था, उन्होंने अपना टिकट चंद्रशेखर जी को दिया। उन्होंने यह पहचाना कि वे राज्यसभा में जाकर कुछ नहीं करेंगे परंतु चंद्रशेखर जी अगर राज्यसभा में जायेंगे तो पीएसपी का एक ऐसा व्यक्ति वहाँ पहुँचेगा जिसकी छाप पूरे संसद पर होगी। तो इन दो लोगों ने दरअसल चंद्रशेखर जी को राजनीति के रास्ते पर आगे बढ़ाया। आचार्य नरेंद्र देव चूँकि चंद्रशेखर जी के गुरु थे। इसलिए आजीवन आचार्य नरेंद्र देव के प्रति और उनके समाजवाद के प्रति चंद्रशेखर जी की निष्ठा थी और चंद्रशेखर जी यह बात कहते भी थे कि अपने जीवन में, वे दो लोगों को देखते हैं और मानते हैं उनके जैसा नहीं हो सकते। उन दो में एक आचार्य नरेंद्र देव थे। बाकी किसी को चंद्रशेखर जी अपने से बड़ा नहीं मानते थे। चंद्रशेखर जी ने समाजवादी राजनीति के जरिये अपना राजनीतिक जीवन प्रारंभ किया था। परंतु मैं यह समझता हूँ कि समाजवाद का जो मूल तत्त्व है, आत्मा है, उसको वे मानते थे। परंतु समाजवाद का जो ढकोसला है, उससे वे दूर रहते थे। भारत जिस तरह की समाज रचना का देश है, उसमें आजादी के आंदोलन में भी और आजादी के बाद भी समता और समानता ये ऐसे मूल तत्त्व हैं जिसको आप समाजवाद

का नाम लें या ना लें, लेकिन समता और समानता का लक्ष्य जो भी लेकर चलेगा, वही इस समाज का और इस देश का भला कर सकता है। इसलिए समाजवाद की किस अवधारणा, समाजवाद के किस सपने से आपने राजनीति शुरू की और आज उसकी क्या अवस्था है, इसके बारे में मैंने उनसे सवाल पूछा।

**कृपाशंकर चौबेः** क्या चंद्रशेखर जी अपनी कमियों की भी पहचान कर रहे थे क्योंकि पीएसपी छोड़कर कांग्रेस में गये। किताब का एक खंड वह भी है कांग्रेस में।

**रामबहादुर रायः** चंद्रशेखर जी ने 'प्रजा समाजवादी पार्टी' से राजनीति शुरू की थी। लेकिन चंद्रशेखर जी विचार को महत्त्व देते थे। वे अपने राजनीतिक संबंधों और व्यक्तियों से अपने संबंधों का भी बहुत आदर करते थे। जब उन्होंने यह देख लिया कि 'प्रजा समाजवादी पार्टी' की निर्णायक भूमिका नहीं हो सकती है और कांग्रेस एवं 'प्रजा समाजवादी पार्टी' की नीतियों में ज्यादा फर्क नहीं है तो अशोक मेहता और उन जैसे लोगों के साथ कांग्रेस में जाने का निर्णय किया। एस. एम. जोशी वगैरह तो बाद में गये। इसके लिए अशोक मेहता ने एक लेख भी लिखा जिसकी उन दिनों समाजवादी आंदोलन में चर्चा भी हुई। चंद्रशेखर जी कांग्रेस में गये, तो वे इसी फैसले के तहत गये। कांग्रेस में जाने के बाद भी चंद्रशेखर जी दूसरों की तरह बदले नहीं।

आप देखेंगे कि जब वे प्रजा समाजवादी पार्टी के सदस्य के रूप में राज्यसभा में पहले दिन बोलते हैं तो जवाहरलाल नेहरू को चुनौती देते हैं और जवाहरलाल नेहरू भी उनके तर्क से सहमत थे। जब वे कांग्रेस में शामिल होते हैं तो देश का नेतृत्व इंदिरा गांधी के हाथ में था। इंदिरा गांधी का कांग्रेस पार्टी पर वर्चस्व था। तब कांग्रेस में चंद्रशेखर जी अकेले थे, यानी सबसे अलग दिख रहे हैं। इंदिरा गांधी ने एक बार, चंद्रशेखर जी को बुलाया और पूछा उनसे कि अगर, आप जो सवाल उठा रहे हैं, कांग्रेस उसको नहीं मानती है जो आप क्या करेंगे? तो चंद्रशेखर जी ने उनसे कहा कि तो मैं कांग्रेस पार्टी को तोड़ दूँगा। इस तरह का कोई सीधा जवाब चंद्रशेखर जी ही दे सकते थे। चंद्रशेखर जी ने कहा, मैं ऐसा सोचता हूँ कि कांग्रेस को तब तोड़ देना चाहिए और प्रधानमंत्री इंदिरा गांधी के सामने यह बात कह रहे हैं और इंदिरा गांधी ने उसे दुहराया कि आप कह रहे हैं कि मैं कांग्रेस को तोड़ दूँगा, तो उन्होंने कहा कि कांग्रेस काम

की नहीं रही तो तोड़ देंगे और नया उपकरण बनायेंगे।

कांग्रेस में जाने के बाद भी चंद्रशेखर जी ने समाजवादी मूल्यों से समझौता नहीं किया। मोरारजी देसाई उस समय वित्त मंत्री थे और बिड़ला को सरकार तमाम तरह की सुविधाएँ दे रही थी, उस समय चंद्रशेखर जी ने बिड़ला के इनकम टैक्स चोरी का सवाल उठाया। उस समय जो इनकम टैक्स चोरी के सवाल उठाते थे, उनको इनसेंटिव मिलता था। इस मामले में चंद्रशेखर जी को 10 लाख रुपए मिले। लोगों की धारणा यह है कि कागजात वगैरह चंद्रशेखर जी को सरकार ने मुहैया कराया था, यह सच नहीं है। सच यह है कि चंद्रशेखर जी इस तरह के सवाल उठाते थे। अपने आप उनकी एक ऐसी छवि बन गयी थी। उनके पास सलाह देनेवाले बौद्धिकों का एक समूह बन गया था, जो कई बार उनके लिए तथ्य भी एकत्र करता था। उसी तरह से वे लोग भी उनके पास आने लगे थे जिनके पास तथ्य होते थे। वह तथ्य इनकम टैक्स के अफसरों ने उनको दिया। उस सवाल पर संसद में बहुत हंगामा भी हुआ। मोरारजी देसाई को उस पर जवाब भी देना पड़ा। वही दौर है जब चंद्रशेखर जी के नेतृत्व में कृष्णकांत, रामधन, मोहन धारिया और अर्जुन अरोड़ा का एक समूह बना जिसे मीडिया ने युवा तुर्क कहा। ये युवा तुर्क अपने को नहीं कहते थे। मीडिया ने उनको युवा तुर्क कहा। वह समूह एक तरह से कांग्रेस के भीतर प्रेशर ग्रुप था और डीसेंटर भी था। एक बार जब राजेश पायलट ने नरसिंहराव के खिलाफ चुनाव में अपना पर्चा दाखिल किया तो वे चंद्रशेखर जी के पास आये। यह 1994-95 की बात है। राजेश पायलट ने चंद्रशेखर जी से एक सवाल पूछा कि आपने कांग्रेस में रहते हुए डीसेंटर की भूमिका, यानी बागी की भूमिका कैसे निभायी? चंद्रशेखर जी ने राजेश पायलट से कहा-देखो तुम जो कांग्रेस अध्यक्ष का चुनाव लड़ना चाहते हो, उसमें तुम्हारी मंशा कांग्रेस में कुछ पद पाने की है और वह पद अगर मिल गया तो तुम समझौता कर लोगे। हम लोगों ने बागी की जो भूमिका निभायी, उसमें हमने मान लिया था कि हमको कुछ नहीं चाहिए। तो कांग्रेस में रहते हुए अगर बागी की भूमिका में चंद्रशेखर जी थे और उनका जो ग्रुप था, तो वे मंत्री बनने की लाइन में नहीं थे। या कांग्रेस के अध्यक्ष की कृपा पर आश्रित नहीं थे। इसलिए डीसेंटर की भूमिका में थे और उस ग्रुप ने ही इंदिरा गांधी को मजबूर किया कि वे बैंकों का राष्ट्रीयकरण करें, खदानों का

राष्ट्रीयकरण करें और कांग्रेस की प्रो-पूअर पॉलिसी को शुरू करें, तो चंद्रशेखर जी ने जब यह कहा कि कांग्रेस को हम तोड़ देंगे तो 1969 में वह क्षण आ भी गया। तब चंद्रशेखर जी को नहीं, इंदिरा गांधी को खुद लगा कि कांग्रेस को तोड़े बगैर हम शायद समाजवादी रास्ते पर नहीं बढ़ सकते। कांग्रेस को चंद्रशेखर जी ने नहीं तोड़ा, इंदिरा गांधी ने तोड़ा। जब बिहार में छात्र आंदोलन शुरू हुआ, जो जे.पी. आंदोलन कहलाया तो जहाँ कांग्रेस के दूसरे नेता इस बात की कोशिश कर रहे थे कि इंदिरा गांधी के करीब चले जायें इस आंदोलन का उपयोग कर। वहाँ दूसरी तरफ चंद्रशेखर जी थे जो इंदिरा गांधी और जे.पी. के बीच बातचीत के हिमायती थे और जे.पी. को भी कहते थे और इंदिरा गांधी को भी कहते थे कि आप दोनों के लड़ने से नुकसान होगा। देश का नुकसान होगा। जो हुआ भी। लेकिन जब चंद्रशेखर जी को चुनना पड़ा तो जे.पी. का साथ दिया, विचार का साथ दिया। नवंबर 1974 में उन्होंने इंदिरा गांधी की नाराजगी की परवाह न करके जे.पी. को अपने घर चाय पर बुलाया। 40-50 सांसद उसमें आये। सिद्धार्थ शंकर रे की पत्नी माया रे भी आयीं। और लोग तो आये ही।

एक घटना जिसके बारे में पता नहीं लिखा गया है या नहीं, लेकिन चंद्रशेखर जी के जीवन की वह घटना बहुत महत्त्वपूर्ण है। वह घटना यह है कि 30-31 अक्टूबर, 1974 को दिनेश सिंह, श्यामनंदन मिश्र और ऐसे कांग्रेस के कुछ नेताओं के कहने पर जे.पी. इंदिरा गांधी से बातचीत करने के लिए दिल्ली आये। जब चंद्रशेखर जी को यह बात पता चली कि जे.पी. दिल्ली आये हुए हैं तो उनसे वे मिलने के लिए गये। जे.पी. गांधी शांति प्रतिष्ठान में उन दिनों ठहरते थे क्योंकि इंदिरा गांधी ने उन पर आरोप लगा दिया था कि वे सेठों के पैसे पर पलते हैं। एक्सप्रेस गेस्ट हाउस में इसी वजह से नहीं जाते थे। चंद्रशेखर जी मिले और मिलकर जब चलने लगे तो जे.पी. ने उनको रोका और कहा कि मेरे मन में एक दुविधा है, मैं आपको बताऊँ या ना बताऊँ? तो चंद्रशेखर जी ने कहा अगर दुविधा है तो मत बताइये। तो जे.पी. ने कहा—नहीं ऐसा हो नहीं सकता, आपको बताता हूँ। मुझे यह कहा गया है कि यह बात आप चंद्रशेखर जी को मत बताइये। फिर उन्होंने पूरा विवरण दिया कि रक्षा मंत्रालय के जहाज से ये लोग गया जिला स्थित सुखदेवरा आश्रम आये और इन लोगों के आग्रह करने से इंदिरा गांधी से बातचीत करने के लिए मैं यहाँ आया हूँ। और ये लोग

चाहते हैं कि मैं ये बात आपको न बताऊँ। तो ऐसा क्यों चाहते हैं? चंद्रशेखर जी ने कहा, इसमें कोई ज्यादा अनुमान की बात नहीं है। इसका कारण मैं आपको बताता हूँ। अगर इंदिरा गांधी और आपकी बातचीत सफल हो जायेगी, तो उसका श्रेय ये लोग लेंगे और इंदिरा गांधी से इसकी सफलता का पुरस्कार भी माँगेंगे। अगर बातचीत विफल हो जायेगी तो ये लोग हिम्मत नहीं करेंगे और ये नहीं कहेंगे कि मैं इनकी बातचीत में पड़ा था। और जे.पी. सही हैं, इंदिरा गांधी गलत हैं ये भी नहीं कहेंगे। मुझसे यह बात इसलिए छिपायी जा रही है क्योंकि मैं बीच में पड़ता और बातचीत टूट जाती, विफल हो जाती, तो मैं एक पोजीशन लेता और कहता कि यह इंदिरा गांधी की गलती है जो उन्होंने जे.पी. की बात नहीं सुनी। अच्छा, हुआ भी यही। इन लोगों के कहने पर इंदिरा गांधी और जे.पी. की 01 नवंबर को भेंट हुई। जे.पी. से जो वादा किया गया था, उसके विपरीत वह बातचीत हुई। वादे के अनुसार बातचीत इंदिरा गांधी और जे.पी. के बीच होनी थी लेकिन इंदिरा गांधी ने उसमें जगजीवन राम जी को भी बुला लिया था। इंदिरा गांधी चुप थीं ज्यादा बातें जगजीवन राम जी कर रहे थे। आखिर में इंदिरा गांधी ने व्यंग्य में या सहज ही यह कहा कि जे.पी. जरा आप देश के बारे में भी सोचिये। तो जे.पी. ने कहा कि इंदु मैंने पूरी जिंदगी किया क्या है? देश के बारे में सोचने के अलावा और क्या किया है? तो वह बातचीत टूट गयी। उसके बाद जे.पी. जब आये, तो उन्होंने अपने मित्रों से कहा कि इंदिरा गांधी से कोई बात अब नहीं होगी। इंदिरा गांधी का मुकाबला अब चुनाव के मैदान में होगा। मैं यह मानता हूँ कि उसी दिन इसका फैसला हो गया कि जे.पी. और इंदिरा गांधी की जोर अजमाइश जब भी होगी, वह चुनाव के मैदान में होगी। यह बातचीत इसलिए हो रही थी क्योंकि 04 नवंबर को जे.पी. ने पटना में एक रैली बुला रखी थी। इंदिरा गांधी चाहती थीं कि वह रैली न हो, जे.पी. उसे स्थगित करें। रैली को रोकने के लिए बातचीत रखी गयी थी।

उससे पहले, एक और बात हुई थी। गृह मंत्री उमाशंकर दीक्षित ने मुख्यमंत्री अब्दुल गफूर को बुलाया। अब्दुल गफूर से उन्होंने कहा कि जे.पी. को आप गिरफ्तार कीजिये। 04 नवंबर की रैली नहीं होनी चाहिए। तो गफूर ने कहा कि दीक्षित जी मैं इस्तीफा देने के लिए तैयार हूँ। जे.पी. को गिरफ्तार करके मैं बिहार को बचा नहीं सकूँगा। आग लग जायेगी। जे.पी. को गिरफ्तार करने का

कलंक भी मैं नहीं लेना चाहता। मैडम ने अगर आपको यह सलाह दी है या मैडम की बात आप मुझे सुना रहे हैं, मैं यहाँ बैठा हूँ आप जाइये या रैक पर जाइये (उस समय मंत्री एक रैक टेलीफोन प्रणाली में कार्यालयीन बातें करता था) और प्रधानमंत्री से कहिये कि गफूर ने यह कहा है कि मैं जे.पी. को गिरफ्तार नहीं करूँगा, इस्तीफा दे सकता हूँ। लौटकर उमाशंकर दीक्षित आये और कहा कि मैडम ने कहा कि गफूर से कहिये कि वह वापस पटना चले जायें। जे.पी. को गिरफ्तार करने की कोई जरूरत नहीं है। गफूर और होम मिनिस्टर की बातचीत के बाद जे.पी. को बुलाया गया था। चंद्रशेखर जी के सामने जब चुनने की बात आयी तो उन्होंने जे.पी. के साथ खड़ा होना पसंद किया। जब वे गिरफ्तार किये गये 25 जून की रात में 2.30 या 3 बजे तो पार्लियामेंट स्ट्रीट थाने गये थे जे. पी. से मिलने के लिए। जब निकलने लगे तो डी.सी.पी. ने कहा कि आप भी गिरफ्तार कर लिये गये हैं। अब अपना कपड़ा वगैरह या सामान लेना हो तो मैं आपके साथ चलता हूँ। जब वे गिरफ्तार हुए तब वे कांग्रेस वर्किंग कमेटी के मेंबर थे। उन्होंने कांग्रेस छोड़ी नहीं थी लेकिन चुनना पड़ा तो चंद्रशेखर जी ने जे.पी. के साथ खड़ा होना पसंद किया, जेल जाना पसंद किया। लेकिन समझौता नहीं किया।

**कृपाशंकर चौबेः** 25 जून से 30 जून 1975 तक अनेक नेता गिरफ्तार कर लिये गये। आपकी ही गिरफ्तारी 30 जून 1975 को हुई थी। आप बताइये कि तब क्या आप लोगों को इमरजेंसी लगने की कोई भनक थी?

**रामबहादुर रायः** इमरजेंसी लगेगी, इसकी आशंका तो थी कि ऐसा हो सकता है। लेकिन आंदोलन के बड़े से बड़े नेता ने यह नहीं सोचा था कि इमरजेंसी लग जायेगी तो क्या करना है? मैं यह मानता हूँ कि ज्यादातर लोग इस भ्रम में थे कि इंदिरा गांधी इतने निचले स्तर पर नहीं उतरेंगी और वे इमरजेंसी नहीं लगायेंगी। दूसरी तरह से आंदोलन को दबाने या उससे मुकाबला करने की कोशिश करेंगी। मैं यह कह रहा हूँ कि किसी नेता ने इमरजेंसी लगने के बाद क्या करना है, अगर लग गयी तो इसके बारे में नहीं सोचा तो इसके हम दो-तीन उदाहरण देते हैं।

25 जून 1975 को जे.पी. का पहले से जो कार्यक्रम था, उसमें दिल्ली आना नहीं था। जे.पी. का कलकत्ता, धनबाद वगैरह का कार्यक्रम लगा हुआ था

लेकिन दिल्ली की लोक संघर्ष समिति ने रामलीला मैदान में एक सभा रखी और जे.पी. के पुराने दोस्त से यह आग्रह किया गया कि आप जायेंगे पटना तभी जे. पी. आ सकते हैं नहीं तो वे यह कहते हुए मना कर देंगे कि मेरे प्रोग्राम लगे हुए हैं। मैं नहीं आ रहा हूँ। जे.पी. के पुराने दोस्त थे चाँदनी चौक में। अमीर परिवार से थे। रूप नारायण उनका नाम था। संभवतः आपने भी रूप नारायण जी को देखा होगा। जे.पी. 1947 से 1948 से पहले भूमिगत जीवन में रूप नारायण जी के यहाँ ही रुकते थे। चाँदनी चौक में 25-26 कमरों की उनकी एक हवेली थी। रूप नारायण जी से लोक संघर्ष समिति ने कहा कि आप पटना जाइये तब जे. पी. आयेंगे और जे.पी. आये। हालाँकि इंदिरा गांधी ने जे.पी. जिस जहाज से आने वाले थे, उस जहाज को, कैंसिल करा दिया था। तब जे.पी. ट्रेन से आये, लेकिन आ गये। अगर यह अनुमान होता कि इमरजेंसी लगने वाली है, तो जे. पी. पटना रहना पसंद करते, दिल्ली नहीं आते। उसी तरह से 24, 25 और 26 जून को बंगलोर में एक संसदीय सलाहकार समिति की बैठक थी जिसमें शामिल होने के लिए 23 तारीख को ही अटल बिहारी वाजपेयी चले गये थे। 24 तारीख को लालकृष्ण आडवाणी गये। 25 तारीख को श्यामनंदन और मधु दंडवते गये। ये जो चार बड़े नेता हैं इनको सपने में भी ख्याल नहीं था कि इमरजेंसी लगने वाली है। इसी तरह से जार्ज फर्नांडीज और मधु लिमये दोनों 25 की उस रैली में थे जिसमें जे.पी. का भाषण हुआ था और चंद्रशेखर जी भी थे उसमें। तो, किसी को भी अंदाजा नहीं था कि 25 को इमरजेंसी लगने जा रही है। इसलिए उन लोगों के पुराने कार्यक्रम जो लगे हुए थे, उन कार्यक्रमों के हिसाब से जो जहाँ था वहाँ चला गया था। हम लोग भी उस आंदोलन में थे। हम लोगों को कोई भनक नहीं थी कि इमरजेंसी लग रही है। मैं तो उस दिन कानपुर देहात में था। वहाँ एक शादी थी। छात्र युवा संघर्ष समिति के एक कार्यकर्ता की शादी थी। जहाँ 26 तारीख को रेडियो से पता चला कि इमरजेंसी लग गयी। जे.पी. के सहयोगी त्रिपुरारी शरण और के.एन. गोविंदाचार्य ने सलाह दी कि आप यहाँ रहेंगे तो आज-कल में ही गिरफ्तार हो जायेंगे, इसलिए आप किसी सुरक्षित जगह पर पहुँचिये और सुरक्षित जगह मानकर मैं बनारस पहुँचा। उसी तरह लालमुनि चौबे सुरक्षित जगह मानकर बनारस पहुँचे। जिस दिन मैं वहाँ पहुँचा उसी दिन गिरफ्तार हुआ शाम को। मैं यह समझता था कि चुपके से राजघाट पहुँच जायेंगे

लेकिन रास्ते में मैदागिन में कांग्रेस के उस समय लोकसभा सदस्य सुधाकर पाण्डेय और उनके लोग बैठे हुए थे। जब मैं सड़क पार कर रहा था तब उन्होंने मुझे देख लिया। मैदागिन के पास ही कोतवाली है। वे लोग दौड़कर कोतवाली गये और बताया कि रामबहादुर राय इस रास्ते से निकल रहे हैं। तो चारों तरफ से पुलिस ने मुझे घेर लिया। मैं बनारस में जहाँ रहना चाहता था वहाँ पहुँच ही नहीं पाया। कांग्रेस के लोग भी उस समय, एक तरह से, लोगों को गिरफ्तार करवाने या पुलिस की मुखबिरी कर रहे थे।

कुल बात यह है कि इमरजेंसी लगने की भनक किसी को नहीं थी। और जब इमरजेंसी लगी तो बहुत दिनों तक लोगों को यह समझ में नहीं आ रहा था कि क्या करें। धीरे-धीरे 3-4 महीने बाद जो गिरफ्तारी से बच गये थे, उन्होंने एक-दूसरे से संपर्क साधा और फिर कुछ संघर्ष वगैरह की बात शुरू हुई।

**कृपाशंकर चौबेः** चंद्रशेखर जी पर आपकी किताब में इमरजेंसी का यक्ष प्रश्न है। उसमें इमरजेंसी पर बहुत कायदे से बात की गयी है। संवादी और संवादकर्ता दोनों इमरजेंसी में जेल गये थे। चंद्रशेखर जी जेल डायरी लिखते हैं। चंद्रशेखर जी की जेल डायरी के साहित्यिक और राजनीतिक महत्त्व के बारे में आपके क्या विचार हैं?

**रामबहादुर रायः** वह एक साहित्यिक डायरी है। पढ़ने लायक है। वह रिप्रिंट हुई है लेकिन उसकी साइज वगैरह इस तरह की है कि लाइब्रेरी में तो रखी जा सकती है। सामान्य पाठकों के लिए उसका पेपरबैक संस्करण निकले। तब लोग जान सकेंगे कि चंद्रशेखर जी में एक साहित्यिक क्षमता भी थी। जिस तरह से उन्होंने डायरी लिखी है। उस डायरी की दो-तीन खूबियाँ मेरे दिमाग में आती हैं पढ़ने के बाद। भाषा उसकी बहुत सरल है। साहित्यिक है और उसमें जो बातें कही गयी हैं टिप्पणी के तौर पर या अनुमान लगाये गये हैं वे सही हैं। टिप्पणी बहुत सटीक है।

चंद्रशेखर जी ने जिन व्यक्तियों के बारे में अनुमान लगाये हैं, वे बिल्कुल सही निकले हैं। इंदिरा गांधी के बयान या मंत्रियों के बयान संभवतः दूसरे लोग नहीं समझ रहे हैं लेकिन चंद्रशेखर जी उसका अर्थ समझ रहे हैं, उसकी दिशा समझ रहे हैं और टिप्पणी कर रहे हैं कि अब ये विपक्ष को तोड़ने की कोशिश करेंगे। विपक्ष के नेताओं को खदेड़ने की कोशिश करेंगे और अफसोस

जताते हैं कि क्या यहाँ अब इस स्तर तक राजनीति पहुँच जायेगी और वही हुआ। एक दौर के बाद विपक्ष के नेताओं के पास इंदिरा गांधी के दूत पहुँचने लगे। उनको तरह-तरह से कुछ लोगों को डराने की कोशिश की गयी और कुछ प्रलोभन देने की कोशिश की गयी। कुछ लोगों को गलत सूचनाएँ देकर और उनको यह समझाने की कोशिश हुई कि आप इसमें नहीं बोलेंगे तो आरोप आयेगा कि आप हिंसा का समर्थन कर रहे हैं। तो तरह-तरह के तौर-तरीके अपनाये गये। जैसे-जैसे अखबारों में ये बातें आती थीं, चंद्रशेखर जी ने उसको पढ़कर फिर उस पर टिप्पणी की है। उस डायरी से उस कालखंड की राजनीति समझ में आती है वहीं राजनीति के दाव-पेंच भी समझ में आते हैं कि किस तरह से इंदिरा गांधी उन दाव-पेंच से विपक्ष को मात देना चाहती थीं और यह समझती थीं कि विपक्ष जब टूट जायेगा, टूटे हुए मनोबल से वह चुनाव मैदान में उतरेगा तो उनके लिए जीत आसान होगी।

**कृपाशंकर चौबेः** जिस तरह चंद्रशेखर जी की जेल डायरी है, उसी तरह से अटल बिहारी वाजपेयी की 'कैदी कविराय की कुंडलियाँ' भी प्रकाशित है। उस पर आपकी टिप्पणी?

**रामबहादुर रायः** वाजपेयी जी में डायरी लिखने का स्वभाव नहीं था। लेकिन जब मन की मौज आयी तो उन्होंने 51 कुंडलियाँ लिखीं और वह पुस्तक भी उस समय के दौर को समझाती है। कविता में समझाती है। वाजपेयी जी की अपनी प्रतिभा थी। इमरजेंसी के दौरान वाजपेयी जी बीमार भी हो गये थे। उनको बंगलोर में ही तकलीफ हुई। वे गिरफ्तार थे और बंगलोर की सेंट्रल जेल में थे। उसी दौरान उनको स्लिपडिस्क की तकलीफ हुई जिसका ऑपरेशन एम्स में हुआ और एम्स से निकलने के बाद वे अपने घर पर रहते थे। पुलिस उनकी निगरानी करती थी। हाउस अरेस्ट थे। उस दौरान मैं नवंबर के मध्य में जेल से बाहर आ गया था क्योंकि मेरी गिरफ्तारी डीआईआर में हुई थी और उन दिनों डीआईआर में जमानत हो सकती थी। मेरी जमानत हुई और मीसा का कागज पहुँचे उससे पहले बनारस के शिवपुर जेल से निकलने में सफल हो गया।

**कृपाशंकर चौबेः** उस समय आप कितने महीने जेल में थे?

**रामबहादुर रायः** 30 जून से लेकर नवंबर 76 यानी 16 महीने के करीब। कुछ महीने बचे थे, मैं नवंबर के मध्य में आ गया था। मेरा ऐसा ख्याल है कि साढ़े

15 महीने या 16 महीने रहे।

**कृपाशंकर चौबे:** जेल से बाहर निकलने के बाद आपकी गतिविधियाँ क्या थीं?

**रामबहादुर राय:** बाहर आकर अंडर ग्राउंड वर्किंग में शामिल हो गया। जो-जो काम होते थे—पर्चा बाँटना, लोगों को समझाना, चुनाव के लिए तैयार करना। नवंबर के मध्य में बड़े लोगों को, एक अनुमान हो गया था कि चुनाव होने जा रहा है। मुझे याद है कि उन दिनों कानपुर में एक मीटिंग हुई। उसमें भाऊराव देवरस ने जनसंघ के नेता हरीश चंद्र श्रीवास्तव ने कहा कि आप लोग लोकसभा चुनाव की तैयारी करिये। चुनाव होने जा रहा है। उसके बाद, 28-29 दिसंबर को दिल्ली में एक मीटिंग थी। जिसमें हम 5-7 लोग थे। उसमें तीन बातें हुईं। एक विपक्षी दलों का एकीकरण हो। दूसरी जनसंघ विलय के लिए तैयार है। तीसरी राष्ट्रीय स्वयंसेवक संघ और जयप्रकाश नारायण में विचारों की एकता है। उस मीटिंग के बाद मैं अटल बिहारी वाजपेयी से मिला। तब वे 01 फिरोजशाह रोड की कोने वाली कोठी में रहते थे। वहाँ करीब 4 बजे मैं गया। घंटी बजायी तो मिसेज कौल आयीं दरवाजा खोलने के लिए। उन्होंने पूछा कौन? मैंने अपना नाम बताया और कहा मैं बनारस से हूँ। वाजपेयी जी ने अंदर से आवाज दी- आइये, आइये महाराज, आइये। उन दिनों वे दोपहर में 4 बजे सो कर उठते थे। चाय पीते थे और जो लोग उनसे मिलने आते थे उनसे मिलते थे। मैंने उनको देखा था कि वे टेढ़ा होकर बैठते थे। मेरी उस दिन उनसे काफी लंबी बात हुई थी। मैं आपको बता रहा था कि किस-किस तरह बड़े नेताओं से इंदिरा गांधी संपर्क करवा रही थीं। उसमें एक यह है कि उन्हीं दिनों एक खबर छपी कि ओम मेहता की अटल बिहारी वाजपेयी से भेंट हुई है। उन दिनों ओम मेहता गृह राज्यमंत्री थे। ब्रह्मानंद रेड्डी कैबिनेट मिनिस्टर थे। लेकिन ब्रह्मानंद रेड्डी नाम के केवल कैबिनेट मिनिस्टर थे। गृह मंत्रालय चलाया जाता था ओम मेहता के माध्यम से। क्योंकि वे संजय गांधी के करीब थे। जब यह खबर अखबारों में छपी कि ओम मेहता और अटल बिहारी वाजपेयी की भेंट हुई है तो उसके तरह-तरह के अनुमान लगाये जा रहे थे।

जब भेंट हुई तो मैंने वाजपेयी जी से कहा कि सुना है कि ओम मेहता आपके पास आये थे और आपकी कुछ विशेष बातचीत हुई है। वाजपेयी जी ने छूटते ही कहा कि नहीं, ओम मेहता बहुत बड़े आदमी हैं। मैं उनके पास गया

था। उसके बाद उन्होंने कहा कि अगर मुझे यह मालमू होता कि आप लोगों की यहाँ कोई बैठक है तो जो सुझाव आये हैं, उसकी सूचना करता। अब मैं आपको बताता हूँ। ओम मेहता यह कह रहे हैं कि करीब ढाई हजार जगहों पर रेल की पटरियाँ उखाड़ी गयी हैं। उतनी ही संख्या में हिंसा की घटनाएँ हुई हैं। इन घटनाओं के लिए अखिल भारतीय विद्यार्थी परिषद जिम्मेदार है। उनके लोगों का इसमें हाथ है। मैंने कहा कि ये जो सारी सूचनाएँ हैं, इसकी कोई विश्वसनीयता नहीं है। रेल की पटरी वगैरह के उखाड़ने के काम में विद्यार्थी परिषद के लोग नहीं हैं। ये जो सूचना आपको दी गयी है, उसका मकसद कुछ और है। इस तरह से गलत सूचनाएँ बड़े स्तर पर बड़े नेताओं को पहुँचायी जाती थीं उस समय। चंद्रशेखर जी को भी उन दिनों हरियाणा की एक जेल से दिल्ली लाया गया था। चंद्रशेखर जी और मोहन धारिया को राउज ऐवन्यू (आईटीओ के पास जो अब दीनदयाल उपाध्याय मार्ग हो गया है) की दो कोठियों में रखा गया था। चंद्रशेखर जी से भी ओम मेहता और दूसरे लोग मिलने आते थे। चंद्रशेखर जी ने अपनी डायरी में भी लिखा है। उनसे भी कहा गया कि विपक्ष के कई नेता इंदिरा जी से समझौते को तैयार हैं। यह बात नहीं बतायी जा रही थी कि विपक्ष में कौन-कौन लोग इंदिरा गांधी के सामने समर्पण के लिए तैयार थे। उस समय की परिस्थिति ऐसी थी कि विपक्ष का मनोबल तोड़कर इंदिरा गांधी चुनाव में जाना चाहती थीं। विपक्ष में भी डर था। उन दिनों मैंने कई लोगों से भेंट की थी। जिसमें चौधरी चरण सिंह भी थे। यह कोशिश तो चल रही थी कि इंदिरा गांधी चुनाव के लिए तैयार हो जायं। पर समझ थी कि चुनाव की घोषणा हो जायेगी तो लोकतंत्र की बहाली का रास्ता खुल जायेगा। इस पर तो विपक्ष के सब नेता सहमत भी थे और चाहते भी थे। सवाल यह था कि चुनाव लड़ाने के लिए कार्यकर्ता कहाँ से आयेगा? पैसा कौन देगा? और क्या सभा वगैरह करने की अनुमति मिलेगी? ये 3-4 सवाल विपक्षी नेताओं के मन में थे।

18 जनवरी 1977 को चुनाव की घोषणा हुई। उस दिन महाकुंभ में हम सब लोग इलाहाबाद में थे। उस दिन मौनी अमावस्या का स्नान था। सुबह रेडियो से यह समाचार आया कि इंदिरा गांधी ने चुनाव की घोषणा कर दी है। 18 जनवरी से 30 फरवरी तक वह विपक्ष में दहशत थी। नेतागण अब छूटने लगे थे। विपक्ष यह तय नहीं कर पा रहा था कि वह चुनाव कैसे लड़ेगा?

**कृपाशंकर चौबेः** विपक्ष एकजुट कैसे हुआ?

**रामबहादुर रायः** चुनाव की घोषणा के दो दिन बाद जे.पी. के प्रयास से चार दलों को मिलाकर जनता पार्टी का गठन हो गया। वे चार दल थे—जनसंघ, सोशलिस्ट पार्टी, कांग्रेस और लोकदल। जे.पी. मुंबई के जसलोक हास्पीटल में अपना इलाज भी करा रहे थे और चारों दलों को मिलाने का प्रयास भी। जसलोक हास्पीटल में जे.पी. के बुलाने पर मीटिंग होती थी। इस बारे में शांति भूषण ने अपने संस्मरण में विस्तार से लिखा है। मोरारजी भाई जनता पार्टी के अध्यक्ष हो गये। लालकृष्ण आडवाणी, मधु लिमिये वगैरह-वगैरह उसके जनरल सेक्रेटरी बने। लेकिन वास्तव में निर्भय वातावरण 3 फरवरी 1977 को बना जब दोपहर में पूरे देश में यह खबर फैली कि जगजीवन राम ने कांग्रेस छोड़ दी है। जगजीवन राम के कांग्रेस छोड़ने से हवा बदल गयी। मुझे याद है कि हम लोग उस दिन चंद्रभान गुप्त के लखनऊ के मोती महल घर में थे और बातचीत कर रहे थे कि आगे क्या करना है? तब तक चंद्रभान गुप्त को किसी ने आकर धीरे से बताया कि जगजीवन राम ने कांग्रेस छोड़ दी है। जगजीवन राम के कांग्रेस छोड़ने या नहीं छोड़ने के प्रसंग का चंद्रशेखर जी ने बड़ा रोचक वर्णन किया है कि किस तरह से रिक्शे पर कंबल ओढ़कर, छिपकर वे और बहुगुणा जगजीवन राम के पास जाते थे। फिर बात करके वापस आते थे। जगजीवन राम को अंत में भरोसा हो गया कि अगर वे कांग्रेस से बाहर आते हैं तो उनको सम्मानजनक स्थान भी मिलेगा। इस सूचना मात्र से एक जो डर का वातावरण था, वह दूर हो गया। उसके बाद से अब यह सवाल नहीं रहा कि कार्यकर्ता कहाँ से मिलेंगे, उम्मीदवार कहाँ से मिलेंगे, पैसा कहाँ से आयेगा।

**कृपाशंकर चौबेः** वह चुनाव कैसा था?

**रामबहादुर रायः** 1977 का लोकसभा चुनाव हमने देखा है, आपने भी देखा होगा। वह अकेला चुनाव है अब तक का, जिसमें चुनाव जनता ने लड़ा। चंद्रशेखर जी की जहाँ सभाएँ होती थीं, वहाँ उनकी सभा से पहले, सभा के बाद, खूब लंबी चौड़ी चादर फैला दी जाती थी और लाखों रुपए उसमें आ जाते थे। वे पैसे चंद्रशेखर जी उम्मीदवारों को दे देते थे। उम्मीदवारों को वैसे पैसे की जरूरत ही नहीं थी। लोग पैसा भी देते थे और प्रचार भी करते थे और चुनाव भी लड़वाया उन्होंने। उसमें जिनका कोई नाम नहीं था और कोई राजनीतिक

पहचान नहीं थी। अगर जनता पार्टी सभा रखती और 10 मिनट माइक घुमाकर रिक्शे पर प्रचार कर दिया जाता कि फलां नेता आ रहे हैं तो 10-20 हजार की भीड़ तो अपने ही हो जाती थी। जब इंदिरा गांधी चुनाव सभाओं के लिए निकलीं तो जगह-जगह उनकी सभाओं में, नारे तो लगने का हमको याद नहीं है लेकिन लोग कम आते थे और आकर उन्हें दिखाकर कि हम आपके विरोध में हैं, खिसकने लगते थे। उससे इंदिरा गांधी को भी, यह ख्याल में आ गया होगा कि चुनाव तो उनके खिलाफ जा रहा है। यह सोचकर उन्होंने चुनाव की घोषणा करायी कि इमरजेंसी के आतंक से कांग्रेस को जिताना सुगम होगा। वैसा अनेक कारणों से नहीं हुआ। चुनाव इसलिए इंदिरा गांधी ने करवाया कि डर बना रहेगा, उसका दबाव बना रहेगा और विपक्ष आपस में लड़ता रहेगा। दुबारा वे सत्ता में आ जायेंगी और इस तरह से इमरजेंसी पर जनता की मुहर लग जायेगी। उनका यह अनुमान गलत निकला। खुद भी वे चुनाव हार गयीं। रायबरेली में मैं भी घूम रहा था, तो मुझे यह पता चला कि यहाँ पर माखनलाल फोतेदार आये हुए हैं। मैंने सुन रखा था कि माखनलाल फोतेदार इंदिरा गांधी के बहुत करीब हैं। मैं कांग्रेस के ऑफिस गया तो माखनलाल फोतेदार ऑफिस से निकल रहे थे। उनसे मैंने कहा कि मुझे आपसे बात करनी है तो उन्होंने कहा कि देखो मेरे पास समय नहीं है। बात करनी है तो गाड़ी में बैठो और साथ चलते हैं, लखनऊ चलते हैं। मुझे दिल्ली पहुँचना जरूरी है। मैं उनके साथ स्टेशन तक आया और रास्ते में मैं उनसे समझता रहा कि इंदिरा गांधी चुनाव जीत रही हैं या हार रही हैं तो माखनलाल फोतेदार ने मुझसे यह कहा कि मैं दिल्ली इसीलिए जा रहा हूँ कि मेरा अनुमान यह है कि इंदिरा गांधी चुनाव हार रही हैं। मैं वहाँ ये बताना चाहता हूँ फिर जैसा वे चाहेंगी वैसा करेंगी, लेकिन चुनाव तो हाथ से निकल गया। ये मैंने घूमकर देख लिया। कोई दूसरा सोच भी नहीं सकता था कि इंदिरा गांधी चुनाव हारेंगी। लेकिन मेरा ख्याल है कि माखनलाल फोतेदार ने अनुमान लगा लिया था। वे चुनाव के पारखी थे। उनको हवा का रूख मालूम हो गया था।

**कृपाशंकर चौबेः** आपको संसदीय चुनाव लड़ने का दो-बार प्रस्ताव दिया गया था, 1977 में और 1979 में। 1979 में मोरारजी देसाई की सूची में पहला नाम आपका था। आपने क्यों मना किया? और हठात् प्रस्ताव न मानकर आप पत्रकारिता की तरफ क्यों मुड़े?

**रामबहादुर रायः** बताता हूँ आपको। 1977 में मुझे कोई प्रस्ताव नहीं दिया गया था। 1977 में यह हुआ था कि कुछ लोग वाजपेयी जी के पास गये थे। मैं नहीं गया था। वाजपेयी जी ने बात भी की। वाजपेयी जी इसके लिए लखनऊ गये। चौ. चरण सिंह जी से उन्होंने बात की। चौ. चरण सिंह जी ने कहा कि गाजीपुर का फैसला तो चंद्रशेखर जी को करना है। फिर वाजपेयी जी ने चंद्रशेखर जी से बात की। चंद्रशेखर जी ने कहा कि उन्होंने गाजीपुर से गौरीशंकर राय को टिकट देने का मन बना लिया है। और आप रामबहादुर राय जी के लिए मत कहिये। रामबहादुर राय जी के पास तो पूरी जिंदगी है। गौरी शंकर राय जी अगर लोकसभा नहीं पहुँचेंगे तो वे करेंगे क्या? यह 1977 की घटना है। जो मुझे बाद में मालूम हुआ। मेरी कोई रुचि भी इसमें नहीं थी। रुचि न होने का कारण यह था कि जब हम लोग जे.पी. आंदोलन में थे तो छात्र संघर्ष संचालन समिति में मैं अपने मित्रों से भी कहता था कि हम लोगों को अपनी ओर से यह घोषणा करनी चाहिए कि आंदोलन का लक्ष्य जब तक पूरा नहीं होता है तब तक हम किसी पार्टी में नहीं जायेंगे। चुनाव के लिए प्रस्ताव मिले तो उसे स्वीकार नहीं करना चाहिए। मेरा बार-बार आग्रह था।

प्रस्ताव आया 1979 में। 1979 में लोकसभा भंग हो गयी थी जुलाई में। चुनाव होने वाले थे। अगस्त-सितंबर महीने में। जे.पी. का निधन हो गया था। जे.पी. के निधन से पहले और निधन के बाद, बनारस में रहता था और जहाँ मैं रहता था उसके सामने एक बड़ा भारी चबूतरा था। 200-250 लोग चबूतरे पर आ जाते थे। मैंने यह पाया कि सुबह-सुबह बड़ी भीड़ हो जा रही है। फिर धीरे-धीरे यह मालूम हुआ कि ये लोग आ रहे हैं इसलिए कि बनारस शहर में चर्चा हो गयी है कि मैं उम्मीदवार होने जा रहा हूँ जनता पार्टी का। बाद में एक दिन बालेश्वर जी आये और कहा कि तुम्हारा तो नाम मोरारजी भाई और चंद्रशेखर जी की लिस्ट में सबसे ऊपर है। कुछ दिनों बाद गोविंदाचार्य जी आये। उन्होंने मुझसे कहा कि आपको लखनऊ बुलाया गया है। मैं समझ गया कि लखनऊ बुलाया गया है तो वहाँ कहा जायेगा कि आपको चुनाव लड़ना है। एक तो मुझे यह ख्याल था कि हम एक आंदोलन से जुड़े रहे हैं भले ही वह आंदोलन अब ना हो। लेकिन हमारा फर्ज है कि पार्टी पॉलिटिक्स में नहीं जाना है। दूसरी बात यह थी कि राजनीतिक दलों में जैसे चंद्रशेखर जी का उदाहरण

है वह तो अपवाद है। नियम तो है नहीं। पार्टियों में आपको अपनी बात कहने की आजादी उस समय भी नहीं थी और आज भी नहीं है। यदि रही भी है तो कम। मेरा स्वभाव उससे भिन्न है। यह भी एक कारण था। मुझे यह लगा चुनाव का प्रस्ताव मेरे निर्णय और स्वभाव के विपरीत है। तो मैंने लखनऊ जाने के लिए मना किया और बालेश्वर अग्रवाल जी को पत्र लिखा। मुझे लगा कि करें क्या? यह ख्याल में आया कि मैं लिख पढ़ सकता हूँ। जे.पी. आंदोलन के दौरान जेल में रहकर एक बुलटेन रोज निकालते थे। बालेश्वर जी ने मुझे हिंदुस्थान समाचार में जगह दी। भोपाल में उन्होंने ट्रेनिंग के लिए भेजा। तब छह महीने की ट्रेनिंग होती थी। परंतु 2-3 महीने वहाँ मैंने बहुत जबरदस्त काम किया। तीन-चार ऐसी खबरें मुझे मिलीं जिससे कि हिंदुस्थान समाचार का बड़ा नाम हुआ और उसका इम्पेक्ट हुआ। एक खबर का संबंध विनोबा जी से था। खबर थी कि 1972 में भारत सरकार के गृहमंत्री प्रकाशचंद्र सेठी और मध्य प्रदेश की सरकार में डाकुओं के समर्पण के बाद उनके पुनर्वास के लिए जो समझौता हुआ था उसको मध्य प्रदेश की सरकार तोड़ रही है। यह विनोबा जी का एक पत्र था। मेरा, वहाँ संपर्क था तो कुछ लोग वह पत्र मेरे पास लेकर आये। फिर मैंने उस समय मध्यप्रदेश के राज्यपाल और मुख्य सचिव से बात की। विपक्ष के नेता अर्जुन सिंह और मुख्यमंत्री सुंदरलाल पटवा से भी मैंने बातचीत की और उसके बाद मैंने स्टोरी की। स्टोरी चली तो कोई एजेंसी में संवाददाता को क्रेडिट तो मिलता नहीं है। बाईलाइन नहीं मिलती है। लेकिन उस दिन रेडियो बुलेटिन में हिंदुस्थान समाचार की यह खबर चली, तब परिणाम यह हुआ कि अगले दिन हिंदुस्थान समाचार के भोपाल के 16 प्रोफेसर कॉलोनी में स्थित दफ्तर में दो बड़े पत्रकार आये। वहाँ अमिताभ बच्चन के ससुर तरुण कुमार भादुड़ी स्टेट्समैन के कॉरस्पोंडेट थे। एन.के. सिंह इंडियन एक्सप्रेस के कॉरस्पोंडेट थे जो आज भी वहाँ भोपाल में हैं। वे दोनों हिंदुस्थान समाचार के दफ्तर आये और हिंदुस्थान समाचार के ब्यूरो चीफ कैलाश गौड़ से यह पूछा कि यह स्टोरी किसने की है? क्योंकि उनसे जवाब तलब हुआ उनके दफ्तर में। आपने यह मिस्स कैसे कर दिया? कैलाश गौड़ ने कहा कि वे एक रामबहादुर राय हैं। ट्रेनी जनर्लिस्ट के रूप में आये हैं। उन्होंने ही यह स्टोरी की है। उन्होंने ऐसी कई स्टोरी की हैं। वे दोनों खोजते हुए आये जहाँ मैं एमएलए हॉस्टल में रहता था। जो भी उन्होंने पूछा, मैंने

बताया। इस तरह से 2-3 माह में ही हमारा वहाँ का काम समाप्त हो गया। एक दिन बालेश्वर जी का फोन आया कि आपका काम बड़ा अच्छा है। आप दिल्ली चले आइये। तो मैं दिल्ली आ गया। बालेश्वर जी को यह जरूरत थी कि ईटानगर में किसी को भेजना था। वे जिसको वहाँ भेजते थे वह कलकत्ता जाकर मलेरिया का रोगी हो जाता था या कई तरह का रोगी हो जाता था। यानी कोई भी ईटानगर जाना नहीं चाहता था। आज भी ईटानगर एक तरफ है।

1991 में चुनाव लड़ने का दूसरा प्रस्ताव आया जब मैं 'नवभारत टाइम्स' में था और बनारस की सीट से मेरा नाम हर स्तर पर तय हो गया था। केवल मुझे हाँ करना था। जिन-जिन लोगों ने मुझे कहा तो जो हमारा पुराना निर्णय था केवल उसमें मैंने इतना ही अनुभव किया कि हमारे स्वभाव के विपरीत है चुनाव लड़ना।

लेकिन वह दुविधा बहुत बड़ी थी और इसलिए बड़ी थी क्योंकि डॉ. मुरली मनोहर जोशी अध्यक्ष थे। भारतीय जनता पार्टी से संघ की ओर से संवाद का काम भाऊराव देवरस जी करते थे। जिनका मेरे ऊपर स्नेह था और भाजपा के महासचिव गोविंदाचार्य थे। उन तीनों का फैसला था कि मुझे वहाँ लड़ना है। कुछ महीने बाद वही लोग मुझे राज्य सभा में भी भेजना चाहते थे। मुझे याद है कि प्रो. बाल आपटे ने सलाह दी की तुम हाँ कर दो। मुझे लगा कि नहीं मैं जिस रास्ते पर हूँ वह ठीक है। यह 1992 में जुलाई-अगस्त की बात होगी।

**कृपाशंकर चौबे:** बनारस से इसलिए भी लोग चाहते थे कि बनारस में आपने अखिल भारतीय विद्यार्थी परिषद को खड़ा किया। वह कठिन दौर था। कैसे आप लोगों ने विद्यार्थी परिषद को खड़ा किया?

**रामबहादुर राय:** 1965 में वहाँ एक बड़ा आंदोलन हुआ। शायद आजादी के बाद बनारस का सबसे बड़ा आंदोलन था। उसका कारण यह था कि लाल बहादुर शास्त्री की सरकार ने बनारस हिंदू विश्वविद्यालय से हिंदू शब्द हटाने के लिए बिल संसद में पेश किया। सोशलिस्ट और कम्युनिस्ट नेताओं को छुपने की जगह नहीं मिलती थी। क्योंकि वे इस आंदोलन के पक्ष में नहीं थे लेकिन पूरी जनता आंदोलन में शरीक थी। उस आंदोलन में विद्यार्थी परिषद ने बढ़-चढ़ कर हिस्सा लिया। मैं भी उस आंदोलन में शामिल हुआ तो विद्यार्थी परिषद की ओर से ही हुआ। देवब्रत मजुमदार, मार्कण्डेय सिंह, जगदानंद सिंह, नरेंद्र सिन्हा, धर्मशील

चतुर्वेदी ये सब उसी आंदोलन की उपज हैं। लालमुनि चौबे से उसी आंदोलन में मेरा परिचय हुआ।

**कृपाशंकर चौबेः** जे.पी. से आपकी निकटता रही है और जे.पी. का प्रभाव भी रहा है आप पर और आपका एक लंबा लेख 'जे.पी. को जानिये' इंदिरा गांधी राष्ट्रीय कला केंद्र द्वारा प्रकाशित किताब 'लोक नायक का नैतिक लोकतंत्र' में छपा है। जे.पी. के किस पक्ष ने आपको आकर्षित किया था? जे.पी. के व्यक्तित्व में वह क्या ऐसी चीज थी कि उनकी एक अपील से आप आकुल-व्याकुल होकर बांग्लादेश चले गये?

**रामबहादुर रायः** वह पूर्वी पाकिस्तान के नाम से जाना जाता था। वहाँ नरसंहार की सूचनाएँ आ रही थीं। उसी दौरान संभवतः फरवरी 1971 में जे.पी. दुनियाभर से घूमकर आये और जहाँ-जहाँ वे गये, वहाँ इंदिरा गांधी या भारत सरकार ने वहाँ उनकी सभाएँ कराने, लोगों से मिलने की व्यवस्था करायी थी। जनमत बनाने के लिए और कुछ हद तक भारत सरकार के प्रतिनिधि के रूप में भी जे.पी. दुनिया भर में घूमे। उसका प्रभाव पड़ा। यहाँ जब वे आये तो जगह-जगह उनकी सभाएँ हुईं।

एक सभा बनारस में हुई, टाउन हॉल में। उसकी सूचना अखबारों में छपी थी, जिसे पढ़ कर हम 25-30 लोग बीएचयू से जे.पी. को सुनने गये। उस दिन जे.पी. पूर्वी पाकिस्तान की परिस्थिति पर जो एक-एक शब्द बोल रहे थे, वे दिल को छू जाने वाले थे। उनका भाषण सुनने के बाद मैं उनसे मिला। जे.पी. से मैंने कहा कि आपके भाषण से मैं बड़ा अभिभूत हूँ और जो आप कहेंगे वह हम करने के लिए तैयार हैं। मैंने जे.पी. से कहा इस बारे में मैं आपसे अलग से मिलकर समझना चाहता हूँ कि हमलोग क्या कर सकते हैं? इस विषय पर बातचीत के लिए अलग से उन्होंने समय दिया। राजघाट स्थित गांधी विद्या संस्थान में बातचीत हुई। उन्होंने कहा कि अगर हो सके तो वहाँ जाकर देखिये। हमको भी यह ठीक ही लगा। जे.पी. ने कहा अगर आप वहाँ जाते हैं तो दो-तीन एम.एन.ए. (मेंबर आफ नेशनल एसेंबली) हैं, जो हमारे मित्र हैं उनको मैं पत्र दे दूँगा तो आपके रहने और जितना वे कर सकते हैं आपकी हिफाजत की वे कोशिश करेंगे। जाना हो तो पटना होकर जाइये और हमसे चिट्ठी लेकर जाइये। हम जे.पी. की चिट्ठी लेकर गये। जे.पी. को अधिक जानने का मौका पटना में

रहने के समय मिला।

**कृपाशंकर चौबेः** तब आप बिहार में विद्यार्थी परिषद का काम देख रहे थे। आपकी गतिविधियों को जे.पी. का समर्थन प्राप्त था। आपने संगठन का विस्तार कैसे किया? बिहार आंदोलन कैसे खड़ा हुआ?

**रामबहादुर रायः** जे.पी. बहुत सहज थे। आप अगर उन्हें कोई सलाह दें, उनको ठीक लगती तो उसको मान लेते थे। आंदोलन के दौरान जे.पी. को 10 सुझाव लिखकर हम देते तो जो बात ठीक लगती उसको वे वहाँ एनाउंस कर देते थे।

बिहार आंदोलन के बारे में यह एक धारणा सी बनी हुई है कि गुजरात की घटना के बाद बिहार आंदोलन खड़ा हुआ। यह सच नहीं है। सच ये है कि गुजरात और बिहार का कोई संबंध नहीं है। गुजरात का आंदोलन फूट पड़ा अचानक। वह एक घटना की प्रतिक्रिया में था। बिहार का आंदोलन सोच-विचार कर शुरू हुआ। एक तैयारी का हिस्सा था। जैसे आंदोलन की तैयारी करते हैं और उसमें सफलता मिलती है विफलता भी मिलती है। दोनों बातें होती हैं। बिहार आंदोलन तैयारी के साथ था और वह तैयारी हम कर रहे थे। कहना चाहिए कि 1972 से ही कर रहे थे। लेकिन वास्तव में उसकी तैयारी शुरू हुई वह नवंबर 1973 में। धनबाद में विद्यार्थी परिषद का बिहार प्रदेश का वह अधिवेशन था। उस अधिवेशन में काफी लोग आये। कॉलेजों और विश्वविद्यालयों के छात्र और अध्यापक दोनों आये। उसमें हमने समाजवादी युवजन सभा और युवा कांग्रेस (संगठन) को बुलाया। जुलाई-अगस्त में पटना विश्वविद्यालय के छात्र संघ के चुनाव में हम लोगों का जो पैनल था—अध्यक्ष, महासचिव और सहसचिव, वह जीत गया था। जिस पैनल में लालू यादव थे, सुशील मोदी थे, रविशंकर प्रसाद थे। उससे भी थोड़ा वातावरण बना था। धनबाद के अधिवेशन से पहले और अधिवेशन के बाद जो कुछ हम आंदोलन के सिलसिले में मुद्दे, संगठन और आगे की योजना बना रहे थे, हम समय-समय पर जे.पी. को उसकी सूचना देते थे। जे.पी. के दो सेक्रेटरी थे। तीसरे भी थे लेकिन दो मुख्य थे। सच्चिदा बाबू थे और अब्राहम थे। अब्राहम एक सख्त प्रशासक थे। उन दिनों जे.पी. प्रोस्टेट की तकलीफ में थे। वह तकलीफ उनकी बढ़ी हुई थी। जे.पी. में राजनीति के बारे में पुनः चिंतन प्रारंभ हो गया था। जे.पी. को यह लगने लगा था कि वे समाजवाद से सर्वोदय की तरफ आये और सर्वोदय भी विफल हो गया

है तो अब क्या करना चाहिए? यह उनके सामने सवाल था। 1968 में जे.पी. को पहली बार यह समझ में आया कि किसान और मजदूर क्रांति का वाहक नहीं हो सकता है। इसकी जो हिमायत करते हैं वह मिथक है। वह सच नहीं है। और यह संभव नहीं है भारत की परिस्थिति में। उन्होंने देखा कि दुनिया भर में भी यूथ क्रांति कर रहे हैं। कान्त बेंडेट के नेतृत्व में फ्रांस की सड़कों पर लाखों छात्र निकले। उसके बाद आंदोलनों का सिलसिला शुरू हुआ। यूरोप से एशिया तक फैला। उसने जे.पी. को अपनी विचारधारा के बारे में, कार्यपद्धति के बारे में सोचने के लिए मजबूर कर दिया। तो यूथ इन रिवोल्ट को लेकर उन्होंने सेमिनार किया। सोचने-विचारने की प्रक्रिया का वह हिस्सा था। सर्वोदय के राजगीर सम्मेलन के बाद विनोबा पवनार लौट गये थे। गांधी जन्मशती जरूर थी लेकिन गांधी जन्मशती में उस तरह का बंधन नहीं था। जे.पी. पुनर्विचार की अवस्था में थे इसलिए उन्होंने एक मंच भी बनाया। एक कारण यह भी रहा होगा कि हम इन गतिविधियों की उनको सूचना देते थे तो उसको बड़े ध्यान से सुनते थे। सलाह भी देते थे। मेरे मन में भी यह था कि एक ऐसे व्यक्ति को ये बातें बता रहे हैं जिसे दरअसल क्रांति का, आंदोलनों का अनुभव है। जे.पी. हमारी बात को दिलचस्पी से सुनते थे।

उस समय की जो परिस्थिति थी उसे जानना जरूरी है। वह 1972-73 का समय था। वह विपक्ष के हतमनोबल का समय था। ध्वस्त था मनोबल। क्योंकि 1971 में इंदिरा गांधी तीन चौथाई बहुमत से लोकसभा में आ गयी थीं। 1971 में विपक्ष ने महागठबंधन बनाया था। महागठबंधन का प्रयोग नया नहीं है। महागठबंधन बना था जनसंघ, सोशलिस्ट पार्टी और स्वतंत्र पार्टी को मिलाकर। सोशलिस्ट और स्वतंत्र पार्टी के खेमे को मिलाकर बाद में लोकदल बना। राष्ट्रीय स्तर पर विपक्ष का मनोबल बहुत गिरा हुआ था। कुछ करने की उनमें जान ही नहीं थी। उस समय जब हम आंदोलन की तैयारी कर रहे थे तो मुझे याद है, कर्पूरी ठाकुर का प्रश्न होता था कि विधानसभा के घेराव में कितने छात्र आ रहे हैं?

हम लोगों ने पटना विश्वविद्यालय में एक छात्र सम्मेलन किया 18-19 फरवरी 1974 को। उस सम्मेलन ने निर्णय लिया कि 18 मार्च को छात्र बिहार विधानसभा घेरेंगे। उस सम्मेलन के बाद वे लोग पूछते थे कितने लोग आ

जायेंगे। संचालन समिति के लोग जब दूर-दराज बिहार के हिस्से में गये और लौट कर आये तो कहने लगे बहुत जबरदस्त उत्साह है। वे लोग जब पूछते थे तो उस आधार पर मैं कहता था कि ऐसा लगता है कि 40-50 हजार लोग आ जायेंगे। उन लोगों के चेहरे पर अविश्वास का भाव होता था। ऐसा हो जायेगा। फिर कहते थे 5-7 हजार लोग आ गये तो बड़ा सफल हो जायेगा। 17 मार्च की रात को ही 50 हजार छात्र आ गये थे। सुबह 9 बजे तक बिहार विधानसभा को इस तरह से घेर लिया था कि राज्यपाल रामचंद्र धोंडिया भंडारे विधान सभा में जा नहीं पायें। जब तक सीआरपीएफ ने गोली चलाकर और आँसू गैस के गोले छोड़कर और लोगों को हटाया नहीं।

**कृपाशंकर चौबेः** 1984 का चुनाव हारने के बाद भी चंद्रशेखर जी दलीय राजनीति नहीं छोड़ना चाह रहे थे। क्या वे रचनात्मक कार्य में ही लगे रहते तो ज्यादा न्याय कर पाते?

**रामबहादुर रायः** देखिये, चंद्रशेखर जी कहते थे कि 1984 का चुनाव उनको हरवाया गया। अरुण नेहरू ने जिला अधिकारी से कहकर उनको हरवाया। राजीव गांधी की लहर थी और चंद्रशेखर जी ने एक बयान दे दिया था कि सिख इतिहास अगर इंदिरा गांधी जानतीं तो स्वर्ण मंदिर पर सेना नहीं भेजतीं। तो उस बयान को सब कांग्रेसियों ने पकड़ा हुआ था और तय किया था कि चंद्रशेखर जी को हराना है। चंद्रशेखर जी के खिलाफ कोई वैसा उम्मीदवार राजीव गांधी नहीं खोज पाये जैसे उन्होंने हेमवतीनंदन बहुगुणा के खिलाफ अमिताभ बच्चन को खोज लिया। अटल बिहारी वाजपेयी के खिलाफ माधवराव सिंधिया को खोज लिया। उस चुनाव में राजीव गांधी चुन-चुन करके कांग्रेस के सामने जो बड़े नेता थे, उनको लोकसभा नहीं पहुँचने देना है यह उनका निर्णय किया था। उसी में बहुगुणा भी हारे, वाजपेयी जी भी हारे, चंद्रशेखर जी के मुकाबले ऐसा कोई नाम नहीं खोज पाये तो जिला अधिकारी का ही इस्तेमाल करके कुछ हजार वोटों से उनको हरवा दिया। हारने के बाद चंद्रशेखर जी चाहते तो कर्नाटक से राज्य सभा में आ जाते। उत्तर प्रदेश से भी आ जाते। कर्नाटक में जनता पार्टी की सरकार थी। वहाँ से उनको प्रस्ताव भी था लेकिन उन्होंने राज्यसभा में जाना स्वीकार नहीं किया। 1984 से 1989 तक जो समय है वह चंद्रशेखर जी के जीवन में रचनात्मक कार्यों का सबसे महत्त्वपूर्ण समय है। उन्हीं सालों में जे.पी.

स्मारक ट्रस्ट बनवाया। वहाँ खादी ग्रामोद्योग आयोग का केंद्र खुलवाया। एक कॉलेज बनवाया। उसी तरह शहीद स्मारक बनवाया। उन्होंने अपनी ताकत इन कामों में लगायी और अच्छे काम हुए। राज्य सभा में न जाने का मन उन्होंने बना लिया था। उसमें चंद्रशेखर जी के स्वाभिमान का भी विषय था कि हमको बलिया से चुनकर आना है। राज्य सभा नहीं जायेंगे। तो वे चुनकर आये भी 1989 में और दो जगहों से आये। बलिया से आये और उसके बगल के महाराजगंज से भी आये।

लेकिन एक समय उनके जीवन में आया जब चंद्रशेखर जी दलीय राजनीति से ऊपर उठ सकते थे। यह बात 1993 की है। 1992 में 6 दिसंबर के बाद 1993 में जनवरी के पहले हफ्ते में उन्होंने अपने घर पर एक बैठक बुलायी। 18-20 लोगों को बुलाया। उसमें 10-12 पत्रकार थे। जैसे- प्रभाष जी थे, निखिल चक्रवर्ती थे, एच.के. दुआ थे, दिलीप पडगावकर थे, आरिफ मुहम्मद खान थे, यशवंत सिन्हा थे, संतोष भारतीय और कमल मोरारका थे और मैं था। चंद्रशेखर जी ने इन सब लोगों को बुलाया था सलाह करने के लिए कि 6 दिसंबर के बाद जो परिस्थिति पैदा हुई है उसमें क्या करना चाहिए? चंद्रशेखर जी ने कहा कि 6 दिसंबर के बाद असामान्य परिस्थिति पैदा हुई है। हम लोगों की क्या भूमिका होनी चाहिए? हम क्या करें इसके बारे में आपसे सलाह करने के लिए मैंने आपको तकलीफ दी है। उन्होंने मुझसे यह कहा कि आप प्रभाष जी को जरूर ले आइये। प्रभाष जी आये और निखिल चक्रवर्ती को भी ले आये। चंद्रशेखर जी ने पहले प्रभाष जी से कहा कि प्रभाष जी पहले आप बोलिये। प्रभाष जी बोले। यहाँ से उन्होंने शुरू किया कि चंद्रशेखर जी मैं आपके निवास पर 1978 के बाद पहली बार आया हूँ। 'जनसत्ता' में जो ठीक समझा वह आपके बारे में लिखा है। लेकिन जब मुझे यह मालूम हुआ कि आपने इसलिए मीटिंग बुलायी है तो मैं आया। प्रभाष जी ने कहा कि राजनीति में, दलीय राजनीति में आपको जो करना था, आपने प्राप्त कर लिया है। आप प्रधानमंत्री बने तो प्रधानमंत्री से बड़ी कोई चीज तो है नहीं। हमारे यहाँ दल वगैरह है, राजनेता है उससे ऊँचा स्थान तो संत का है। आज न जे.पी. हैं, न गांधी हैं, ना जे.पी. जैसा कोई है परंतु आप जे.पी. जैसे की भूमिका निभा सकते हैं। इसलिए पहला काम तो यह कीजिये कि आप एक घोषणा करिये कि मैं दलीय राजनीति छोड़ रहा

हूँ। राष्ट्रीय सवालों पर लोगों को जोड़ेंगे, सवाल करेंगे, या उस पर काम करेंगे। प्रभाष जी की बातचीत का सार यही था। चंद्रशेखर जी यह सुनकर कुढ़ रहे थे। आखिर में चंद्रशेखर जी ने समापन किया। कहा कि मैं पॉलिटिकल साइन्स का विद्यार्थी रहा हूँ। पार्टी सिस्टम इस समय की राजनीति में जरूरी है। पार्टी पॉलिटिक्स नहीं छोड़ सकता। उसमें रहते हुए हमें जो करना होगा हम करेंगे। ये उनका अपना निर्णय था।

**कृपाशंकर चौबेः** पार्टी थी कहाँ उनकी?

**रामबहादुर रायः** नहीं थी पर पार्टी का मोह था। उनका उस समय जो व्यक्तित्व था, वह पार्टियों से ऊपर हो गया था। इसके अनेक उदाहरण मैं दे सकता हूँ। यह लोकसभा में दिखता था। यही संसद के बाहर भी उस समय दिखता था जब दूसरे नेता भी उपस्थित हों। लोकसभा में वे कभी दूसरी कतार में नहीं बैठते थे, आये तो पहली कतार में बैठते थे। पूर्व प्रधानमंत्री के नाते भी उनकी जगह तय थी। मैं उस समय लोकसभा से रिपोर्टिंग करता था 2004 तक। उस समय चंद्रशेखर जी अपनी सीट से जैसे ही खड़े होते थे कि पूरा सदन उन्हें उत्सुकता से सुनता था।

चंद्रशेखर जी ने बाद में गोविंदाचार्य, प्रभाष जी, निखिल चक्रवर्ती और नामवर सिंह के साथ मिलकर संवाद शुरू किया। वह संवाद 1995 से लेकर 2002 तक चला और आठ संवाद हुए। एक संवाद हुआ कि विकल्प है और फिर आठ संवादों के बाद अब वह तीसरे स्टेज में जा रहा था और राजनीतिक, आर्थिक, सामाजिक जो कुछ अपने पास उपलब्ध विकल्प है, उसके समानांतर एक नया विकल्प देने के लिए एक विकल्प अभियान की शुरूआत हुई। चंद्रशेखर जी उसमें बड़े मन से लगे हुए थे। लेकिन कुछ लोगों के कारण विकल्प अभियान की हवा निकल गयी।

**कृपाशंकर चौबेः** लेकिन विश्वनाथ प्रताप सिंह जी सफल हुए।

**रामबहादुर रायः** विश्वनाथ प्रताप जी भी सफल नहीं हुए। विश्वनाथ प्रताप सिंह पॉवर पालिटिक्स में सफल हुए। लेकिन उससे अलग हो गये तो वे एक कैंपनर के रूप में सफल हुए। कैंपेनर वे इसलिए बने क्योंकि वह उनके लिए जीने का बहाना था। अपने को व्यस्त रखने के लिए उन्होंने मौटे तौर पर दो काम किये। एक खुद पेंटिंग वगैरह करने लगे। दूसरा गरीबों के लिए वे लड़ते थे।

**कृपाशंकर चौबेः** आपने 'मंजिल से ज्यादा सफर' में मार्मिक वर्णन किया है कि कैसे उनकी किडनी डैमेज हुई, कैसे वे मुंबई में सत्याग्रह पर बैठे थे, कैसी स्थितियाँ थीं और उसके बाद वे कैसे अस्पताल में भी, आँख की रोशनी एक आदमी की जा रही है फिर कैंसर हो जाना। और फिर उस किताब के उत्तरार्ध में वे जब गरीबों के अभियान पर निकलते हैं। उस पर आपके प्रश्न हैं और जो उनका जवाब है और जो विश्वनाथ प्रताप सिंह, जैसा कि भूमिका में प्रभाष जी भी कहते हैं कि इस किताब के बाहर दूसरे विश्वनाथ प्रताप सिंह आ रहे हैं। यह एक रूपांतरण था राजा का। इमरजेंसी के दौरान कांग्रेस के साथ बने रहना और फिर बाद में गरीबों के लिए जुड़ना। उसके बारे में आपकी क्या प्रतिक्रिया है?

**रामबहादुर रायः** किसी समय में वे एक राज परिवार में थे। लेकिन त्याग वाली प्रवृत्ति विश्वनाथ प्रताप सिंह में शुरू से रही है। विनोबा जब भूदान के लिए इलाहाबाद आते हैं तो अपनी जमीन का एक बड़ा हिस्सा उन्होंने भूदान में दे दिया। जब वे कांग्रेस से बाहर निकले और आंदोलन करने लगे तो मैंने ये पाया कि सर्वसेवा संघ का समूह मानता था कि यह हमारा आदमी है। क्योंकि वे विनोबा जी से जुड़े हुए थे और भूदान के लिए भी काम किया था। उसी तरह से उन्होंने लाल बहादुर शास्त्री की स्मृति में वहाँ पर कोई केंद्र बनाया था। ललिता शास्त्री वहाँ जाती थीं। तो कुल मिलाकर देने वाली जो प्रवृत्ति है विश्वनाथ प्रताप सिंह में वह थी। एक आदर्शमूलक उनका जीवन भी था। मेरा ऐसा ख्याल है कि उन्होंने वित्त मंत्री के रूप में जितना बड़ा अभियान भ्रष्टाचार के खिलाफ और बड़े औद्योगिक घरानों पर चलाया वैसा कोई वित्तमंत्री अक्सर नहीं करता है। इसी के कारण राजीव गांधी की उनसे टकराहट भी हुई। उनके जीवन में एक ईमानदारी का तत्त्व है, वह केवल राजनीतिक इस्तेमाल करने के लिए ईमानदारी नहीं थी। उनके जीवन में भी दिखायी पड़ती है। जैसे मान लीजिये एक राजाजी मार्ग तीन मूर्ति मार्ग के कोने की कोठी है वहाँ अभी उनकी पत्नी रहती हैं सीता देवी। वी.पी. सिंह के जमाने में आप वहाँ जायें और देखें तो जो फर्नीचर वहाँ पर है उसको देख कर ही लगता है कि यह आदमी अपने निजी जीवन में भी ईमानदार है। मतलब उनके रहन-सहन में भी वह दिखायी पड़ता था। मेरा ऐसा ख्याल है कि हर समय कोई एक उद्देश्य उनके सामने रहता था और उस उद्देश्य के लिए वे अपनी पूरी ताकत लगाते थे। चाहे वह

राजनीतिक उद्देश्य हो, सामाजिक उद्देश्य हो या फिर गरीबों का सवाल हो। इतिहास बोध भी उनमें था। जब उन्होंने आरक्षण वाले विषय को अपने हाथ में लिया और उसको घोषित किया तो लोग उसे शासन, सत्ता और उस समय देवीलाल के झगड़े से जोड़ देते हैं। इसको अगर हटा दीजिये तो यह समझ में आता है कि चाहे गांधी जी हों, चाहे कांग्रेस हो या स्वाधीनता सेनानी हों, क्रांतिकारी हों सबने सामाजिक क्रांति के अथक प्रयास किये। बराबरी का समाज बनेगा, छोटे-बड़े का समाज नहीं बनेगा। बराबरी का समाज तो तब बनेगा जब जो लोग वंचित रहे हैं, उनको आप थोड़ा विशेष दर्जा दीजिये। वी.पी. सिंह ने मंडल आयोग लागू करके पिछड़ों को अवसर दिया। वह गौतम बुद्ध के बाद पहली सामाजिक क्रांति थी। उसका दूसरा उदाहरण नहीं है।

**कृपाशंकर चौबे :** आपने जे.बी. कृपलानी की प्रामाणिक जीवनी लिखी है। वह जीवनी लिखने की प्रेरणा का स्रोत बतायेंगे?

**रामबहादुर राय :** कृपलानी जी से मिलता रहा था। समय-समय पर। जैसे सत्तर में मिला। उसके बाद विद्यार्थियों की सभा में उन्हें ले गया। बरेली में ले गया। काशी हिंदू विश्वविद्यालय में ले गया। वे मेरे आग्रह पर चलने को तैयार हो जाते थे। 2008 में गांधी शांति प्रतिष्ठान के सचिव सुरेंद्र कुमार जी ने लंगट सिंह महाविद्यालय, मुजफ्फरपुर में कृपलानी मेमोरियल लेक्चर के लिए मुझे आमंत्रित किया। मैं टालता रहा। मुझे हार्ट की समस्या हो गयी। लेकिन 2010 में वहाँ गया और लंबा बोला। सवाल-जवाब भी हुआ। वहाँ लोगों को मेरा वक्तव्य बहुत पसंद आया। उन लोगों ने कहा कि इस भाषण को ट्रांसक्राइब कर वे कृपलानी जी की जीवनी की पुस्तिका बनायेंगे। मैंने उनसे कहा कि मैं कृपलानी जी की छोटी जीवनी लिख दूँगा। लौटकर आया तो सामग्री ढूँढ़ने लगा। प्रकाशन विभाग और नेशनल बुक ट्रस्ट राष्ट्रीय चरितमाला छापते रहे हैं। मैं उसे खोजने के लिए नेशनल बुक ट्रस्ट गया। विपिन चंद्रा से मिला। तब वरिष्ठ पत्रकार शिव कुमार गोयल जीवित थे। उन्होंने 'मि. प्रेसीडेंट' नामक पुस्तक दी जो कृपलानी जी के कांग्रेस अध्यक्ष काल तक की छोटी जीवनी थी। कृपलानी जी का मेम्वायर 'माई टाइम्स' अंग्रेजी में उपलब्ध था। कृपलानी मेमोरियल ट्रस्ट की लाइब्रेरी में छोटी-छोटी पुस्तकें थीं। डॉक्टर अविनाश यादव ने कृपलानी जी से संबंधित लगभग दो सौ तस्वीरें मुझे उपलब्ध करायीं। मैंने मुख्यतः कृपलानी जी की

पुस्तक 'माई टाइम्स' को आधार बनाया।

**कृपाशंकर चौबे** : 'भारतीय संविधानः अनकही कहानी' जैसी महत्त्वपूर्ण शोध कृति रचने का मूल प्रयोजन क्या था?

**रामबहादुर राय** : मूल प्रयोजन यह बताना था कि भारत का संविधान किन परिस्थितियों में बना, कैसे बना और किस तरह पूरा हुआ? संविधान सभा की कार्यवाही पढ़ने लगा। संविधान बनकर तैयार हो गया तो राजेंद्र बाबू को लगा कि कुछ लोगों को अपनी बात कहने का अवसर देना चाहिए। ताकि सदस्यों को यह न लगे कि संविधान की प्रक्रिया में उन्हें अवसर नहीं मिला। हालाँकि सदस्यों के भाषण से संविधान के अनुच्छेदों में कोई बदलाव नहीं होना था। सिर्फ उनकी बात रिकार्ड हो जानी थी। पता नहीं राजेंद्र बाबू ने जान-बूझकर ऐसा किया या सहजता में। उनकी राजनीतिक दृष्टि थी। मुझे लगता है कि ताकि सनद रहे की शैली में उन्होंने ऐसा किया। उन्हें अनुमान था कि 10-15 लोग बोलेंगे किंतु 171 लोगों ने अपने नाम दिये। 17 नवंबर, 1949 से 25 नवंबर, 1949 तक उन्होंने अपनी बात की। जयराम रमेश ने जो वक्तव्य दिया है कि श्यामा प्रसाद मुखर्जी ने कहा था कि यह अभारतीय संविधान है, यह सरासर झूठ है। यह कमलापति त्रिपाठी का कथन था। 17 नवंबर, 1949 से 25 नवंबर, 1949 तक जो वक्तव्य हुए, उसमें कहा गया कि यह समझौते का संविधान है। पर जब ड्राफ्ट रखा गया तो किसी ने असहमति नहीं व्यक्त की। यह लोकतंत्र का स्वभाव है। पार्टी अनुशासन का मामला भी था।

**कृपाशंकर चौबे** : भारतीय संविधान की समीक्षा के बारे में आपकी क्या टिप्पणी है?

**रामबहादुर राय** : 26 जनवरी, 1950 से ही तीन तरह से भारतीय संविधान की समीक्षा होती रही है। एक समीक्षा सुप्रीम कोर्ट करता है। अधिकारों के लिए सुप्रीम कोर्ट में जब याचिका दायर की जाती है तो संविधान के संबंधित प्रावधान की व्याख्या या बहस होती है। वह समीक्षा ही है। सुप्रीम कोर्ट ने 1950 से अब तक जो संवैधानिक निर्णय दिये हैं, उन्हें वकील गोविंद गोयल ने कंपाइल किया है। उसके तीन खंडों का लोकार्पण राष्ट्रपति प्रणव मुखर्जी ने किया था। मुख्य न्यायाधीश टी.एस. ठाकुर भी उसमें उपस्थित थे। 370 पर सुप्रीम कोर्ट में 2023 में जो सुनवाई हुई, वह अपने आप में संविधान की समीक्षा थी। सुप्रीम कोर्ट

संविधान की व्याख्या करता है। सुप्रीम कोर्ट के अलावा संसद भी समीक्षा करती है और तभी संविधान में 123 संशोधन हो चुके हैं। इसके अलावा समाज के प्रतिनिधि संविधान की समीक्षा करते हैं। जवाहर लाल नेहरू ने भी समय-समय पर कहा कि अगली पीढ़ी को संविधान में संशोधन का अधिकार होगा। जयप्रकाश नारायण ने समीक्षा की माँग की थी। अटल बिहारी वाजपेयी ने भी की थी। मेरा मत यह है कि विऔपनिवेशीकरण के लिए समीक्षा जरूरी है। संविधान पर औपनिवेशिकता की छाया है। जबकि उस पर भारतीयता की छाप होनी चाहिए।

**कृपाशंकर चौबे :** आपने लगभग आधी शताब्दी जनोन्मुख पत्रकारिता की। तीन संपादकों-सर्वश्री बालेश्वर अग्रवाल, प्रभाष जोशी और राजेंद्र माथुर के साथ काम करने के अनुभव साझा करेंगे?

**रामबहादुर राय :** तीनों संपादकों में एक बात समान थी। तीनों ने मेरी प्रामाणिकता पर भरोसा किया। तीनों को लगा कि मैं एकनिष्ठ होकर पत्रकारिता कर रहा हूँ। जितना समय मैं देता था, लिखता-पढ़ता था, ईमानदारी से काम करता था, उस पर तीनों में किसी ने कभी संदेह नहीं किया। प्रभाष जी ने जब तय कर लिया कि मुझे 'जनसत्ता' में रखना है तो मधुलिमये समेत चार-पाँच बड़े नेताओं ने उनसे कहा कि रामबहादुर राय को मत रखिये। पर प्रभाष जी ने किसी की बात नहीं मानी। उन्होंने मुझ पर भरोसा किया। 'जनसत्ता' में प्रबंधन का कोई दबाव नहीं था। कई बार प्रबंधन के लोग प्रभाष जी से शिकायत करते थे कि राय साहब को अमुक खबर या विज्ञप्ति दी थी किंतु उन्होंने कूड़े में फेंक दी तो प्रभाष जी कहते थे कि वह खबर छपने लायक नहीं रही होगी। प्रभाष जी ने मुझसे कभी नहीं पूछा।

जब मैं 'नवभारत टाइम्स' में था तो गाजियाबाद विकास प्राधिकरण के कुछ अफसर मेरे पास आये और गड़बड़ी का सबूत दिया। मैंने तेरह किश्तों में उसे लिखा और राजेंद्र माथुर जी ने उसे क्रमशः छापा। रमेश जैन ने माथुर साहब से उसे रोकने के लिए कहा। उन्होंने कहा कि यह रुकेगा नहीं। माथुर साहब कई बार 'नवभारत टाइम्स' में मेरी खबर को रंगकर वेरी गुड लिखकर अपने कक्ष के सामने टँगवा देते थे। उस समय बोफोर्स का मामला तूल पकड़े हुए था। 1987 में तत्कालीन राष्ट्रपति ज्ञानी जैल सिंह के पास 35 पृष्ठों का

एक संवैधानिक दस्तावेज पहुँचाया गया था और उनसे अपेक्षा की गयी थी कि उस दस्तावेज के आधार पर वे राजीव गांधी को प्रधानपंत्री पद से हटा दें। वह दस्तावेज मीडिया में किसी के पास नहीं था। मुझे वह प्राप्त हो गया था। मैं घर ले गया। उसे ध्यान से पढ़ा। दूसरे दिन दफ्तर आकर 1500 शब्दों की रिपोर्ट दस्तावेज के साथ माथुर साहब को दे दी। राजेंद्र माथुर जी ने उस पर डेढ़-दो घंटे काम किया। स्वयं उठकर मेरे पास आये। उन्होंने मेरे लिखे को सुधारा। उन्होंने कहा कि प्रेस में भेज रहा हूँ। एक बार आप भी देख लें। खबर तो यह पहले पेज की है किंतु संपादकीय पृष्ठ पर ले रहे हैं। मैंने कहा कि जब आप देख चुके हैं तो अब मैं क्या देखूँ। उन्होंने जोर दिया कि देख लीजिये। मैंने देखा तो उन्होंने उसका शीर्षक दिया था- राष्ट्रपति क्या करें। लेखक के रूप में पहले मेरा नाम था, उसके बाद माथुर जी का। मैंने कहा कि पहला नाम आपका जाना चाहिए तो उन्होंने कहा कि मूल सामग्री आपकी है इसलिए पहला नाम तो आपका ही जाना चाहिए। मैंने सुधारा है, इसलिए अपना नाम भी दे रहा हूँ।

**कृपाशंकर चौबे :** क्या आपको लगता है कि राजेंद्र माथुर की असमय मृत्यु टाइम्स आफ इंडिया के सर्वोच्च प्रबंधन द्वारा निर्मित तनाव के कारण हुई?

**रामबहादुर राय :** मैं समय-समय पर माथुर साहब से पूछकर उनकी सुविधा से उनके घर जाता था। वे प्रभाष जी के घर के आस-पास रहना चाहते थे इसलिए उनके घर के निकट ही रहते थे। माथुर जी के देहांत के 20 दिन पहले की बात है। 1991 की। मैं एक दिन सुबह माथुर साहब के घर गया। वे अकेले बैठे थे। मोहिनी जी और बेटियाँ स्कूल गयी थीं। उन्होंने मुझे देखते ही कहा कि चाय बनाते हैं। मैंने कहा कि मैं आपसे अच्छी चाय बना सकता हूँ। मैं उनके पीछे-पीछे किचन में गया। उन्होंने कहा कि सद्दाम हुसैन की तरह आपने हमारे किचन में कब्जा कर लिया। चाय लेकर हम बैठे। बातचीत शुरू हुई। मैंने उनसे पूछा कि आपने मुझे ब्यूरो में जब बुलाया तो तब आपने कहा था कि आप 'नवभारत टाइम्स' को कंपलीट न्यूजपेपर बनाना चाहते हैं। वैसा क्यों नहीं हो पा रहा है? उन्होंने कहा कि वे अशोक जैन को समझा सकते हैं, रमेश जैन को समझा सकते हैं किंतु समीर जैन बिजनेस के हिसाब से अखबार को देखते हैं। तनाव में हूँ कि संपादकी करूँ या मुनाफे का अखबार बनाऊँ। सुरेंद्र प्रताप सिंह ने समीर जैन को समझाया था कि 'नवभारत टाइम्स' को अधिक मुनाफे का अखबार बनाया

जा सकता है। मैंने पाया कि माथुर साहब जो करना चाहते थे, नहीं कर पा रहे थे। मानसिक तनाव में थे। माथुर साहब निहायत ईमानदार व्यक्ति थे। उन्होंने एक फ्लैट बुक कराया था ताकि 'नवभारत टाइम्स' से निकाल दिये जांय तो उसमें रहते हुए फ्रीलांसिंग कर सकें। मेरा मानना है कि समीर जैन ने माथुर साहब पर जो गैर संपादकीय दबाव बना रखा था, समीर जैन जिस तरह बार-बार हस्तक्षेप कर रहे थे, उसी तनाव में माथुर साहब को हार्ट अटैक हुआ। मुझे याद है कि पाँच अप्रैल 1991 को वी.पी. सिंह के चुनाव अभियान की रिपोर्टिंग करने हम लोग गये थे। फिरोजाबाद से बदायूं जाने के लिए तैयार हुए तो अचानक मुझे लगा कि दिल्ली लौटना चाहिए। मैंने गाड़ी रुकवायी। मैंने कहा कि मैं दिल्ली लौटना चाहता हूँ। टाइम्स ऑफ इंडिया की गाड़ी थी। जिसमें प्रबाल मैत्र और अनिता कत्याल भी थे। शाम को दिल्ली पहुँचे तो खबर मिली कि माथुर साहब नहीं रहे।

OOO

www.ingramcontent.com/pod-product-compliance
Lightning Source LLC
LaVergne TN
LVHW090344051026
849518LV00006B/2042
* 9 7 8 9 3 5 8 6 9 8 6 0 2 *